Du même auteur :

LA CAVE DE MA MÈRE (DOM Editions)

ET À LA FIN C'EST TOUJOURS LE TREIZIÈME PILIER QUI GAGNE (le livre actualités)

JOUVENCE

I

Je savais bien que cela allait arriver. On en avait tellement parlé, on s'était tellement disputés à ce propos, chacun avait tellement tenté de persuader l'autre. Je savais qu'elle allait le faire un jour ou l'autre.

Mais je croyais qu'elle allait au moins me le dire avant, "Ça y est, j'ai pris ma décision". Au lieu de quoi, elle est partie une semaine, sous prétexte d'un voyage d'affaire, et à son retour, c'était fait.

Je l'ai su dès qu'elle a franchi la porte. C'est incroyable, mais en quelques jours, c'était déjà visible. Je veux dire franchement visible. Elle faisait déjà quelques années de moins.

Elle est entrée, on s'est regardés, j'ai lu dans ses yeux un mélange curieux de défi et de demande d'approbation. Je ne savais pas quoi dire, je ne voulais pas provoquer une dispute dès son retour, à peine la porte franchie. J'étais en colère parce qu'elle ne m'avait pas dit qu'elle allait le faire, et qu'elle avait menti, en prétextant un déplacement professionnel. Je ne voulais pas aborder cette conversation dans cet état de ressentiment. Je l'ai donc embrassée et nous avons passé la soirée en tentant de parler comme si de rien n'était, en évitant le sujet de son évident passage chez Youngagain. C'est-à-dire que nous avons parlé de tout et de rien. Puis nous n'avons plus parlé du tout, parce qu'il n'y a pas tellement de sujets que ça, une fois qu'on a fait le tour du temps qu'il fait.

Léa est montée se coucher, je suis resté encore un peu devant l'écran mural, il y avait un vieux film hologrammisé. J'ai très vite été déçu, dans mon souvenir il était mieux. Tous les films ne gagnent pas à être transformés en hologrammes. Quand j'ai rejoint Léa dans notre lit, elle ne dormait pas encore, elle lisait. Un livre en papier, nous sommes malgré tout un peu vieux jeu. Elle a posé son livre, son regard était une prière muette pour que je la comprenne, ne la juge pas et accepte sa décision.

Je me suis tourné vers elle et me suis efforcé de parler d'une voix la plus calme possible, malgré ma colère :
-Tu sais, je suis blessé que tu l'aies fait comme ça, sans me prévenir, en me mentant, en inventant un faux prétexte pour ton absence.
-Je suis vraiment désolée de t'avoir menti. Je…je regrette.
Elle se reprit rapidement.

-Je regrette de t'avoir menti, d'avoir inventé ce voyage avec ma boîte. Par contre je ne regrette absolument pas d'être allée chez Youngagain. J'en avais besoin. Il le fallait. C'est tellement important pour moi. Je veux que tu le comprennes.

Après une pause, elle reprit, de plus en plus véhémente :

-Écoute, tu devrais le faire aussi. C'est tellement... je me sens tellement... Pas seulement plus jeune, plus en forme... Plus vivante, voilà comment je me sens. Tu Dois le faire.

-Je n'en ai pas envie. Je suis bien comme je suis.

-Mais c'est parce que tu ne sais pas ce que c'est ! Tu n'as pas essayé ! Tu ne sens pas comme moi tout ton corps devenir plus souple, plus fort. Toutes ces petites raideurs, le matin quand tu te lèves, dans le dos, dans les mollets, elles te semblent normales, parce que tu t'y es habitué. Mais moi, fini !

Elle avait commencé sa tirade presque timidement, comme pour se faire pardonner, mais voilà qu'elle s'enflammait, devenait passionnée, l'enthousiasme s'emparait d'elle. Au fur et à mesure de ses propos, elle devenait plus démonstrative, faisait de grands gestes.

-Regarde, regarde-moi ! disait-elle en montrant son visage de ses deux mains. Regarde, j'ai commencé le traitement il y a moins de trois jours et j'ai déjà visiblement rajeuni de dix ans au moins !

-Moi, tu me plaisais comme tu étais avant.

-Et bien moi, je pouvais plus les voir, mes rides. Tu as vu comme mes pattes d'oie ont presque disparu ?

-Tu sais pourquoi on appelle ça des rides d'expression ? C'est parce que ça donne de la personnalité.

-Oui, mais moi je me trouve mieux sans. Et mes cheveux, tu as vu mes cheveux ? Je n'ai déjà presque plus de cheveux gris.

-Oh, tu n'en avais presque pas.

-Eh bien j'en avais déjà beaucoup trop à mon goût.

-Moi j'aimais bien, ça te donnait de la personnalité.

Elle éclata de rire.

-Mais je m'en fous de cette personnalité. Je veux être jeune. Je veux être belle.

-Tu es belle. Je te trouve très belle. Même sans passer par la case Youngagain.

-Merci. Je sais que tu es sincère. Mais...je veux plus. Je veux être et me sentir comme quand j'étais jeune.

-Quel âge ?

-Comment ?

-Quel âge tu veux avoir, quel âge tu veux paraître ?

-Je sais pas, moi... trente ans. Vingt ans.

-Vingt ans ! Non, mais tu te rends compte que ta fille a vingt-cinq ans ?

-Et alors ?

-Et alors ? Non, mais tu te fiches de moi ? Déjà comme ça, on dit que vous vous ressemblez. Quand je la vois, elle me fait tellement penser à toi quand on s'est connus. Si tu reviens à cet âge, tu te rends compte, vous serez comme deux …deux jumelles, pratiquement.

-C'est super, non ? C'est ce qu'on dit toujours d'une femme qui parait jeune, qu'elle est la sœur de sa fille, qu'elle ne peut pas être sa mère.

- On dit ça comme compliment, parce que c'est impossible. C'était impossible avant Youngagain.

Mais tu imagines pour Chloé comme ça serait difficile à vivre, avoir le même âge que sa mère ?

-Pourquoi ? On s'entend bien, on sort souvent faire les magasins comme des copines. Je suis sûre qu'elle sera contente pour moi.

-Je n'en suis pas si sûr. C'est tellement bizarre. Je suis sûr qu'elle se sentira mal d'avoir une mère que tout le monde verra comme quelqu'un de son âge.

-Mais écoute, c'est comme ça maintenant, je ne suis pas la seule, tout le monde va le faire. Ça te semble bizarre aujourd'hui, mais la société change, et demain tout le monde trouvera ça normal. Une société, ça évolue. Il faut que tu t'y fasses.

À court d'arguments, je ne sais pas pourquoi je lui ai dit :

-Je ne sais pas, moi, je trouve que c'est de la triche.

Au moment où je l'ai dit, je savais que c'était une connerie.

-De la triche ? Elle éclata de rire.

De la triche ! Je m'attendais à tout, mais pas à cet argument.

-Mais c'est vrai, quoi, on ne saura plus à qui on a affaire, quel âge a réellement la personne en face de nous. C'est pas normal, on a un âge, tout le monde a son âge, et si on veut rester jeune, il faut faire attention à son alimentation, faire du sport.

C'est trop facile comme ça, une injection et hop ! vingt ans de moins. C'est trop facile.

-Facile, facile…Tu sais combien ça coûte. Il faut faire un sacré effort pour se payer ça.

-Je ne parlais pas de ce genre d'effort.

-Je sais.

C'était bizarre, j'éprouvais toujours ce sentiment d'avoir été peut-être pas trahi, mais roulé dans la farine, et cette sourde colère contre non pas Léa mais contre cette époque qui permettait de tricher sur son âge. Léa, elle, n'avait visiblement qu'une idée, celle de se réconcilier avec moi. Il eut fallu qu'elle ait tué quelqu'un pour que je refuse une réconciliation sur l'oreiller…

Les jours suivants on a évité de parler du sujet qui fâche, mais en fait rien n'était réglé. De jour en jour j'étais témoin du processus de rajeunissement, ça crevait les yeux. C'était toujours Léa, ma femme depuis bientôt trente ans et la mère de nos deux enfants, mais c'était une jeune femme d'une vingtaine d'années. C'était très déroutant.

Au bout de presque deux semaines, je n'y tins plus.

-Écoute Léa, tu dois quand même me dire, quand comptes-tu te stabiliser ?

-Me stabiliser ?

-Tu sais très bien de quoi je veux parler. Stopper le processus. Je connais un peu le protocole de Youngagain, tu parles, on ne voit que des documentaires sur eux à la télé, et des articles dans la presse. Je sais que tu dois prendre une espèce d'antidote quand tu auras atteint l'apparence de l'âge qui te convient. Alors je te demande, à quel âge tu comptes arrêter ?

-Je ne sais pas moi, j'aime bien me sentir de plus en plus jeune. À ton avis, quel âge je fais, là, à peu près ?

-Je pense vingt-cinq, vingt-huit ans. Alors, tu arrêtes quand ?

-Tu sais, je t'ai raconté comme ma mère a cessé de me considérer comme une enfant lorsque mon père est mort. Je pense que j'ai là l'opportunité de revivre cette enfance qu'on m'a volée en un sens...

-Mais tu avais huit ans ! Tu ne vas quand même pas...

Léa m'interrompit en riant, j'avais crié, sa réponse m'avait fait peur. J'avais envisagé avec crainte de me retrouver marié à une très jeune femme, mais pas de devoir jouer le papa d'une gamine qui était ma femme.

-J'ai pris l'antidote, comme tu dis, hier.

Elle souriait, contente de sa blague.

J'ai ressenti un immense soulagement, comme si l'éléphant qui était assis sur ma poitrine venait soudain de se lever. Je repris, calmement cette fois :

-Tu sais que les enfants rentrent ce week-end, tu leur as dit avant, ou tu comptes leur faire la surprise ?

-Mm ...je pensais attendre d'avoir stabilisé mon rajeunissement, mais comme ils viennent ce week-end, c'est un peu tard, alors autant leur ménager une petite surprise.

-Je ne suis pas sûr que cela soit une bonne idée.

-Ne t'en fais pas, de toute façon tout le monde le fait en ce moment. Il y a même une liste d'attente maintenant chez Youngagain. Tu verras, ça leur paraîtra normal aux enfants. Ils demanderont plutôt pourquoi Toi tu ne le fais pas.

-On verra. À ta place je n'en serais pas si sûr.

Le lendemain, j'étais dans la cuisine, en train de chercher la confiture. J'avais fini un pot la veille, et la réserve de confiture était au-dessus de la dernière étagère à côté de l'évier. Presque au contact du plafond. Je me suis avancé, tout contre le meuble, je me suis mis sur la pointe des pieds, et étiré de tout mon long, le bras tendu pour effleurer la face supérieure du couvercle du pot convoité. Comme ça à la verticale, mon épaule coinçait un peu. Délicatement, je fis basculer le pot vers moi et l'attrapai alors entre mes doigts.

Je le posai triomphalement sur la table, comme un trophée. Puis, avec une grimace de douleur, je me suis mis à me masser mon épaule un peu douloureuse.

À ce moment-là, alerté par un léger bruit vers la porte de la cuisine, je me suis retourné pour découvrir Léa, nonchalamment appuyée contre le chambranle. Elle avait manifestement assisté à toute la scène, et plutôt qu'un commentaire, elle me gratifia d'une légère moue, les sourcils remontant tout en haut de son front, signifiant clairement ' Tu vois...'

Le samedi de cette même semaine, Chloé et son frère Nicolas devaient rentrer nous voir, on ne les avait pas vus depuis plus d'un mois déjà. Au début très sereine, Léa était de plus en plus nerveuse à mesure qu'approchait la date de leur arrivée. Son processus s'était effectivement stabilisé, elle ne continuait plus à rajeunir et depuis quelques jours on lui aurait donné environ vingt-cinq ans. L'âge réel de Chloé...

Samedi matin, Nicolas arriva très tôt à la gare, puis il attendit sa sœur dont le train n'était annoncé qu'une heure plus tard, et ils prirent un taxi ensemble jusqu'à la maison.

Lorsque la sonnette retentit, Léa, pourtant dans l'attente depuis des heures, sursauta. Elle resta dans l'entrée alors que j'ouvris la porte. Chloé entra la première, me fit un long bisou proportionnel à la durée de son absence, puis s'avança vers sa mère. Arrivée devant elle pour l'embrasser, elle recula soudain de presque un mètre :

-Waouh ! Super, maman, c'est génial ! Incroyable, on dirait ma copine. Qu'est-ce que tu es belle !

Je crois que j'entendis l'éléphant se lever de la poitrine de Léa, cette fois-ci. Elle s'autorisa enfin à sourire et à respirer.

Nicolas entre temps m'avait étreint en déclarant son plaisir de revenir à la maison après près de trois mois d'absence, puis il s'approcha de sa mère qui avait repris son air anxieux en attendant le verdict de son fils.

-Salut Maman. J'sais pas quoi dire. J'ai… j'ai l'impression de voir les photos de votre mariage.

-Et c'est bien, ça, demanda timidement Léa ?

-Et comment, tu es canon, répondit Nicolas, me regardant immédiatement pour voir s'il n'avait pas gaffé, si son commentaire n'était pas déplacé. Je lui souris pour le rassurer, même si je n'étais pas très sûr qu'il soit convenable qu'un fils tienne ce genre de propos à sa mère.

Pendant que Chloé et Nicolas montaient leurs bagages dans leurs chambres respectives, Léa se tourna vers moi, rose de plaisir.

-Tu as vu ? Ils apprécient. Aucun problème pour eux.

Elle était tout excitée.

-Bon, je vais préparer un petit apéro en attendant qu'ils descendent.

C'est en la voyant tellement soulagée, comme si elle se permettait enfin de respirer après des jours d'apnée, que je réalisai combien elle craignait la réaction de ses enfants.

Nicolas descendit le premier, il s'approcha de moi, visiblement content que Léa soit dans la cuisine et Chloé dans sa chambre, occupée à défaire sa valise.

-Écoute Papa, il faut que je te dise…

Je me tournai vers lui, il avait l'air grave et gêné, ça devait être important pour lui et pas facile à dire :

-Oui, je t'écoute, qu'est-ce qu'il y a ?

-Voilà, je… je… je n'aime pas du tout que Maman soit comme ça, jeune et belle et tout. Je… je suis content pour elle si elle se sent bien, si elle est heureuse, je suis content pour toi, que tu aies une femme jeune et sexy, c'est vrai, mais… Mais ça me met super mal à l'aise.

Tu comprends, elle est… elle est comme mes copines, comme les filles avec qui je sors. C'est… c'est déstabilisant. C'est ma mère, je sais bien que c'est elle, mais en même temps ce que je vois, c'est une fille de mon âge, très jolie, je vais pas te faire le coup du complexe d'Œdipe, mais moi ça me met super mal à l'aise.

Je sais qu'au début t'étais super contre le fait qu'elle fasse ça.

Mais pourquoi t'as accepté finalement ?!

Il avait haussé le ton sur sa dernière phrase, criant presque en me reprochant mon revirement.

-Mais j'ai rien accepté, j'ai pas changé d'idée, elle a fait ça dans mon dos, et maintenant elle fait le forcing pour que je le fasse aussi.

Nicolas est resté bouche bée à me regarder gravement.

-Non, pas toi, tu vas pas faire ça !!??

-J'en ai vraiment pas envie, mais tu sais, la pression est grande, c'est vrai que tout le monde le fait, surtout les gens de notre âge.

-Pas toi Papa, tu t'en fous toi, des autres.

-Des autres oui, mais pas de ta mère. Tu sais, maintenant je suis marié à une gamine de vingt-cinq ans. Ça donne à réfléchir. Il faut que je me maintienne au niveau.

Il prit l'air songeur.

-Mmhh c'est vrai ça. J'avais pas pensé à ça. C'est vrai que ça doit être une sacrée pression.

À ce moment-là Léa entra dans le salon, portant – outre son sourire merveilleux - un plateau de jus de fruits et de quartiers de carottes et de choux-fleurs. Depuis sa décision de rajeunir, je n'avais plus droit ni au mojito, ni aux chips.

Nicolas se tut et évita de la regarder, visiblement gêné.

Léa posa son plateau sur la table basse et nous invita à nous asseoir. Je pris place sur le canapé, pour qu'elle s'assied près de moi, pendant que Nicolas s'installait dans un fauteuil. Mais Léa, rayonnante, alla s'asseoir sur l'accoudoir de ce fauteuil et entreprit de faire des câlins à son fils qu'elle n'avait pas vu depuis plusieurs mois. Rien de plus normal, ce n'était pas la première fois. Mais je voyais bien que Nicolas était tendu, il se tortillait sur son siège, me lançant des regards désespérés. Tout à son bonheur de revoir son fils et d'avoir reçu l'approbation de sa fille, Léa ne se rendait compte de rien et l'assommait de bisous et de questions.

-Alors mon Nico, dis-moi, comment ça va ? Tes partiels, ça s'est bien passé ?

Nicolas tenta de se dégager pour répondre :

-Les partiels, oui, oui, ça va.

-Et les filles alors, dis-moi, toujours pas de copine sérieuse, tu continues à papillonner ? Tu sais nous ici, on aimerait bien que tu nous ramènes une fille avec qui tu aurais une relation… sérieuse.

Elle me fit un clin d'œil ce qui l'empêcha de voir que Nicolas ne savait plus où se mettre.

Voyant qu'il n'arrivait pas à échapper aux câlins de sa mère, il se leva brusquement et fit mine de se resservir à boire, malgré son verre plein. Dans le mouvement, Léa faillit tomber de l'accoudoir. Heureusement, Chloé fit son entrée à ce moment-là.

Elle s'était douchée et changée, elle arborait un vieux pantalon de survêt et un T-shirt bien trop grand pour elle. Pour couronner le tout, le bas de son survêt était rentré dans ses chaussettes épaisses qui lui servaient de chaussons. Elle vint se blottir contre moi.

-Eh ben, tu t'es mise à l'aise, lui soufflai-je.

-Ouf oui, si tu savais comme j'en ai marre des jupes et des talons hauts, parfois. On est tellement bien chez soi.

J'appréciais en silence qu'elle parle de la maison de ses parents comme étant chez elle, alors qu'elle avait son appartement à Paris depuis trois ans. Cela me faisait chaud au cœur. Je remarquais aussi qu'ainsi attifée, toute négligée, démaquillée, les cheveux mouillés, elle paraissait nettement moins fringante que sa mère bien apprêtée. De toute façon Léa depuis des mois s'habillait pratiquement comme une ado, mais une ado soignée. Chloé aussi remarqua comme sa maman était apprêtée. Elle se tourna vers elle, souriante :

-Vraiment Maman, c'est bluffant, tu es une pub ambulante pour Youngagain. Personne ne pourrait croire que tu as cinquante ans. Et comment tu te sens ?

-Jeune, tellement jeune ! Le meilleur, tu sais, ce n'est pas l'aspect extérieur. C'est éminemment important, bien sûr, pour une femme. Mais ce que je ressens dans tout mon corps, c'est encore plus extraordinaire. Cette vitalité, j'avais oublié ce que c'est que cette vitalité de la jeunesse.

Là, elle se tourna vers moi :

-On ne s'en rend pas compte, parce qu'on la perd très progressivement, mais on a perdu la vitalité qu'on avait à vingt ans. Et là, grâce au traitement, en quelques jours, on récupère cette pêche, on se retrouve plein d'énergie, on a… on a envie de bouffer la vie. C'est ça le meilleur, encore mieux que de perdre ses rides et ses cheveux gris.

Chloé aussi se tourna vers moi :

-Toi, tu vas devoir t'accrocher. Fini les soirées en pantoufles devant la télé. Va falloir la sortir, aller danser, aller au ciné, aller au restau. Va falloir recommencer comme quand vous étiez un jeune couple.

Léa était aux anges, elle avait rencontré une alliée, apparemment :

-Oui, dis-lui, toi aussi, il faut qu'il le fasse, lui aussi.

Chloé se tourna brusquement vers sa mère.

-Qu'il fasse quoi ?

-Ben, comme moi, qu'il aille chez Youngagain.

-Quoi ? Papa ?

Le sourire avait quitté le visage de Chloé.

-Bien sûr, reprit Léa. Il faut qu'il se mette à mon niveau. C'est un challenge maintenant. J'ai placé la barre très haut, niveau vitalité. Il va falloir que tu t'accroches, rajouta-t-elle en me tapotant le genou.

Je voyais que Chloé n'était pas du tout d'accord, je voyais aussi que Léa ne se rendait compte de rien, depuis que les enfants avaient mis les pieds à la maison, son soulagement était tel qu'elle flottait sur un nuage.

-Ah mais non, je ne veux pas que Papa le fasse, jeta soudain Chloé, elle était pâle et au bord des larmes.

Léa ne comprenait pas.

-Quoi ? Mais pourquoi ? Je croyais que tu…Tu trouves ça bien pour moi, alors pourquoi ton père ne devrait pas…

-En fait je ne trouve pas ça bien, la coupa Chloé. Je suis contente pour toi, super si tu te sens bien… mais moi ça me gêne. C'est ça la vérité. Ça me gêne de reconnaître à peine ma mère. Ça me gêne que ma maman ait le même âge que moi. C'est flippant.

Et il est hors de question que mon papa ait vingt ans. Je… je ne pourrais pas le supporter. Ce serait trop bizarre.

Léa était complètement sous le choc. Elle avait craint cette réaction pendant des jours, Chloé l'avait rassurée à son arrivée à la maison, et voilà que d'un seul coup tout se retournait, sa crainte se réalisait au moment même où elle se croyait à l'abri.

Elle était anéantie et cherchait du soutien autour d'elle. Nicolas détournait la tête, fuyant son regard. Je ne l'avais jamais vu comme ça, c'était plutôt un gars carré, affrontant les problèmes même, d'habitude, pas du genre à esquiver les difficultés. Mais là, visiblement, il ne savait plus où se mettre.

-Écoutez, j'ai dit pour calmer la situation. Maintenant on va manger tranquillement, le temps pour tout le monde de s'habituer à la nouvelle situation. C'est normal que les enfants soient un peu perturbés, c'est trop nouveau pour eux, dis-je à l'intention de Léa qui avaient les larmes aux yeux. On va manger, discuter, et essayer de ne pas se blesser mutuellement. Votre mère a pris une décision mûrement réfléchie, elle avait vraiment vraiment envie de le faire, voyons si on peut tous s'y habituer et comment faire pour trouver nos nouvelles marques.

Le repas se déroula dans un silence lourd, on n'entendait que le bruit des couverts et de la mastication. Je devinais que Nicolas et Chloé se sentaient mal de peiner leur mère, et que celle-ci était assaillie de mille sentiments simultanés s'affrontant en tourbillons dans son esprit tourmenté.

Elle se sentait à la fois coupable de mettre ses enfants dans une situation difficile à vivre, mais en même temps éprouvait un sentiment d'injustice car on lui reprochait une décision pourtant légitime.

Elle se sentait également abandonnée parce que je n'avais pas bondi immédiatement pour partager sa décision.

À tout cela s'ajoutait de la tristesse de gâcher un de ces rares moments de retrouvailles familiales et de la déception que nous ne partagions pas son bonheur d'être à nouveau jeune et tonique.

Je sentais que ces sentiments et bien d'autres encore que je devinais mais que j'étais incapable de nommer, se livraient une bataille désordonnée au plus profond d'elle.

Une fois le dessert consommé en silence – elle avait préparé pour chacun sa douceur préférée – nous nous sommes tous levés, sans nous regarder. Chloé fut la première à rompre ce silence inhabituel dans une famille d'ordinaire unie et joyeuse.

-Bon, je monte me coucher, dit-elle d'une voix douce, comme une personne blessée qui se retire pour panser ses plaies.

-Non, attends, la supplia Léa. Reste. S'il te plaît ….

Elles se regardèrent un instant, les yeux de Léa suppliants, Chloé pleine de colère contenue.

-Pourquoi ?

-Pour parler, viens, on va parler, tu peux pas monter comme ça. S'il te plaît…

-Ok, parlons, qu'est-ce que tu as à dire ?

-Pourquoi tu es fâchée comme ça ?

-Pourquoi ? Ben, j'avais une maman, de cinquante ans, encore jolie, la dernière fois que je l'ai vue, ici, en tout cas, elle avait cinquante ans. Et là je reviens et… et il y a une autre personne à sa place, qui a mon âge et qui prétend être ma mère. Mais je ne la reconnais pas ! Et le pire, c'est qu'elle veut faire subir le même sort à mon papa !

-Chloé, c'est moi, tu sais très bien que c'est moi ! éclata Léa en pleurant.

-Je sais que c'est toi, lui répondit Chloé en pleurant elle aussi, mais c'est comme s'il y avait une partie de mon cerveau qui ne voulait pas l'accepter. Tu…Tu aurais dû nous consulter avant de le faire.

-Mais c'est mon corps, mon visage, ma vie. Je suis désolée, mais c'est moi. C'est moi ! Je… je suis maître de ma vie. J'avais besoin de le faire. Il fallait que je le fasse.

-Sans tenir compte de l'avis de ceux qui t'aiment. Nous, tes enfants, ton mari, dit-elle en me désignant. Tu t'en fous de ce qu'on en pense ?

- Non, c'est important pour moi, je t'assure, mais… je ne pensais pas que vous seriez tellement égoïstes.

-Égoïste ? Mais c'est toi qui es égoïste, de changer notre vie à tous comme ça, sans nous demander.

-C'est ma vie !

-Merde, Maman, c'est ta vie, mais nous on fait partie de ta vie, et toi tu fais partie de nos vies, de la vie de chacun d'entre nous. Tu es la partie la plus importante de la vie de chaque personne ici.

Encore une fois, Chloé s'était tournée vers moi en prononçant la fin de sa phrase, encore une fois j'avais soutenu son regard sans rien dire.

Chloé poursuivit :

-Écoute, mets-toi à ma place. Imagine que Mamie, ta maman, soudain ait eu à nouveau vingt ans quand toi-même tu avais vingt ans. Ça t'aurait plu ? Tu aurais apprécié, un jour de rentrer à la maison et de découvrir qu'elle avait le même âge que toi, que, tout en sachant que c'était elle, tu ne pouvais pas la reconnaître ?

-Je… je ne sais pas. Ça n'était pas possible à l'époque.

-Oui, mais imagine.

-Oui, non, je ne sais pas. C'est pas pareil.

-Oui, je vois. Tu as du mal à imaginer. L'idée ne te plaît pas trop, hein ?

Léa ne nia pas. Chloé ne lâcha pas l'affaire :

-Écoute, je comprends que tu aies eu envie de faire disparaître quelques rides. Ça je peux le comprendre. Mais tu as aussi complètement changé nos vies. Je… je ne sais pas où est ma maman.

-Mais je suis là. Je suis là, implora Léa en ouvrant les bras. Mais Chloé fit non de la tête et sortit de la pièce.

J'ai pris ma femme dans mes bras et je l'ai laissée pleurer tout contre moi.

Le lendemain matin, Léa se leva les yeux gonflés et bondit dans la cuisine pour préparer le petit-déjeuner. Café noir et œufs sur le plat pour moi, café sucré et fromage sur pain légèrement grillé pour Chloé, chocolat au lait avec deux croissants pour Nicolas.

Nicolas descendit le premier et se jeta sur ses croissants, moi qui prenais mon café caché derrière mon journal, je pus constater qu'il avait toujours du mal à regarder sa mère. Léa s'affairait dans la cuisine, elle essayait de faire en sorte que tout soit parfait.

-Viens t'asseoir, lui dis-je en tapotant le tabouret à côté de moi.

-Tu crois que ce Comté fera l'affaire, elle préfère le Cantal, je devrais peut-être aller acheter du Cantal ?

-Le Comté ira très bien. Viens boire ton café avec moi.

-Et toi, Nico, ça va, les croissants sont bons ? Tu veux que j'aille à la boulangerie en acheter plus ?

Nicolas, la bouche pleine, m'appela au secours du regard.

-Léa, ça suffit, tout est parfait, calme-toi et viens t'asseoir.

Elle soupira, jeta le torchon qu'elle avait à la main sur le plan de travail, et prit place entre nous deux.

Elle prit une gorgée de café puis se tourna vers son fils.

-On... on a eu quelques mots avec Chloé hier soir. Je crois…je crois qu'elle a du mal à accepter… mon nouvel aspect. Tu crois… tu crois qu'elle finira par s'y faire ?

Nicolas se racla la gorge.

-Euh…

-C'est quand même pas un crime. Je suis toujours sa mère, simplement j'ai l'air plus jeune. Je suis plus jeune. Mais je suis toujours la même. Je suis toujours sa mère. C'est vrai, non ?

Je craignais le pire, Nicolas acceptait mal la situation, lui aussi, mais il préférait éviter de peiner sa maman, s'il le pouvait. Mais il ne savait pas mentir et finissait toujours par dire leurs vérités à ses interlocuteurs.

-Écoute Maman, euh, tu sais, c'est… c'est déroutant au début.

-Oui, mais toi, tu as bien pris la chose, non, tu ne m'as pas fait une scène comme ta sœur ?

-Ben, la vérité c'est que je ne prends pas ça très bien.

-Comment ça ?

-Ben… tu vois, c'est inconfortable d'avoir une mère qui a le même âge que les filles qu'on drague d'habitude.

Le pauvre, il n'arrêtait pas de croiser et décroiser les jambes, de regarder sa mère et de baisser le regard, tout en touillant sa tasse vide.

-Donc tu n'es pas d'accord non plus, comme Chloé ?

Léa avait dit ça sur un ton mi peiné, mi fâché.

-Il ne s'agit pas d'être d'accord ou pas, c'est ton corps, ta décision. Tu l'as fait, tu l'as fait, c'est over. Mais il n'en reste pas moins que ça peut être très déroutant, très inconfortable pour tes enfants.

Léa soupira :

-Je suis désolée de vous mettre dans cet embarras. Je ne pensais pas que cela mettrait ainsi en péril l'équilibre de la famille.

Nicolas allait répliquer qu'il aurait fallu y penser avant, je le connaissais, mais je lui fis les gros yeux pour le faire taire et je répondis à sa place :

-L'équilibre de la famille n'est pas en péril, ne dramatise pas, ils vont s'y faire, ne t'en fais pas, tout le monde va s'y faire. C'est nouveau, c'est tout. Ça a été une sacrée surprise pour eux quand ils sont entrés dans la maison. Mets-toi à leur place. Je fis signe à Nico de la grimace la plus expressive dont j'étais capable.

-Oui, c'est ça, on a été super surpris. Pour une surprise, c'était une surprise. Mais on va s'y faire, c'est sûr. Faut juste que je m'habitue à avoir une mère super canon, plus jolie que mes copines.

Encouragé par mes mimiques, il parvint même à lui sourire. J'aurais souhaité qu'il lui fasse un bisou, mais vu les circonstances, c'était peut-être un peu trop demander...

À ce moment-là Chloé nous rejoignit tous dans la cuisine.

-Bonjour tout le monde. Oh, tu m'as fait mon pain comme je l'aime, avec du fromage dessus, merci Maman.

Ouf, elle descendait avec de meilleures intentions que la veille, tant mieux. Je notais cependant qu'elle ne fit pas la bise à sa maman, ce qu'elle faisait d'habitude, surtout lorsqu'elle voulait la remercier de quelque chose. La tension n'était donc pas entièrement retombée.

J'espérais qu'on allait en rester là, du moins pour le moment, mais Léa relança le truc :

-Chloé, ton frère vient de m'expliquer que la surprise avait été un peu rude pour vous deux hier soir, ce qui vous a mis dans une position incommode. Je suis désolée, j'aurais peut-être dû vous informer avant. Je voulais vous faire la surprise, je n'aurais pas dû, visiblement.

Chloé garda le silence, soufflant machinalement sur son café, le regard fixe devant elle.

La réponse vint de Nicolas.

-Le problème ne vient pas du fait que tu ne nous aies pas prévenus, le problème vient du fait que tu l'aies fait. On n'est pas gênés parce qu'on n'était pas au courant, on est gênés parce tu as le même âge que nous. C'est dur à vivre pour tes enfants.

Chloé ne disait rien, mais il était évident qu'elle était d'accord avec les propos de son frère.

Léa les regarda tous les deux, les yeux pleins de larmes, fit demi-tour et remonta dans notre chambre.

Je regardai mes deux enfants en silence, Nicolas haussa les épaules et Chloé me fit une moue dubitative.

Le week-end allait être long.

Les enfants étaient repartis depuis quelques jours déjà, le week-end avait effectivement été long et embarrassant, chacun cherchant ses marques pour ne blesser personne. Léa continuait de me pousser à m'inscrire chez Youngagain, mais moins directement, vu que les enfants semblaient s'y opposer.

On sortait plus fréquemment, et il ne se passait pas une soirée sans que l'on ne rencontre quelqu'un qui avait subitement vingt ans ou trente ans de moins que lors de notre dernière rencontre. Certains étaient méconnaissables et devaient se présenter si on ne les avaient pas connus jeunes.

Malgré la banalité de cette nouvelle situation, les regards se faisaient parfois lourds devant notre couple formé d'un vieux de cinquante ans et d'une jeune de vingt, vingt-cinq ans.

Partout il n'était question que de Youngagain, dans les journaux, à la télé, sur les réseaux sociaux.

Puis vint la vague des vieilles gloires faisant leur come-back sous les traits qu'ils avaient arborés cinquante ou soixante ans auparavant. Catherine Deneuve qui avait plus de cent ans et n'avait plus tourné depuis des décennies, coulant une retraite bien méritée dans le Luberon, fit soudain sa réapparition, dans un navet sans aucun intérêt autre que de la revoir avec l'apparence qu'elle présentait lors de ses débuts, quatre-vingt ans auparavant. De même Delon et Depardieu. Le problème est que même s'ils semblaient avoir vingt ans, à nouveau, la jeune génération n'avait jamais entendu parler d'eux. Et leur jeu d'acteur était celui que l'on pratiquait quand les grands-parents des spectateurs actuels allaient au cinéma.

Eddy Mitchell tenta un come-back, avec le même physique qui lui avait permis de percer dans les années soixante. Mille neuf cent soixante. Mais la mode de ce look était passée, ce genre de musique était dépassé.

Même des sportifs s'y mirent. On revit Platini avec son visage et sa silhouette de jeune homme, Guy Drut, et tant d'autres. Mais aucun ne parvint à reprendre le devant de la scène. Peut-être les méthodes d'entraînement avaient-elles trop changé depuis le temps de leurs exploits passés. Peut-être les nouveaux champions étaient-ils trop forts, surentraînés, surmotivés, par rapport aux vieilles gloires. Les nouveaux champions étaient sûrement trop motivés par l'argent, leur carrière, c'étaient des professionnels sans état d'âme, alors que ceux d'hier qui tentaient un retour couraient après un idéal de gloire.

Seul un Raymond Poulidor rajeuni parvint à s'imposer. Il gagna enfin le tour de France, à l'âge de cent dix ans. Ce qui amena les instances du sport international à interdire la compétition aux sujets ayant subi le traitement de Youngagain. L'Agence internationale antidopage décida de considérer dorénavant ce type de traitement comme un dopage. Cependant, le précédent de Poulidor, en dehors du fait d'avoir provoqué cette décision, aurait dû donner à réfléchir. Ceux qui avaient connu le succès durant leur première jeunesse n'arrivaient plus au sommet une fois passés par Youngagain. Seul Poulidor, l'éternel second, qui n'avait jamais gagné, y arrivait enfin, plus de soixante ans après. Ce n'était donc pas qu'une question de renouvellement cellulaire, de taux d'enzymes et d'hormones. Il s'agissait d'envie, de motivation. Quand on a déjà vécu sa vie, on est forcément un peu blasé. On est déjà passé par là, on a déjà vécu ça. Ils avaient brillé, puis vieilli, et une fois jeunes à nouveau, la motivation n'était plus là. Poulidor, lui, avait gardé cette soif de victoire jamais étanchée. Être vieux, ce n'est pas que dans les artères et les cellules. C'est surtout dans la tête.

Tout ceci était vrai aussi pour tout un chacun. Ces « nouveaux jeunes », comme les appelaient certains journaux, à l'instar des nouveaux riches, avaient déjà vécu, avait déjà eu une jeunesse puis un âge mûr, très mûr même pour certains d'entre eux. Les nouveaux jeunes étaient peut-être pleins du dynamisme et de la vitalité que leur permettaient leurs échanges cellulaires, leurs médiateurs chimiques, leurs hormones arrangées , mais ils n'en étaient pas moins mûrs dans leur tête.

Je le voyais bien avec Léa, qui pétait le feu, voulait à nouveau sortir en semaine, mais n'aspirait ensuite qu'à rentrer sagement se coucher. Elle parlait de vacances, de voyages, de sports extrêmes, mais son enthousiasme retombait vite et rien ne valait la compagnie d'un bon livre pour elle. Depuis des années elle m'avait fait part de ses regrets de n'avoir pas pratiqué le parachutisme et la boxe dans sa jeunesse, mais maintenant que c'était à nouveau possible, cela semblait perdre de son attrait. Elle alla bien deux fois dans une salle de combat, mais revint en se plaignant de la sottise des gens rencontrés là-bas et se mit plutôt à lire « Million dollar baby. »
Elle était à nouveau jeune, c'est vrai, mais une jeunesse, elle en avait déjà vécu une. La nouvelle vitalité qui coulait en elle s'exprimait donc plus par un dynamisme quotidien que par un comportement juvénile. Et heureusement, car il lui arrivait fréquemment de se faire draguer par de très jeunes hommes, et si cela la flattait au début, cela la mettait rapidement très mal à l'aise. Les premières fois où cela arriva, j'étais inquiet, jaloux, me sentant menacé par ces jeunes loups, moi bedonnant et grisonnant. C'est surtout au travail que son dynamisme trouvait à s'exprimer, et son boss n'eut qu'à s'en féliciter.

Je sentais bien que ce qui la perturbait le plus, c'était la réaction de Chloé et Nicolas. Elle aurait tellement voulu qu'ils acceptent sa décision et son rajeunissement. Processus était le terme encouragé par Youngagain, mais moi je parlais de son rajeunissement. Il y eut quelques explications au téléphone, mais chacun campait sur ses arguments. Puis Chloé annonça son prochain passage chez nous, pour un week-end prolongé, et Léa oscilla entre joie et appréhension. Nicolas lui ne semblait pas pressé de repasser à la maison, il trouvait toujours un autre prétexte pour passer le prochain week-end à Paris. Je savais bien qu'il se sentait tellement mal l'aise face à sa jolie maman du même âge que lui qu'il préférait éviter cette confrontation pour le moment.

Léa ressortit de sa garde-robe quelques vêtements qu'elle ne mettait plus depuis qu'elle avait perdu vingt-cinq ans, pour moins sembler avoir le même âge que Chloé.

Le vendredi du retour prévu de Chloé, la sonnette de la porte d'entrée retentit, alors que notre fille ne devait arriver que le soir. Je pensai qu'elle voulait peut-être nous faire la surprise plus tôt que prévu, mais en ouvrant la porte, je tombai sur deux hommes en costume.
-Bonjour Monsieur, nous voudrions parler à Madame Léa Blanchard, c'est bien ici ?
-Oui, en effet, mais elle est déjà partie, elle commence très tôt le matin. Je peux savoir de quoi il s'agit ?

-Bien sûr, me répondit le plus âgé des deux, nous travaillons pour Youngagain, et nous passions pour voir si tout allait bien.

Je marquais un temps de surprise, je trouvais leur démarche et leur question surprenantes.

-Oui, tout va bien, mais… vous passez chez tout le monde comme ça ?

Le plus jeune émît un petit rire poli :

-Non, pas chez tout le monde, vous pensez bien. Mais nous n'avons aucune nouvelle de Madame Blanchard depuis sa sortie de nos locaux, or nous insistons bien sur le fait qu'il est indispensable de prendre rendez -vous pour un contrôle après l'arrêt du processus.

-Ah, d'accord, je vois, ma femme a été très occupée ces derniers temps et elle a dû zapper cette visite. Mais je vous assure que tout va très bien, elle est en pleine forme, merci d'être passés, dis-je en les poussant vers la porte.

Les deux types ne se laissèrent pas faire, et je commençais à les trouver un peu lourds. Limite malpolis. Ils s'opposaient presque physiquement à moi alors que je les poussais vers la sortie. Heureusement ils restaient très souriants, pas du tout menaçants, mais je commençais à apprécier très moyennement leur comportement.

-Excusez-nous d'insister, Monsieur, mais c'est très important, votre épouse doit impérativement passer chez Youngagain.

-Écoutez, elle va très bien, merci.

Je leur montrai à nouveau la porte.

-Désolé, mais il est indispensable qu'un membre de Youngagain s'en assure, vous comprenez. Je vous prie de bien vouloir demander à votre épouse de prendre contact avec nos services au plus vite. Tenez, voici une de nos cartes pour qu'elle n'ait pas à chercher le numéro à contacter.

-Merci, je lui donnerai.

Le plus jeune d'entre eux se tourna encore vers moi avant que je ne puisse fermer la porte, me regardant droit dans les yeux l'air très sérieux :

-C'est très important. Il faut qu'elle passe à Youngagain.

J'arrivai enfin à fermer la porte. Ils commençaient à me courir, ces deux-là.

Le soir même, alors que Léa rentrait dans notre appartement, jetant son sac sur une chaise et me réclamant une boisson forte parce qu'elle avait passé une journée merdique, je lui tendis la carte que m'avaient donnée les deux épouvantails en costume. Tout en la laissant en prendre connaissance, je commençais à lui masser la nuque et les épaules, ce qui était ce qu'elle me demandait réellement lorsqu'elle réclamait une boisson forte, car Léa ne buvait pratiquement jamais d'alcool. Plus du tout même depuis qu'elle avait décidé de rajeunir. La carte dans sa main fermée, posée sur sa cuisse, elle se laissait faire,

les yeux fermés. Au bout de quelques instants, elle ouvrit les yeux et la main.
Lorsqu'elle lut la carte, elle sursauta en criant presque de joie :
-Ça y est, tu t'es décidé, tu les as appelés ?
Conscient de la confusion, je la détrompai rapidement, lui racontant la visite
des deux croque-morts.
Elle se rassît, un peu déçue.
-Ah oui, qu'est-ce qu'ils voulaient ?
-Et bien je ne suis pas sûr, ils disaient vouloir te voir parce que c'est spécifié
dans le protocole, tu dois passer après l'arrêt du traitement.
-Oui, je crois qu'on me l'avait bien dit, mais tu sais...
Elle fit un geste vague de la main, comme pour chasser les choses de peu
d'importance.
-Je crois même que j'ai dû signer un truc comme ça, m'engageant à passer dans
leur labo une fois que je serai stabilisée.
-Et bien c'est ce qu'ils attendent de toi...
-Oui, bof... Elle répéta son geste.
- Tu sais, ils avaient l'air sérieux. Ils avaient même quelque chose de...
menaçant. Je ne sais pas si c'est l'expression qui convient, parce qu'ils ont
toujours été souriants et très polis, mais... c'est comme ça que je l'ai ressenti.
Leur présence était menaçante. De toute façon, ils repasseront. Mais tu ferais
mieux d'aller les voir toi.
Elle refit son geste qui commençait à m'énerver. Ok, elle faisait jeune, mais ce
n'était pas une raison pour afficher l'attitude ostensiblement décontractée et
jemenfoutiste des adolescents.
Bon moi, de toute façon, j'avais fait mon boulot, je lui avais donné la carte et
transmis le message, je ne pouvais rien faire de plus. Même si je paraissais
trente ans de plus qu'elle, je n'étais pas son père. Juste son mari. À elle de
jouer maintenant. Même si penser qu'elle n'allait rien faire du tout ne me
plaisait pas beaucoup, après l'impression que la visite des deux types m'avait
laissée.

Puis Chloé revient à la maison pour un long week-end et ce fut très pénible.
Je crois qu'elle était venue avec de bonnes intentions, au départ elle était
pleine de gentillesse et de compliments pour sa mère, qui, du coup, crut qu'elle
s'était enfin faite à l'idée de la transformation. Mais elles sortirent en ville faire
des courses entre filles, comme elles en avaient l'habitude, et lorsqu'elles
revinrent, elles portaient leur tête des mauvais jours en plus des nombreux
sacs pleins d'achats.

Maussade, Chloé monta dans sa chambre sans rien me dire. Léa, les larmes aux yeux une fois de plus, me raconta qu'elles s'étaient fait draguer par de très jeunes hommes qui les prenaient pour des sœurs jumelles. C'est vrai qu'elles avaient les mêmes yeux bleus, les mêmes pommettes hautes, les mêmes cheveux blonds légèrement bouclés. Le problème c'est que Léa avait voulu jouer un peu de la situation, pensant créer ainsi une sorte de complicité avec sa fille. Elle avait répondu avec un peu de coquetterie aux avances, mais très vite cela avait mal tourné, les hommes se montrant de vrais goujats, tenant des propos pornographiques et les invitant à une partie carrée. Chloé s'en était offusquée et tenait sa mère pour responsable, l'accusant de les avoir provoqués. Elle avait tenu à rentrer sur le champ, disant qu'elle se sentait de plus en plus mal à l'aise en compagnie de sa « mère -jumelle ».

J'ai bien tenté de calmer Léa, en lui racontant d'une voix caressante que Chloé allait bien finir par s'y faire, même si j'en doutais moi-même. J'ajoutai que les choses allaient bien, qu'elles étaient sorties ensemble comme si de rien n'était, mais qu'elles avaient juste eu la malchance de tomber sur ces gros nuls. Vraiment une malchance, c'était juste le jour où ça tombait vraiment mal.

Elle commençait à sourire à travers ses larmes, un peu rassérénée, quand Chloé descendit bruyamment avec ses valises. Normalement elle ne devait partir que le lendemain soir.
-Je m'en vais. Je ne peux pas rester ici. Salut, je ne sais pas quand je reviendrai.
On est restés comme deux idiots, Léa et moi, j'ai cru qu'elle allait s'effondrer dans mes bras.
-Attends, je vais arranger ça, je murmurai à Léa.
Je me précipitai derrière Chloé qui avait déjà parcouru plusieurs mètres dans la rue, les petites roulettes de son bagage tressautant avec vacarme sur le trottoir.
-Attends, je lui dis, reste encore un peu.
Elle s'arrêta et se tourna vers moi :
-Désolée papa, mais je peux pas. Je sais que c'est maman, je finirai bien par m'y faire et revenir, mais là, c'est trop. Désolée, je sais que c'est dur pour toi, mais je peux pas.
-Ok, laisse-moi au moins te conduire à la gare.
-C'est pas la peine.
-S'il te plaît…
Elle poussa un grand soupir et finit par accepter. Une minute plus tard, j'étais garé à côté d'elle et la faisait entrer dans ma voiture. En chemin vers la gare, je ne dis rien, et elle finit par se sentir obligée de s'expliquer :
-Je sais que c'est injuste pour toi, tu n'as rien fait de mal et je semble te fuir… Je sais aussi que c'est même injuste pour Maman, elle n'a fait que vouloir être

jeune et belle, toutes les femmes veulent ça. Probablement que moi à sa place je ferais la même chose. C'est presque sûr que je ferais la même chose. Mais... c'est trop bizarre pour moi. Je ne sais pas comment réagir. Je ne pars pas pour punir qui que ce soit. Je pars pour fuir une situation que je ne supporte pas. Tu comprends, Papa ?

Je hochai la tête pour confirmer que j'avais compris.

Arrivés devant la gare, nous sortîmes tous deux du véhicule. Lorsque j'eus extrait sa valise du coffre, elle se réfugia dans mes bras en soupirant. Elle m'adressa un sourire triste :

-Fais un bisou à Maman de ma part. Dis-lui que je finirai par m'y faire. Mais c'est dur, ajouta-t-elle en pleurant soudain. Elle se reprit.

-En fait, je crois que j'en veux plus à Youngagain qu'à elle, dit-elle encore en riant à travers ses larmes.

De retour à la maison, je dus expliquer à Léa que j'avais conduit Chloé à la gare. Elle ne me crut pas quand je lui dis que Chloé m'avait demandé de lui faire un bisou.

-Tu parles ! Elle me déteste.

- Mais non. Elle déteste Youngagain. Elle est juste très déstabilisée. Elle ne sait pas comment se comporter en ta présence. Laisse-lui le temps de trouver sa place avec une maman qui a le même âge qu'elle. Mets-toi à sa place. C'est pas facile, tu sais.

Les jours suivants, je vis Léa s'enfoncer lentement dans la dépression. Les enfants m'appelaient, moins souvent qu'auparavant, mais au moins continuaient-ils à me parler. Avec Léa, les échanges étaient froids et distants. Chaque jour qui passait je la sentais plus triste. Le contraste entre son nouveau corps, tout jeune, tout beau, et son attitude abattue était frappant.

Je passais mon temps à la consoler, à essayer de lui remonter le moral. Mais malgré tous mes efforts, je percevais que Léa se sentait rejetée de la famille. Ou plutôt qu'elle ressentait que deux clans s'étaient formés dans la famille : ceux qui n'étaient pas passés chez Youngagain et présentaient donc leur âge véritable, d'un côté, et de l'autre, elle, qui avait confié sa vie aux apprentis sorciers de Youngagain.

J'en tirais donc la conclusion que si je voulais sauver Léa, je n'avais pas le choix. Je devais me mettre de son côté, dans son camp. Même si je n'en avais vraiment pas envie, je décidai d'aller à mon tour me faire rajeunir.

Un soir où elle était particulièrement triste, je la pris dans mes bras dans notre lit, au moment d'éteindre la lumière.

-Ça va finir par s'arranger, je lui dis doucement. Ils vont s'habituer.

Je savais bien que c'était au moins la centième fois que je prononçais ces mots.

Elle fit Non de la tête et en essuyant une larme, me dit :

-Laisse tomber. Je ne veux plus parler de ça. Raconte-moi une histoire.

-Une histoire ?

J'étais totalement pris au dépourvu.

-Oui, une histoire. Comme celles que tu racontais aux enfants, le soir pour les coucher.

Il est vrai que quand Chloé puis Nicolas étaient enfants, je les endormais tous les soirs en leur racontant une histoire. Parfois lue dans un livre de contes, le plus souvent inventée. Mais cela faisait des années que cela ne m'était plus arrivé. Trouverai-je encore l'inspiration ?

Je me tournai vers elle. Une larme brillait dans ses yeux et commençait à rouler sur la peau lisse de sa joue.

Je pris une grande inspiration, et commençai doucement :

-Il était une fois une goutte d'eau.

Elle sourit et ferma les yeux.

-Cette goutte d'eau, toute petite, toute jeune, était perdue au milieu de milliards et de milliards d'autres petites gouttes comme elle, qui formaient un vaste océan. Toute la journée, toute la nuit, elle était ballottée par les vagues et les courants. Elle voyait passer des poissons, des reptiles, des mollusques, et caressait leur flancs, parfois elle était aspirée ou bue par l'un d'entre eux, le traversait et était expulsée pour rejoindre à nouveau les milliards de gouttes avec qui elle formait un océan. Parfois elle descendait dans les profondeurs de la mer, où la lumière ne pénètre pas et où toutes les petites gouttes étaient comprimées les unes contre les autres. Parfois elle remontait près de la surface où le soleil la réchauffait et la faisait scintiller.

Un jour, sans qu'elle s'y attende, le soleil l'aspira. Elle se sentit dilater, devenir légère, légère, et s'élever dans les airs. Au début, elle était affolée, cela ne lui était jamais arrivé. Le sel lui manquait, elle n'en avait jamais été séparée jusqu'à présent. Elle avait le vertige, la mer dont elle avait toujours fait partie jusque-là lui semblait s'éloigner, toujours plus bas, toujours plus bas. Puis elle rejoignit d'autres gouttes comme elle, très distantes les unes des autres, flottant dans les cieux, mais formant une sorte de mer aérienne, ce qui la rassura. Elle commençait à apprécier de flotter loin au-dessus de la mer, de sentir le vent la promener de-ci, de-là. Même poussée au sommet d'une vague puissante, elle ne s'était jamais sentie aussi légère. Pour la première fois, elle voyait la terre, loin au-dessous d'elle. Elle n'avait jamais connu que la mer. Cette surface tantôt verte, tantôt brune, tantôt plane tantôt vallonnée la fascinait. Elle n'avait vu jusqu'à présent que de l'eau, toujours de l'eau. Parfois verte, parfois bleue, parfois lisse comme un miroir, parfois démontée comme un liquide en furie, mais cependant bien plus uniforme que la terre ferme. Elle aurait souhaité connaître ce monde, nouveau pour elle, de plus près.

Elle ne pensait pas être si vite exaucée. Le vent se mit à forcir, la poussant de plus en plus vite, la lumière commença à faiblir, les nuages qu'elle contribuait à composer devinrent noirs, lourds et menaçants. Elle ne s'inquiétait pas trop, elle avait connu du très gros temps en mer, et avait l'habitude d'être ballottée. Même lorsque le tonnerre gronda au sein de son nuage, elle ne s'effraya pas trop. Elle avait déjà entendu le tonnerre. Quoique là, elle était très près… le vacarme dépassait tout ce qu'elle avait connu jusqu'alors. La lumière de l'éclair aussi dépassait en luminosité tout ce qu'elle avait connu, même si elle avait déjà vu des éclairs zébrer le ciel au-dessus d'elle et s'abattre dans les flots.

C'est quand elle commença à chuter comme une pierre qu'elle prit réellement peur. Ça, non, elle n'avait jamais connu. La sensation de chute était terrible, horrifiante. Il lui semblait que cela ne finirait jamais, et en même temps l'anticipation de l'écrasement au sol la terrifiait. Elle savait que le sol est bien plus solide que la surface des flots. Elle se préparait au pire. Et puis vint l'impact. Elle se découvrit bien plus élastique qu'elle ne pensait l'être. Elle rebondit dans l'herbe légère et glissa le long d'une longue tige d'herbe. Ses congénères tombaient autour d'elle comme des bombes, commençant à s'accumuler au sol en mini-mers. Elle était bien, là, regardant avidement autour d'elle ce nouveau monde. Tout était tellement étrange. La pluie cessa, le soleil revint et la réchauffa, l'aspirant à nouveau.

Elle connaissait maintenant, elle n'avait plus peur. Elle subit plusieurs cycles de montée aérienne dans les nuages et de chute lourde sur le sol. Toujours dans un autre endroit. Elle connut la prairie, la forêt, la roche. La roche, c'était un peu dur. Elle préférait s'écraser dans l'herbe, c'était plus voluptueux.

Un jour où, agrippée à une feuille tout en haut d'un arbre immense, elle profitait du point de vue pour admirer ce monde solide en attendant d'être évaporée pour un nouveau cycle, un animal immense s'approcha de l'arbre. Il était vraiment gigantesque, quatre pattes comme des troncs, une longue queue se terminant des mètres et des mètres derrière le corps, et un cou presque aussi long, terminé par une tête minuscule. Elle se sentait petite mais à l'abri, l'animal était loin loin au sol, elle était tout en haut de son arbre. Mais l'énorme bête se redressa, se dressa sur ses postérieures, étira son long long cou vers elle, et soudain la tête de l'animal se trouva à quelques centimètres d'elle. Vue de près, sa tête ne semblait plus si minuscule. Le saurien ouvrit grand sa gueule, pleine de petites dents pointues, l'avança, saisit une branche et tira en arrière. Ses petites dents retenaient les feuilles et laissaient filer la branche, la dénudant ainsi. L'animal mastiqua quelques secondes puis déglutit et la petite goutte, mêlée à d'autres gouttes gluantes et à une pâte de feuilles, descendit le long du cou interminable comme dans un toboggan. Il faisait noir comme au fond des océans, là-dedans. Après quelques péripéties (estomac, intestins...), la petite goutte se retrouva dans le flot rouge du sang de son hôte. L'énorme cœur la propulsait vite dans les artères, puis elle remontait de plus en plus lentement le long des veines. Elle s'amusa follement dans ce nouveau cycle, visitant de l'intérieur tous les organes gigantesques du diplodocus qui l'avait engloutie.

Ensuite...la circulation de son hôte s'accéléra, elle ressentit son stress, il était attaqué par un monstre terrifiant, nettement plus petit mais géant malgré tout. Il avait une gueule énorme, toute en dents faites pour déchiqueter, des petits bras ridicules et deux jambes formidablement musclées pour courir et sauter sur sa proie. Le diplodocus était tellement plus grand, mais tellement plus lent, qu'il n'avait aucune chance. Son agresseur lui sauta au cou et toute la puissance de sa mâchoire se referma sur sa trachée et sa carotide. Le géant au long cou avait beau se débattre, son cerveau ne recevait plus ni air, ni sang, et bientôt il s'affala. Commença alors le repas du monstre sanguinaire, il arrachait des bouchées de plusieurs dizaines de kilos. Dans l'une de ces bouchées, la petite goutte passa d'un hôte à l'autre. Elle circulait désormais dans le sang d'un animal terrifiant. Elle ressentait, depuis les artères de son nouvel hôte, son agressivité et sa toute puissance. Elle écuma avec lui les plaines et les sous-bois, terrifiant toute la faune de ce monde. Puis, elle changea de système physiologique au hasard d'une bifurcation, empruntant une artère plutôt qu'une autre, et se retrouva dans le rein du monstre, de là dans sa vessie où elle regretta l'iode et le sel de sa mer natale. Heureusement, elle fut bientôt expulsée sur l'herbe verte dans un fétide torrent mousseux. Aspirée à nouveau par les rayons du soleil, elle apprécia d'être nettoyée par plusieurs cycles pluie-évaporation.

La pluie suivante lui fit gagner un torrent où elle se retrouva avec ses semblables en grand nombre pour la première fois depuis longtemps, comme dans la mer, mais sans le sel. Le torrent était tumultueux, elle appréciait ces moments de fun et elle chantait sur les cailloux de sa voix cristalline. Puis le courant se calma et elle connut la rivière, calme et lymphatique. Les poissons y étaient différents. La rivière la conduisit au fleuve, et le fleuve à la mer. La vie recommença comme avant, mais elle avait goûté à l'aventure et n'aspirait plus qu'à être aspirée pour en vivre de nouvelles. L'évaporation était devenue son graal et elle comprenait maintenant pourquoi ses sœurs se bousculaient pour une place à la surface de l'eau.

La petite goutte connut rapidement la chance d'être évaporée à nouveau, puis plue.

Je me tournai vers Léa :

-C'est le participe passé de pleuvoir. La petite goutte a été plue. C'est mieux que pleuvue, non ?

Elle ne répondit pas, les yeux toujours fermés, mais je pensais qu'elle ne dormait pas encore, je décidai de poursuivre :

-Ensuite la petite goutte a connu des milliers et des milliers de cycles comme ça. Ella a connu tous les pays, elle est tombée sous forme de pluie (c'est quand même mieux que ' Elle a été plue'), de neige, de givre, de brouillard, de grêle. Elle a connu quantité de rivières, de fleuves, de lacs, de nappes phréatiques, de mers. Elle a été bue par une grande variété d'animaux, des dinosaures, des mammouths, des oiseaux, des fauves, elle a fait partie d'eux, de leur chair et de leur sang. Elle a connu des aventures invraisemblables, tout fait, tout vécu. Elle a été partout. Elle a été transpiration d'un homme de Néandertal. Bue par un pharaon. Elle s'est frottée à l'étrave d'un drakkar viking. Elle est tombée sur Benjamin Franklin pendant qu'il démontrait la nature électrique de la foudre.

Elle a imbibé la boue des tranchées de la première guerre mondiale. Elle a été dans le lait bu par Einstein enfant. Puis à nouveau dans une rivière, dans un nuage, dans une rivière, dans un nuage, dans une bouteille d'eau, et maintenant la voici sur ta joue, et je vais la boire.
Je me penchai sur le visage de Léa et léchai dans un léger baiser la larme salée qui finissait de sécher sur sa joue.

Le lendemain matin, tôt, la sonnette de la porte d'entrée retentit pendant que nous prenions notre café. Très matinal pour une visite. Ouvrant la porte la tasse à la main, je découvris les deux compères de Youngagain qui m'offrirent un grand sourire.
-Bonjour Monsieur. Nous sommes passés très tôt pour avoir une chance de tomber sur votre épouse. Vous savez qu'elle ne nous a pas contactés ?
-Euh, non. Il est très tôt en effet.
Léa fit son entrée, une tasse à la main elle aussi :
-Qu'est-ce que c'est ?
-Ces messieurs sont de Youngagain, je t'ai parlé de leur visite, déjà, tu aurais dû contacter…
-Ah oui, j'ai oublié. Eh bien, vous voyez, je vais bien, j'ai stoppé mon processus et je suis très satisfaite, merci.
Elle allait pousser la porte en les laissant dehors, mais le plus âgé des deux s'engagea au même moment, en riant :

-Excusez-moi, Madame, je vois que vous allez bien, j'en suis très heureux pour vous, mais mon collègue et moi devons-nous assurer que vous êtes bien Madame Léa Blanchard, qui avez entrepris le traitement de Youngagain.
Disant cela, il exhibait sa carte au logo tellement connu maintenant et faisait entrer à son tour son jeune acolyte.
Leur entrée en force nous aurait inquiétés ou irrités s'ils n'étaient pas aussi souriants et affables. Il y avait comme une opposition entre leur attitude générale et leur action. Léa était quand même un peu choquée.
-Mais qu'est-ce que vous voulez de plus ? Ma carte d'identité ?
Il pouffa de rire.
-Vous savez bien que cela ne sert plus à rien. Vous ne correspondez plus à la photo.
Son acolyte prit le relais :
-L'idéal serait un test d'ADN, Madame, pour être sûr que vous êtes bien la personne ayant eu recours au processus de Youngagain. Nous avons conscience d'être un peu insistants et… pour tout dire invasifs, mais vous vous êtes engagée à passer ce contrôle après la stabilisation, et nous sommes obligés de procéder à certaines vérifications.
Oh, rien de très poussé, juste nous assurer que vous ne souffrez d'aucun effet secondaire.
-Je vais très bien, je vous assure.
Je sentais qu'ils commençaient à irriter ma Léa, ces deux lascars.
-Très bien, très bien, Madame. Je veux juste être sûr que vous êtes-vous.
-Je suis moi.
Il rit et sortit son portable en chaussant ses lunettes de réalité augmentée. Il compara Léa aux images en trois D contenues dans son fichier.
-Cela semble correspondre, en effet. Mais on ne sait jamais, parfois le fils ou la fille d'un sujet peut se faire passer pour le sujet après processus.
-C'est exactement le cas, notre fille pourrait se faire passer pour ma femme, maintenant.
Léa me foudroya du regard.
Le grand type en costume acquiesça
-Vous voyez. Nous sommes obligés de vérifier.
Léa m'accorda une seconde salve.
-Oh, rien de méchant, c'est juste qu'on veut être sûrs. On va essayer de ne pas vous embêter. Vous permettez ?
Il fit un geste pour prendre la main de Léa.
Celle-ci recula, dégageant son bras d'un violent mouvement vers l'arrière.
-Ça va pas, non ? Sortez d'ici !

-Excusez-nous, Madame. Je voudrais juste passer mon décodeur d'ADN sur votre peau, il y en a pour une minute, je vérifie que vous êtes la personne qui est passée chez Youngagain, et vous n'entendrez plus parler de nous.
Je vous rappelle que vous vous êtes engagée à accepter ces vérifications.
Il nous montra l'écran de son portable, on y vit Léa, portant encore ses cinquante ans, et on l'entendit nettement reconnaître qu'elle s'engageait à laisser vérifier après la fin du processus que tout s'était bien passé. Il nous montra aussi une copie de contrat signé de sa main.
-Désolé, monsieur-dame, mais sinon nous serons obligés d'entamer une procédure et la police viendra vous chercher pour vous emmener dans nos locaux. Ce n'est vraiment pas ce que nous voulons, ni vous non plus, j'en suis sûr. C'est le motif de notre visite ici.
Je comprends très bien, la plupart des gens oublient cette vérification après leur stabilisation, ils sont contents du résultat et c'est tout, après ils s'en fichent de Youngagain, tout ce qui compte, c'est d'être à nouveau jeune, n'est-ce pas ? Mais comprenez que nous sommes sérieux et ne laissons pas les gens comme ça dans la nature. Vous conviendrez que c'est mieux d'avoir un minimum de suivi, non ?
Il était très convaincant.
-Comment ça marche, ce truc-là ? demanda avec circonspection Léa en montrant le soi-disant lecteur d'ADN.
-Oh, c'est très simple. C'est tout nouveau, nous en sommes très fiers. Je le passe sur votre peau nue, il y a un lecteur infrarouge capable de lire l'ADN de vos cellules, comme un code-barres, à travers la peau. Je le compare alors à celui de votre dossier. Et c'est tout, si, comme j'en suis persuadé, il y a concordance, nous prendrons immédiatement congé de vous en vous priant de nous pardonner notre insistance.
Léa hésita en regardant tour à tour le petit appareil et les deux hommes. Finalement elle se tourna vers moi. Je l'encourageai du regard.
-Ok, allons-y soupira-t-elle enfin en offrant son avant-bras nu.
Le type posa le minuscule écran sur la face interne de l'avant-bras de Léa, juste au-dessus du poignet.
-La peau est plus fine là, dit-il.
Il appuya sur un bouton, une lumière rouge éclaira l'avant-bras de Léa. Il n'y eut aucun bourdonnement, seulement la lumière. Puis après un temps assez long, la lumière s'éteignit. Le type appuya sur un autre bouton, son portable bipa, il attendit encore un instant, portable et lecteur d'ADN bipèrent à l'unisson, et il leva la tête en arborant un sourire éclatant et que je trouvai même étonnamment soulagé.

-Voilà Madame. C'est tout. Vous voyez, rien de terrible. Nous n'allons plus vous embêter. Vous êtes bien celle que vous dites. J'espère que vous nous pardonnerez notre insistance, mais c'est pour le meilleur suivi possible des patients.

Ils se dirigèrent vers la porte, nous saluèrent encore une fois en félicitant Léa d'avoir fait le bon choix en faisant confiance à Youngagain, et disparurent.

Après un instant de silence, Léa posa sa tasse vide sur l'évier.

-Bizarre, non ? fut tout ce qu'elle trouva à dire.

-Bof, je sais pas, j'ai pas l'habitude de ce genre de situation. En tout cas, ça m'encourage pas trop à aller chez eux comme j'en avais l'intention.

Léa me sauta au cou.

-C'est vrai, tu vas le faire ? Super, tu vas voir comme tu vas aimer être jeune. On va être beaux tous les deux !

Elle ne voulait plus desserrer ses bras de mon cou.

-Eh, doucement, tu sais, je suis vieux moi, encore, tu vas me péter une artère. Et puis faut qu'on aille travailler.

-C'est vrai dit-elle en riant. Oh, je suis tellement contente ! Elle me sauta encore au cou avant de quitter la maison.

J'étais pas très chaud pour le processus, mais sa réaction me confortait, j'avais pris la bonne décision.

Les jours suivants, je cherchais la meilleure solution. Ce n'était pas de l'hésitation, non, j'avais pris ma décision, mais je voulais choisir la moins mauvaise façon de l'annoncer aux enfants. Leur réaction me faisait très peur. Je ne voulais pas les éloigner encore plus de la maison. Leur dire avant au risque de les affoler, de les voir tout faire pour m'en dissuader ? S'ils me menaçaient de ne plus venir si je le faisais ? Non, ce serait du chantage, ce n'était pas leur genre. Leur faire la surprise ? J'avais vu ce que cela donnait avec leur mère… quelle que soit ma décision, j'avais l'impression de les trahir.

J'espérais au moins que Léa se rendrait compte que je ne le faisais que pour elle. Je n'avais aucune envie d'avoir vingt ans à nouveau. J'avais des enfants de cet âge-là. J'avais l'impression de marcher sur leurs plates-bandes.

Et puis il y avait la visite des deux pingouins. Je ne savais pas trop quoi en penser, mais ce souvenir me laissait un drôle de goût. Après tout, cela était tout à l'honneur de Youngagain de se préoccuper autant de ses patients, d'en faire un suivi aussi méticuleux. Mais la méthode me paraissait trop… musclée. Trop interventionniste.

Je pris quand même rendez-vous chez Youngagain.
Effectivement, leur succès était tel qu'on me mît sur liste d'attente. Je devais patienter près de deux mois avant de passer ma première consultation pour bilan et prélèvements.

C'est justement pendant ce délai que les premières rumeurs commencèrent à se faire entendre. Il se disait que plusieurs personnes ayant eu recours à leurs services avaient disparu. Que d'autres étaient mortes dans des conditions mystérieuses.

Au début Youngagain ne réagit pas, mais les reportages et autres ragots se faisant plus nombreux, il y eut plusieurs démentis.
Dominique Baroult, le fameux président lui-même, publia un démenti dans une vidéo où il s'exprimait pour dire tout le bien qu'il pensait de son laboratoire. Suivaient des dizaines de témoignages, sur le mode avant-après, de patients enchantés du résultat de leur traitement. Le professeur Baroult développa ensuite une suite de statistiques démontrant qu'il n'y avait pas plus de disparitions parmi la population ayant suivi son traitement que parmi une population standard. Tout était question de statistiques, selon lui.

Cela me laissait à penser, et ne me donnait pas plus envie que ça de me soumettre à leur protocole, mais bon, des rumeurs il y en a toujours, à propos de tout. Et j'avais plus ou moins donné ma parole à Léa, en tout cas elle l'avait pris comme ça, et elle était à nouveau tellement heureuse depuis. Je crois qu'elle pensait qu'à nous deux nous allions rattraper le coup avec les enfants et qu'ils allaient enfin accepter l'idée que tout le monde serait plus heureux comme ça. Moi j'avais décidé de leur annoncer dès le traitement initié, avant que cela ne se remarque, mais une fois qu'il serait impossible de revenir en arrière. Peut-être était-ce un peu lâche de ma part…

C'est quand Léa rentra du boulot un soir en annonçant que Jack avait disparu que je commençai à vraiment me poser des questions. Jack était un de ses collègues, je le connaissais vaguement pour l'avoir vu deux ou trois fois à des barbecues, des réunions entre collègues, des trucs comme ça.
Ce qui m'a mis la puce à l'oreille, c'est que Léa m'avait dit en riant quelques semaines auparavant que Jack avait été convaincu par la réussite de son traitement à elle, et qu'il s'y était soumis lui aussi.
-Comment ça disparu ?
-Et bien, il n'est pas venu à la boîte depuis deux semaines, on pensait qu'il était malade ou j'sais pas quoi, mais hier Manon, sa femme, est venue en pleurant, elle ne l'a pas vu depuis ce temps-là non plus.
-Ah oui, mais pourquoi elle a pas réagi plus tôt ?
-Ben apparemment elle a prévenu la police dès le lendemain, mais eux ils ont pas cru bon d'enquêter sur la piste professionnelle. Tu la connais, c'est une grande brune maigre.
-Oui, oui, je vois qui c'est. Mais euh… son traitement, euh… ça se voyait déjà ?

-Oh oui, on aurait dit un gamin. Il m'a dit qu'il avait stoppé le processus, mais le dernier jour où on l'a vu, j'avais l'impression qu'il était encore plus jeune. Pourquoi, quel rapport ?

-Non rien, je voulais savoir, c'est tout.

Bon moi, je suis pas détective, mais j'avais bien envie d'aller poser quelques questions à sa femme. Seulement, justement, comme je ne suis pas détective, sous quel prétexte je pouvais bien aller embêter la pauvre dame qui avait sûrement d'autres chats à fouetter ?

Comme par miracle, c'est Léa qui m'a tendu la perche le lendemain.

-Dis, Paul… Je crois que vais aller voir Manon pour une visite de courtoisie, voir comment elle va, quoi…

Elle avait la tête de quelqu'un qui propose quelque chose de désagréable, presque sûr d'essuyer un refus.

Moi, hypocrite :

-Mmhh, Manon ?...

-Tu sais bien, la femme de Jack, je t'en ai parlé hier.

-Ah oui, bien sûr.

-Je me sens obligée d'aller voir comment elle va. T'as pas envie de m'accompagner ?

À nouveau cette tête me suppliant, comme pour m'inviter à faire quelque chose qu'elle savait que je ne n'avais vraiment pas envie de faire.

-Si bien sûr.

C'est la surprise maintenant qui se lisait sur son visage.

-Ah bon, super, merci.

-C'est normal, j'aime bien ce Jack. Il est sympa.

Elle avait l'air extrêmement satisfaite que je vienne avec elle. Mais je ne voulais pas être complètement hypocrite, alors je devais quand même lui expliquer au moins en partie la raison pour laquelle je l'accompagnais.

En chemin, dans la voiture, je lançais donc, du ton le plus détaché possible :

-J'aurais bien aimé voir la tête qu'il avait, Jack, après son rajeunissement…

-Si tu vas chez Youngagain, il faudra t'habituer à dire processus…

-Je paie pour un rajeunissement, pas pour une leçon de vocabulaire. Ils me rajeunissent, c'est tout ce que je demande, et je parle comme je veux.

-Tu verras, ils te reprendront.

-Tu verras, je leur expliquerai…

Arrivés devant la maison de Jack et Manon, je laissai Léa passer devant moi et sonner. Manon nous ouvrit la porte, visiblement, elle avait elle aussi subi le processus. Je dis subi, parce que c'était la première fois que je voyais une personne qui n'était pas embellie avec trente ans de moins. Manon était laide à cinquante ans, elle était juste encore laide à vingt. Toujours aussi maigre, osseuse même, le cheveu toujours aussi rare, filasse, d'une couleur indéterminée, entre pisse et bière éventée. Une tête de cheval avec les dents qui vont avec. Les dents sont les seuls organes qui sont peu ou pas touchés par le processus de Youngagain. C'était donc Manon, jeune, avec ses vieilles dents.

Léa lui expliqua que nous venions voir si elle allait bien, si nous pouvions l'aider d'une façon ou d'une autre. Manon nous remercia et nous fit entrer.

-Et… Jack, toujours aucune nouvelle ? demanda Léa.

-Non, répondit Manon, faisant visiblement des efforts pour ne pas pleurer.

Deux secondes après, elle pleurait sur l'épaule de Léa.

-Ça va aller, lui fit celle-ci. Je suis sûr qu'il va réapparaître, il y a bien une explication.

Elles commencèrent une conversation dont je ne voulais pas me mêler, à savoir si elle avait une idée de ce qui pourrait s'être passé, entendez avait-il une raison de vouloir disparaître, entendez se pourrait-il qu'il y ait eu quelqu'un d'autre dans sa vie, avec qui il aurait pu vouloir recommencer une nouvelle vie ailleurs ?

Manon répondait que non en reniflant, que tout allait bien entre eux, qu'ils avaient entrepris ensemble la démarche de rajeunir et étaient super enthousiastes de recommencer ensemble une deuxième jeunesse. Elle était vraiment convaincante sur ce point, et pour le peu que je connaissais Jack, je le voyais mal mener une double vie.

Elle nous parlait de leurs projets, de leurs envies renouvelées grâce à Youngagain.

Je demandai :

-Vous n'auriez pas une photo de lui juste avant sa… hum… disparition, si on veut le retrouver ce pourrait être intéressant de voir à quoi il ressemblait au terme de son… processus ?

-Si, si, on faisait beaucoup de photos, lui et moi, justement pour suivre notre rajeunissement. On comptait même en faire une petite vidéo après. Tenez, regardez.

Elle me tendit son portable, et je fis défiler une série impressionnante de photos où ils apparaissaient systématiquement tous les deux, de plus en plus jeunes. Il avait l'air réellement heureux, pas du tout la tête de celui qui est en train de préparer sa fuite en douce. Sur les dernières photos il faisait réellement TRÈS jeune. On aurait dit un adolescent.

-Si vous avez vos lunettes de réalité augmentée, je peux activer la fonction et vous les verrez en relief.

-Non, merci, ça ira comme ça. Par contre si vous pouviez m'envoyer la plus récente. Ça pourrait aider.

Devant la grimace interrogative de Léa, je me sentis obligé d'ajouter :

-Je ne sais pas, on pourrait interroger les gens du voisinage...

De retour chez nous, Léa me demanda à quoi je jouais.
-Quoi, comment ça ?
-Tu sais très bien de quoi je veux parler. Tu ne m'as accompagnée que pour avoir ces photos de Jack. C'est quoi ton problème, c'est du voyeurisme ?
-Non, bien sûr que non. C'est juste que... j'sais pas, c'est bizarre cette histoire de disparition. Ça, avec le fait qu'il fasse tellement jeune sur ces dernières photos. Plus ces visites bizarres de ces deux types en costard de chez Youngagain chez nous, j'sais pas, je sens quelque chose de louche.
-Et alors, t'es détective maintenant ? Tu crois que tu vas faire mieux que la police ? Tu crois que tu fais le poids face à une multinationale comme Youngagain ?
Je ne savais pas très bien pourquoi, mais elle avait l'air rudement fâchée.

Quand vint la date fatidique du rendez-vous chez les apprentis magiciens, je n'en menais pas large. Je n'avais ni envie d'y aller, ni envie de m'y soumettre. Mais Léa n'attendait que ça, elle était tout excitée et j'eus même toutes les peines du monde à la dissuader de m'accompagner comme une maman accompagne son gamin le premier jour d'école. Sauf que là, la maman paraissait trente ans de moins que son bambin. Je dois avouer que j'éprouvais aussi beaucoup de curiosité.
Le laboratoire où j'étais convoqué était le plus grand de France, je le savais, mais quand je m'y présentai je fus quand même surpris par l'immensité du site. Un parc gigantesque, et au milieu un énorme bâtiment futuriste, tout en verre et en acier. Je ne sais pas pourquoi, mais il me fit penser au Pentagone, bien qu'il n'en eût pas du tout la forme. Une magnifique hôtesse en blouse bleu ciel vint me chercher et me fit entrer dans une salle d'examen où on me soumit à une batterie de questions et d'examens. On m'expliqua en quoi consistait le traitement (prélèvement de sang pour y isoler des cellules souches, manipulation de ces dernières selon un procédé secret de Youngagain, et ré-injection du résultat avec un petit élixir secret lui aussi, censé réparer les télomères raccourcis). Plus équilibrage d'hormones, de médiateurs chimiques

selon le bilan. J'avais déjà lu ça mille fois depuis que Youngagain était le sujet de conversation préféré des gens et des médias.

Puis quand on décida que j'étais apte à subir le traitement, c'est-à-dire exempt de certains cancers susceptibles d'être favorisés par le traitement, on procéda enfin au prélèvement de cellules souches.

Chaque phase des examens et des prélèvements se déroulait dans une autre aile du bâtiment, une créature de rêve vêtue de bleu, différente à chaque fois, me menait au nouveau service où j'étais attendu. Les infirmières, elles, étaient reconnaissables à leur tenue verte, et les médecins arboraient un blanc éblouissant. Tout ce personnel affichait son nom et sa photo sur un badge inclus dans la blouse à hauteur de poitrine. Tous m'offraient le même sourire artificiel vraisemblablement appris lors d'un stage d'entreprise.

Peu à peu j'arrivais à me repérer dans le bâtiment. Il y avait l'aile des examens, l'aile des prélèvements, l'aile du traitement des échantillons, l'aile de la préparation des échantillons avant réinjection. Toutes ces ailes s'enroulaient autour d'un axe central où l'on trouvait surtout des bureaux. Je remarquai un escalier s'enfonçant vers le sous-sol à partir de cet axe, il était gardé par un vigile vêtu de gris. Cet escalier était un peu incongru, il n'y avait que des ascenseurs complètement vitrés par ailleurs.

En attendant d'être reçu par un médecin qui devait m'expliquer pour la énième fois les subtilités du traitement qui me serait appliqué dans quelques semaines, ainsi que les éventuels risques et effets indésirables, j'étais placé dans une salle d'attente très cosy, sans revues, mais avec des écrans muraux montrant en permanence les effets miraculeux de Youngagain sur un nombre impressionnant de patients. Comme je devais me rendre aux toilettes, je quittai la salle d'attente et me retrouvai pour la première fois seul. Pendant que je me lavais les mains, entra un uniforme gris armé d'un balai, je ne prêtai pas attention à lui, mais il me reconnut tout de suite.

-Paul ! Quelle surprise ! Tu es la dernière personne que je m'attendais à voir ici. Ne me dis pas que tu vas te faire traiter, toi aussi ?

-Bonjour Monsieur Dubois. Vous travaillez ici, maintenant ?

Monsieur Dubois était jadis employé dans l'entreprise de mon père, avant qu'il ne fasse faillite. Il m'avait vu grandir et faire mes premiers pas dans l'entreprise. Mon défunt père le tenait en estime, même s'il n'occupait pas un poste très important au sein de la boîte, et j'avais souvent été confié à lui, quand enfant je courais dans les couloirs et les entrepôts. Je ne l'avais pas revu depuis la mort de mon père.

-Comme tu vois. J'ai un poste à responsabilité, dit-il en brandissant son balai. Non mais dis-moi, tu ne vas pas les laisser faire joujou avec ton ADN, si ?

Il me regardait avec insistance. Je ne comprenais pas bien.

-Mais… vous travaillez ici, non ? Alors, vous… vous n'appréciez pas ce qu'ils font ?

-Tu sais gamin, à mon âge, quand on est au chômage, on accepte ce qu'on trouve. Et non, je n'apprécie pas trop qu'on joue au bon Dieu et qu'on trafique la nature. Alors, tu vas toi aussi te faire refaire le portrait et tout le reste ? Tu as craqué pour les sirènes de la jeunesse…

Ton père n'aurait pas apprécié ça…

-En fait, je n'ai pas trop envie de le faire, pour tout vous dire. Mais… ma femme l'a fait et maintenant je suis comme qui dirait obligé de la suivre. Vous comprenez ?

-Mouais, je vois.

-Mais… vous avez des reproches précis à faire à Youngagain ? Des griefs, je sais pas, moi, vous avez vu quelque chose de louche ?

-Non gamin, c'est juste que j'aime pas qu'on traficote ce que le bon Dieu a fait. Si plus personne ne vieillit, plus personne ne meurt de vieillesse, y aura plus de place pour les nouveaux, les bébés. On vivra dans un monde sans enfants, alors, un monde de vieillards avec des têtes de jeunes. C'est ça que tu veux ?

-Oh, il s'agit pas de ce que je veux. Moi, je suis le mouvement. J'ai rien décidé de ce qui se passe au niveau mondial.

-Choisir, c'est voter.

-Je me sens… comme obligé. Depuis que ma femme l'a fait, les enfants ne lui parlent plus.

-Ben raison de plus pour pas le faire. Tu veux qu'ils te rayent de leur vie toi aussi ?

- Non, au contraire. Je veux rééquilibrer les choses. Qu'elle ne soit plus la seule à l'avoir fait. Ils seront bien obligés de nous parler. Et puis, je veux qu'elle se sente bien, comprise et soutenue.

Dites-moi, je voulais vous demander… il y a un escalier, là, au milieu, gardé par un vigile. Vous savez où il conduit ? Depuis ce matin je me promène de salle en salle, on me balade de service en service, mais je ne suis jamais descendu…

-J'sais pas gamin. J'suis juste un type du service de nettoyage. J'ai un passe-partout pour les portes des toilettes, des réserves de détergents et de papier toilette, c'est tout. J'sais juste qu'il y a très peu de gens qui y descendent, par cet escalier.

Bon, faut que j'y aille, gamin, content de t'avoir vu. Et réfléchis encore à ce que tu veux faire… ou pas. Il est encore temps si t'en es qu'au stade des prélèvements.

-Merci du conseil. Moi aussi je suis content de vous avoir vu. Et à la prochaine, quand je reviendrai pour le traitement.

Il me fit un vague signe genre salut militaire, et disparut avec son balai.

Ensuite, j'eus encore une consultation à faire avant de rentrer à la maison, une visite chez le psy pour voir si j'étais bien sûr de vouloir sauter le pas, et m'avertir sur le choc psychologique que ça allait être, de me voir dans le miroir quand j'aurai retrouvé la tête de mes vingt ans. Je lui dis que j'avais pensé à tout ça et que j'y étais préparé. Que ma femme était déjà passée par là et que donc je savais ce que c'était, que j'étais prêt à l'assumer.

De retour à la maison, j'eus à affronter Léa, toujours très enthousiaste pour tout ce qui touchait à mon passage de son côté, du côté de ceux qui avaient eu le courage de sauter le pas, le courage de redevenir jeunes. Elle m'assaillit de questions, alors qu'elle était passée exactement par les mêmes étapes, quelques mois à peine avant moi. Tout ce que je trouvais à raconter, c'est que j'avais rencontré Monsieur Dubois, un vieil employé de mon père, qui travaillait chez Youngagain maintenant.
-Tu sais, je t'ai déjà parlé de lui, c'est Monsieur Dubois, il s'occupait de moi quand j'étais gamin et que mon père m'emmenait à son boulot.
Très intéressée, elle me demanda :
-Ah, et qu'est-ce qu'il fait là-bas, il a un poste de responsabilité ?
Je rigolais en répondant :
-Non tu parles, le pauvre, il est agent de nettoyage.
Elle eut l'air déçue. Je poursuivis cependant :
-Mais j'ai été très content de le revoir, il est toujours très sympa.
Elle retrouva de l'intérêt :

-Et qu'est-ce qu'il t'a dit, il t'a encouragé à poursuivre le traitement ?

-Tu parles, pas du tout, il est plutôt carrément contre.

Elle haussa les épaules en signe d'incompréhension :

-Mais alors qu'est-ce qu'il fait là-bas ?

-Tu sais, quand on se retrouve au chômage à son âge, on ne fait pas la fine bouche.

Elle fit la moue :

-Oui, mais quand même, c'est un peu paradoxal. C'est quand même une sorte de trahison latente de son employeur.

Je sentis qu'il valait mieux changer de sujet de conversation, je n'arriverai qu'à la braquer contre Dubois pour qui j'avais toujours éprouvé beaucoup de sympathie, ou du moins de reconnaissance. Il avait toujours été très patient et gentil avec moi.

Je commençais donc à lui décrire mon parcours, salle après salle. Elle m'écoutait, les yeux brillants. Elle avait vécu exactement la même chose peu de temps auparavant, mais tout ce qui me rapprochait du moment où je commencerai mon traitement la faisait vibrer. Son enthousiasme m'aidait à sauter le pas, j'en avais bien besoin parce qu'au fond j'avais de moins en moins envie de me soumettre à la procédure.

Après le repas nous nous installâmes devant la télé, dans notre confortable canapé.

Presque toutes les chaînes traitaient d'une manière ou d'une autre de Youngagain. Peu à peu, tout le monde se rendait compte des implications, des conséquences que l'usage du rajeunissement généralisé allait entraîner.

On voyait très souvent le professeur Baroult, qui avait mis au point et développé le processus, venir faire le beau devant les caméras. C'était un homme assez jeune encore, grand et séduisant, portant de très beaux costumes, sûr de son charme, qui venait faire de la publicité pour Youngagain dont il était un des actionnaires majoritaires. Quand il s'essayait à la vulgarisation scientifique, donnant des explications médicales destinées au grand publique, il portait une blouse d'un blanc éclatant ouverte sur son costume de grand couturier. C'était devenu un habitué des plateaux, une célébrité, et je me demandais quand il trouvait le temps de travailler à ses recherches.

Une chaîne présentait pour la énième fois les bases du processus. Sur la chaîne suivante, un débat faisait s'affronter partisans et opposants du rajeunissement. Immanquablement, le ton montait et ils finissaient par s'injurier. Encore un cran sur ma télécommande, et je tombai sur une émission politique où le ministre en exercice énumérait les lois qu'il allait faire voter pour encadrer la pratique du processus de rajeunissement. Une fois de plus, les politiques avaient une guerre de retard et s'emparaient du dossier lorsqu'il était trop tard. Je voyais mal comment on pouvait revenir en arrière maintenant. Encore un cran sur ma télécommande et les commentateurs mettaient en lumière les conséquences du rajeunissement sur notre société.

Déjà le taux de mortalité était en train de baisser terriblement, les services de gériatrie étaient en train de se vider, on ne mourait pratiquement plus dans notre pays. Des voix s'élevaient pour instaurer un contrôle drastique des naissances, et n'autoriser les grossesses qu'au compte-goutte. À terme il faudrait ne permettre une naissance que pour remplacer un décès par accident, meurtre ou suicide, puisqu'on ne mourrait plus de vieillesse.

Un autre expert expliquait qu'il faudrait remonter l'âge du départ à la retraite de manière conséquente, voire tout simplement supprimer la notion de retraite, puisque bientôt il n'y aurait plus que des jeunes…

Un député communiste- je m'étonnais qu'il y en eût encore – criait au scandale, à l'inégalité, et appelait à la lutte des classes sociales défavorisées, qui n'avaient pas accès à ce traitement beaucoup trop cher. C'est vrai que le passage chez Youngagain n'était pas donné. Il réclamait soit d'interdire le processus, soit de le subventionner pour les classes laborieuses. Il était hors de question que seuls les riches aient accès à la jeunesse et par là à la santé.

Il avait failli s'étrangler quelques minutes auparavant, quand un expert avait parlé de repousser l'âge du départ à la retraite. Quand avait été évoquée l'idée de carrément supprimer la notion de retraite si les gens restaient jeunes, j'avais cru qu'il faisait une crise cardiaque.

Lorsque sur la chaîne suivante un psychologue commença à expliquer les difficultés rencontrées par les enfants à accepter que leurs parents aient le même âge apparent qu'eux même, Léa posa la main sur la mienne qui tenait la télécommande, pour m'empêcher de changer de chaîne. Je la sentis se tendre comme un arc que l'on bande progressivement à mesure que le psy décrivait toutes les réactions susceptibles d'être développées par les enfants soumis à un tel choc. Elle ne disait rien et écoutait. Me tournant vers elle, je vis une larme rouler sur sa joue. Malheureusement le psy se contenta de poser le problème, sans donner aucun conseil apportant un début de solution, si ce n'est en encourageant au dialogue.

Léa éteignit la télé, chercha mon regard et déclara :

-C'est mal barré. Je crois que pour moi c'est trop tard, mais tu devrais renoncer.

-C'est toi qui dis ça ? Ça fait des mois que tu me pousses, et il suffit d'un type que tu ne connais même pas qui raconte des salades à la télé pour que tu changes d'avis ?

-C'est pas des salades. Il a raison. Je ne m'en rendais pas compte, mais il a raison. Jamais Chloé et Nicolas ne me pardonneront.

-Tu dis n'importe quoi. Il ne s'agit pas de pardonner, mais de s'habituer. Ils s'habitueront. Tout le monde s'habituera. Tout est en train de changer, et on s'habituera à ces changements.

-Si seulement tu avais raison. Je crois que j'ai fait la plus grosse connerie de ma vie. Et si mes enfants finissaient par ne plus jamais vouloir me voir ?

-Mais non, tu exagères. Laisse-leur le temps.

Je n'en avais toujours pas envie, mais juste pour la rassurer, j'ajoutai :

-Je pense que quand leur père et leur mère auront le même âge, ce sera plus facile pour eux.

Elle m'embrassa et monta se coucher.

Devant sa détresse, j'étais plus décidé que jamais à la rejoindre dans le club de ceux qui avaient à nouveau vingt ans. Même si je n'en avais aucune envie. Bien sûr, j'étais curieux de connaître ce regain de vitalité. Sentir à nouveau mes articulations souples et mes muscles puissants était attirant, mais j'aimais ma tête actuelle, je portais mes rides comme des décorations gagnées au front, pour toutes les batailles de la vie que j'avais gagnées. Je trouvais les gamins de vingt ans ridicules, maintenant que mes cinquante ans me donnaient l'avantage de l'expérience sur eux, et je ne voulais pas leur ressembler. Mais pour le bien-être de Léa, j'étais prêt à me sacrifier.

On ne reparlait plus trop des patients de Youngagain disparus ou décédés mystérieusement, et si ce n'avait été parce que je connaissais personnellement Jack qui n'était pas réapparu, je n'aurais plus pensé à cette affaire. On disait en rigolant, avec Léa, qu'il était peut-être devenu beau en rajeunissant, et qu'en voyant que sa femme restait toujours aussi moche, il avait préféré aller voir ailleurs. Puis on se sentait coupable de se moquer de la détresse de cette femme. Jusqu'à la prochaine fois où on plaisantait encore sur sa tête de cheval. Elle était quand même venue une fois à la maison, racontant entre deux sanglots qu'ils étaient tellement heureux de leur nouvelle apparence, juste avant qu'il ne disparaisse. Mine de rien, je l'interrogeai un peu sous l'œil désapprobateur de Léa, et j'appris qu'ils avaient eu droit à la même visite que nous, des deux gus qui étaient venus deux fois chez nous voir si tout allait bien avec Léa. D'après sa description, c'étaient les deux mêmes.

Elle ne semblait pas trop attacher d'importance à cette visite qui avait eu lieu la veille ou l'avant-veille de la disparition de son mari. Les deux types avaient vaguement examiné Jack, d'après elle, puis avaient pris congé d'eux.

Quand je reçus le mail m'invitant à me présenter à Youngagain, je me sentis un peu comme un condamné à mort. J'avais promis, j'étais décidé, mais… avant de partir, je dis adieu dans le miroir à ma tête actuelle. J'avoue même que je pris quelques selfies, juste parce que j'aimais ma tête et que je craignais de retrouver celle que j'avais à vingt ans, quand je ne m'aimais pas.
Le mail en question était un modèle d'autosatisfaction, ou plutôt d'autopromotion. Pleins de points d'exclamations, il m'annonçait que les cellules de mes prélèvements avaient été sélectionnées rigoureusement, traitées et boostées, que j'allais enfin pouvoir accéder à un processus de rajeunissement qui était le rêve de l'humanité depuis la nuit des temps, rêve qui se réalisait pour moi, grâce à Youngagain !

À mon arrivée chez Youngagain, je fus tout de suite pris en charge par une blouse bleue, elle avait au moins dû être miss Univers dans une vie antérieure, j'étais ébloui par son sourire qui brillait plus que tous les néons de l'accueil. Puis je me dis qu'elle avait peut-être cent ans ou plus et que Youngagain traitait ses employées pour qu'elles soient parfaites, une pub vivante pour eux. L'idée que cette beauté qui me faisait traverser tout le laboratoire, de corridor en corridor, puisse être plus âgée que ma grand-mère me fit rire. Miss Univers me demanda ce qui me faisait rire ainsi, si elle avait dit quelque chose de drôle ou si j'avais vu quelque chose de drôle.
J'hésitai, puis lui livrai le fruit de mes réflexions :
-Je viens juste de penser que vous avez peut-être cent ans, avec Youngagain on ne sait jamais.
À peine avais-je parlé que je le regrettai, elle allait sûrement le prendre mal et se vexer…
Heureusement elle éclata de rire. Ses dents étaient vraiment parfaites.
-C'est exactement ça.
Elle prit la voix de Darth Vador et me regardant droit dans les yeux, ajouta :
-Je suis ta grand-mère.
Puis avec sa voix normale :
-Je ne pensais pas que vous me reconnaîtriez.
 On rit un peu ensemble, elle était vraiment charmante, puis on était arrivés et elle me laissa dans une salle aseptisée aux mains d'une blouse verte beaucoup moins attrayante. Ils recrutaient les hôtesses sur des critères physiques, et les

infirmières certainement sur des critères de capacités professionnelles. En un sens, c'était rassurant. Chacun ses compétences.

L'infirmière commença par m'expliquer pour la centième fois ce qui allait se passer, quelles procédures avaient été appliquées aux prélèvements de toute nature qui m'avaient été faits quelques semaines auparavant, comment on allait m'injecter, me faire absorber et m'appliquer le résultat de leurs manipulations biologiques.

Puis quand elle estima que j'avais atteint un niveau de compréhension satisfaisant, elle me fit signer tout un tas de documents valant acceptation pleine et entière et dégageant Youngagain de toute responsabilité. Je leur délivrai mon consentement éclairé. Avant de me voir appliquer le protocole, je devais à nouveau passer chez le psychiatre qui me mit à nouveau en garde contre les conséquences psychologiques d'un véritable changement de personnalité. Je lui racontai la réaction de mes enfants face à leur mère, et que je voulais ce traitement surtout pour la réconforter. Il fit la grimace et m'expliqua qu'une telle décision devait être prise par et pour moi, pas pour complaire à une tierce personne. Je craignais qu'il ne s'opposât à mon traitement, car j'avais compris que son aval était nécessaire. Je m'empressai donc de lui expliquer que j'avais très envie d'être à nouveau jeune, pour être à niveau avec Léa, que j'étais enthousiasmé à l'idée de recommencer une vie à deux, jeunes, avec la femme que j'aimais depuis plus de trente ans. Il me fixa longuement de son regard clair derrière ses fines lunettes rondes, puis finit par soupirer et me donna congé en signant un formulaire.

Ensuite on me fit entrer dans un nouveau bureau, où un homme dont j'ignorais la fonction, le grade ou la formation car il était en costume et ne portait pas de blouse de couleur distinctive, m'expliqua longuement qu'il était très très important de me présenter chez Youngagain dès que j'aurais stabilisé mon état à l'âge apparent souhaité. Il insista terriblement sur ce point, conseillant lourdement aussi de ne pas descendre sous les vingt-cinq ans apparents. Mon avis concordait avec le sien à ce sujet. Il me fit à nouveau signer des documents où je m'engageais à passer un contrôle après stabilisation, et on me filma pendant qu'on me faisait déclarer que je passerai cet examen post stabilisation.

On me fit sortir de ce bureau, et je pris place à nouveau dans une salle d'attente, une hôtesse devait venir me chercher pour me conduire en salle de procédure, je comprenais qu'on allait enfin m'injecter leur fameuse mixture. Quand la porte s'ouvrit, je m'attendis à voir entrer une autre merveilleuse créature dans son emballage bleu, j'avoue que c'est avec plaisir que j'anticipais de découvrir encore un fabuleux sourire. Je ne voudrais pas dire que je fus déçu, car comme je l'avais déjà expliqué à Léa, j'appréciais énormément

Monsieur Dubois, mais disons que je fus surpris de le voir entrer. Et qu'il était loin, très loin de ressembler aux top modèles qui servaient d'hôtesses chez Youngagain. Lui, il m'avait toujours fait penser à ce type, là, dans Starsky et Hutch, je sais plus qui-les-bons-tuyaux. À vrai dire, plus le temps passait, et plus il lui ressemblait. Et du temps, il en était passé depuis la dernière fois que je l'avais vu avant Youngagain.

Tout de suite, il se dirigea vers moi et je compris qu'il me cherchait. Rien à voir avec une coïncidence, comme la première fois. Appuyé sur son balai, il m'apostropha :
-Gamin, faut pas les laisser te bidouiller les cellules. Y se passe de drôles de trucs ici, des trucs pas clairs. Rentre chez toi et garde tes rides, je t'assure, c'est un bon conseil.
-Bonjour, je lui dis en rigolant. Faut dire que j'arrivais pas à m'enlever de la tête machin les bons tuyaux, il y avait même le générique de Starsky et Hutch qui tournait en boucle dans ma tête pendant qu'il me parlait.
Quel genre de trucs ? je lui demandais en me marrant à moitié.
-Non, rigole pas, gamin, c'est sérieux.
J'essayais de reprendre mon air posé, mais j'avais un mal fou à le prendre au sérieux avec cet arrière-fond musical qui trottait dans ma tête.
-Ok, ok, je suis sérieux. Qu'est-ce qu'il se passe ?
-Et... bien, je peux pas te dire, c'est rien de précis, des rumeurs, une ambiance. Mais je les sens sur la défensive, ici. Acculés. Y se passe quelque chose. Le fais pas.
J'allais lui répondre que c'était trop vague, trop imprécis pour me faire changer d'avis, quand une hôtesse encore plus belle que toutes les précédentes fit son entrée. Une véritable princesse d'Afrique. Son uniforme bleu semblait moulé sur elle pour mettre en valeur son corps sculptural. Quand elle me sourit et me dit bonjour, je me dis que toutes les hôtesses précédentes dont j'avais admiré la dentition parfaite n'avaient que des chicots dans la bouche à côté d'elle.
Monsieur Dubois reprit instantanément son balayage méthodique, et la princesse ne lui accorda aucune attention. Elle me demanda de la suivre et j'étais debout avant qu'elle ne finisse sa phrase. Alors que je quittais la pièce, je sentis que Dubois me glissait quelque chose dans la poche. Subjugué par la princesse qui ondulait devant moi, j'y prêtais à peine attention.
Elle m'entraîna à travers des couloirs jusqu'à une aile où je n'avais jamais été jusqu'à présent. Mais je devinais qu'on ne se trouvait pas trop loin de l'escalier gardé qui descendait vers un service mystérieux.
Ici les choses sérieuses commençaient. Avant on n'avait fait que me prélever du sang, des cellules, m'expliquer, me demander mon consentement, mes motivations. Maintenant allait commencer le traitement. Même si eux

parlaient de procédure. On ne traitait pas la vieillesse, on appliquait une procédure consistant à redonner un potentiel de jeunesse.

On me demanda de m'allonger sur une très confortable table qui ressemblait plus à un canapé qu'à une table d'examen, canapé moelleux mais réglable en hauteur, et articulé dans tous les sens. Un médecin, blouse blanche, que je n'avais pas encore vu, me demanda une fois de plus de décliner mon identité et vérifia si elle concordait avec le nom inscrit sur les flacons contenant les produits qu'il allait m'injecter. Il contrôla encore la concordance en scannant le code barre de l'étiquette collée sur chaque flacon, et le code barre du bracelet qu'on m'avait fixé au poignet à mon arrivée.

-Voilà Monsieur Blanchard, le moment fatidique. Je vais vous injecter l'élixir de Youngagain, et cette procédure va vous rendre votre jeunesse. Vous savez déjà tout ce qui va se passer, mais surtout, surtout, n'oubliez pas que quand vous atteindrez l'âge désiré – On vous recommande de ne pas aller en deçà de vingt, vingt-cinq ans- il faudra prendre l'antidote. On vous le donnera avant que vous ne quittiez nos locaux. Et il faudra vous présenter ici même, pour une sorte de contre visite, quand vous serez ainsi stabilisé. D'accord ?

-Oui bien sûr, on m'a déjà bien expliqué tout ça.

-Mais il est primordial que nous puissions constater que la stabilisation se passe bien.

Pourquoi insistait-il tant sur ce point ? Qu'il m'injecte sa maudite potion avant que je ne change d'avis, sinon j'allais partir en courant.

Il approcha son tabouret à roulettes de la table où j'étais confortablement installé, et pointa l'aiguille de sa seringue vers le pli de mon coude. Au moment précis où l'aiguille allait transpercer ma peau, une sirène retentit.

Pas une petite sirène de rien du tout, du genre de celles des voitures qu'on tente de voler, qui ne font même pas tourner la tête des gens aux alentours. Non, un vacarme insupportable, créé pour vous vriller les tympans, faire sursauter tout le monde, et en tout état de cause vous empêcher de continuer ce que vous faisiez, quelle que soit votre activité. Immédiatement toutes les installations de Youngagain se retrouvèrent sens dessus dessous. Tout le monde sortait des bureaux et des salles de procédure, se retrouvait dans les couloirs, certains l'air affolé, d'autres curieux, d'autres énervés. Le médecin qui avait été sur le point de m'injecter avait reposé sa seringue, enlevé le garrot de mon bras, et était sorti, l'air préoccupé. Je le suivis dans le corridor. À peine dehors, je vis un enfant courir dans ma direction. Je fus assez surpris, je n'avais jamais vu d'enfant chez Youngagain, que viendrait-il y faire ? J'eus le temps de me faire la réflexion qu'il accompagnait sûrement son père ou sa mère et qu'il avait échappé à la surveillance de ses parents. Je pensais aussi que je ne serais jamais venu ici avec mon fils. Au moment où la réflexion m'amena à penser que

c'était plutôt un grand-père ou une grand-mère qui l'avait amené ici, âge de traitement par Youngagain oblige, il arriva sur moi. Il s'agrippa à mes vêtements et supplia :
-M'sieur, m'sieur, les laissez pas, je vous en prie, aidez-moi, aidez-moi !
Un grand type en costard qui lui courait après arriva à ce moment-là, se saisit de l'enfant qui devait avoir six ou sept ans, l'arracha à mes vêtements et s'excusa en souriant d'un air gêné :
-Désolé Monsieur, cet enfant s'est échappé, il faut que je le ramène à ses parents. Excusez-nous, j'espère qu'il ne vous a pas importuné.
Tout s'était passé si vite, je n'avais pas eu le temps de réagir, déjà l'homme s'éloignait en entrainant l'enfant.
Celui-ci se débattait, j'eus juste le temps de l'entendre crier :
-Non, s'il vous plaît, j'ai cinq...
Je n'entendis pas la suite, car l'homme s'éloignait rapidement en l'empoignant fermement, je crois même qu'il lui mit sa grosse main devant la bouche pour l'empêcher de parler. Il se retourna encore une fois vers moi en me souriant comme pour s'excuser, puis disparut, avalé par l'escalier.

Toute la scène n'avait duré que quelques secondes. Ok, un enfant s'est perdu, il s'est affolé, a cherché de l'aide et un surveillant l'a rattrapé pour le ramener à ses parents. Pas de quoi fouetter un chat. Cependant, quelque chose clochait dans ce qui s'était passé, mais je n'arrivais pas à mettre le doigt dessus. D'accord le vigile avait été un peu pressé, un peu... brusque avec l'enfant, il aurait aussi bien pu lui parler sans le toucher, essayer de le calmer, de l'amadouer, me laisser entrer dans le jeu pour le tranquilliser et lui expliquer qu'on voulait seulement le ramener chez sa maman. Mais ce n'était qu'un vigile, pas un psychologue pour enfants. Et je comprenais très bien qu'un des principes qu'on devait leur inculquer dès leur premier jour de travail chez Youngagain était de ne pas embêter les patients, de tout faire pour les satisfaire et veiller à ce que rien ne vienne les importuner durant leur séjour. Même s'il n'y avait aucune urgence avec ce gamin accroché à mon pantalon, je comprenais qu'un vigile puisse considérer comme une priorité de m'en délivrer et d'éloigner la cause du trouble. Ok, tout ça je pouvais le comprendre, mais il y avait quand même quelque chose qui me turlupinait, mais je n'arrivais pas à définir quoi.

J'en étais là à me demander que faire, quand la sonorisation générale retentit, diffusant un message expliquant que suite à un problème de sécurité sans gravité, toutes les procédures allaient être suspendues pour aujourd'hui. Youngagain nous priait tous de bien vouloir excuser la direction, les laboratoires et tout le personnel, et de bien vouloir évacuer les lieux et nous présenter à nouveau le lendemain pour pratiquer ce qui aurait dû l'être aujourd'hui.

Il y eut une grande rumeur de déception de la part de tous les patients, quelques-uns commencèrent à élever la voix, exiger, interroger, mais le personnel leur répondit avec douceur et fermeté. Tout le monde se dirigeait déjà vers les sorties. Je me tournais vers le médecin qui avait failli me piquer. Il me sourit et me rassura :

-Vos produits sont déjà au frigo. Pas de rupture de la chaîne du froid. À demain.

-À demain.

Je pris le chemin de la maison. C'est Léa qui allait être déçue.

-Alors, ça y est, c'est fait ? Comment tu te sens ? Moi presque immédiatement après, je me suis sentie en pleine forme, comme si la vitalité de la jeunesse était déjà revenue. Je sais que c'est impossible, ça doit être psychologique, mais c'est ce que j'ai ressenti.

Léa me pressait de questions, tout le visage souriant, bouche et yeux grands ouverts.

-Je n'ai rien fait. Faut que j'y retourne demain.

Son sourire s'éteignit comme une bougie que l'on souffle. Il faut dire qu'elle en avait déjà subi des désillusions ces derniers temps avec Chloé et Nicolas qui lui avaient laissé croire dans un premier temps qu'ils appréciaient son processus, pour le rejeter brutalement ensuite. Elle crut que je lui rejouais le même sale coup.

-Tu t'es dégonflé ?

Elle était au bord des larmes.

-Non, non, j'y vais demain, il y a eu un problème.

-Quoi un problème, ton traitement n'était pas prêt ?

Je lui racontai ce qui s'était passé, sans m'étendre sur les mauvaises sensations que j'avais ressenties, juste la sirène et l'annonce au haut-parleur au moment où on allait me piquer.

Peu à peu elle se remit à sourire.

-Alors ce n'est que partie remise, tu y vas demain ?

-Absolument. Je pense qu'ils auront réglé leurs problèmes.

-Oh, je suis déçue, je croyais tellement que ce soir on pourrait trinquer ensemble entre jeunes, toi et moi. Mais c'est pas grave, on fera ça demain.

-Promis, demain. Maintenant, je vais prendre une douche.

C'est en me déshabillant que je trouvai dans la poche de mon pantalon un billet de papier plié en quatre. Je me souvins que Monsieur Dubois m'avait glissé quelque chose dans la poche alors que je suivais la reine de Saba. Je dépliai le papier. Il ne contenait qu'un numéro de téléphone. J'hésitai, puis décidai de le rappeler plus tard. D'abord ma douche, puis le repas avec Léa qui avait sûrement encore des questions à poser. On verrait ensuite.

Je ne sais pas pourquoi, mais j'attendis d'être seul, Léa déjà couchée, pour appeler Dubois. Je ne lui avais même pas parlé de notre nouvelle rencontre, ni du gamin qui était venu s'agripper à mes jambes. Dubois, lui, alla droit au but :
-Alors gamin, tu es venu quand même. J'espérais ne plus te voir chez mon employeur.
-Oui, et j'irai à nouveau demain.
-Qu'est-ce que je pourrais dire pour t'en dissuader ?
-Rien, Monsieur Dubois. Ma femme a subi le protocole il y a plusieurs mois déjà, elle est très satisfaite, et...disons que dans un couple, les deux partenaires doivent se soutenir, partager, et avoir plus ou moins le même âge, c'est ce que je pense.
-Mais vous avez le même âge, quelle que soit l'apparence que vous avez, l'un et l'autre.
-Je sais, mais vous savez très bien ce que je veux dire.
-Tu sais gamin, j'appréciais énormément ton père, il m'a donné ma chance, plusieurs fois. Je me sens redevable, et c'est pourquoi je tiens tellement à te mettre en garde contre ce que tu vas faire. Les laisse pas trifouiller dans ton ADN. Personne n'a de recul, on sait pas ce qui se passe dix, vingt, trente ans après le traitement. Et si l'horloge biologique décidait d'un seul coup de se remettre à jour, de rattraper le temps gagné ? Et si en faisant ça, tout le

mécanisme se déréglait et que vous vous retrouviez d'un coup à vieillir à toute vitesse ?

- Écoutez, je ne dis pas que c'est impossible, mais…je pense que c'est peu probable, et je prends le risque.

-Ok, mais s'il y avait d'autres risques ?

-Il y a toujours des risques, quelle que soit la décision qu'on prend, dans quelque domaine que ce soit. Il faut les assumer. Youngagain a obtenu toutes les autorisations nécessaires de la part des autorités de santé, dans la plupart des pays du monde. C'est une multinationale sérieuse. Ils n'ont pas trente ans de recul, mais quand même des années d'essais, d'expériences, de contrôle.

-Et pourtant…

-Pourtant ?

-Je t'ai dit ce matin, il se passe des choses bizarres là -bas.

-Je vous ai répondu ce matin, ce que vous dites est trop vague. Si vous voulez me convaincre, il faut me donner des éléments précis. Et même, vous savez, même si vous me démontrez un problème sérieux, ma femme est dedans, et mon devoir serait de la rejoindre. Alors en fait, s'il y a un problème, ce que je ne pense pas, cela ne me dissuaderait pas de me soumettre au protocole, cela me convaincrait plutôt de le faire.

Il y eut un silence, puis la voix de Dubois reprit, comme lointaine :

-Je vois. Je comprends gamin. Eh bien… bonne chance.

-Merci. On se verra peut-être demain.

-Je ne crois pas, non.

Et il raccrocha.

Le lendemain matin il y avait un peu de flottement chez Youngagain.
D'ordinaire tout semblait réglé comme une horloge suisse, les hôtesses
venaient vous chercher à l'heure dans la bonne salle d'attente, vous menaient
au bon bureau où vous étiez attendu par la bonne personne qui était à l'heure
elle aussi. Ce jour-là on sentait qu'ils étaient pris au dépourvu par la
déprogrammation de la veille, sans doute essayaient-ils de rattraper la journée
perdue tout en appliquant le programme prévu ce jour.

Du coup, les hôtesses étaient toujours aussi jolies, mais elles cherchaient des
patients qui n'étaient pas dans la salle. J'aurais bien fait un brin de route avec
la rousse flamboyante qui m'invita à la suivre, mais elle m'appelait Monsieur
Wagner, et je n'étais pas prêt à changer de nom pour elle. Elle prit l'air
perplexe quand je lui annonçai que ce n'était pas mon nom et examina sa
tablette comme si les messages s'y affichaient dans une langue d'une autre
planète. Elle sortit même dans le couloir pour vérifier le numéro de la salle. Elle
ne savait pas quoi faire, c'était sûrement la première fois que cela arrivait.

Tous les membres du personnel que je croisais ce matin avaient le même air
perplexe. Finalement une blonde pétillante m'appela par mon vrai nom et me
conduisit dans une autre salle d'attente en m'expliquant que les programmes
du jour étaient bouleversés et que les mises à jour des tablettes allaient
s'afficher progressivement. Elle me quitta avec un sourire qui aurait rendu la
vue à un aveugle. À peine m'avait-elle laissé seul dans mon fauteuil design mais
confortable, que Monsieur Dubois fit son entrée.
-Ah gamin, j'ai eu du mal à te trouver.

-Bonjour, je croyais que je ne vous verrais plus.
Il fit un geste de la main, comme pour dire "trêve de balivernes".
-Écoute, je te comprends, ce que je t'ai dit jusqu'à présent est trop vague pour
te convaincre d'abandonner. Mais… tu as remarqué l'escalier qui descend, qui
se trouve un peu à la croisée de plusieurs couloirs ?
-Oui, l'escalier qui est gardé par un vigile costaud et l'air pas très gentil ?
-Exactement. Eh bien, c'est là qu'il se passe des choses disons… louches.
-Louches ? C'est-à-dire ?
-Des allées et venues bizarres, des bruits bizarres.
-C'est pas simplement que là en bas, il y a les installations de recherche ou les
laboratoires qui agissent sur les prélèvements, alors qu'ici en surface, on reçoit
les patients, on effectue les prélèvements et les traitements ? C'est normal que
l'endroit où a lieu l'opération stratégique soit mieux gardé, qu'il y ait là des
mouvements plus sensibles. C'est le cœur de Youngagain.
-Non, non gamin, c'est plus grave que ça.
J'allais encore lui demander d'être plus précis, quand la blonde pétillante entra
et me demanda de la suivre, avec son sourire qui laissait entendre qu'en la
suivant je la comblerais de bonheur. Je saluai Monsieur Dubois d'un sourire et
la suivis.
Elle m'emmena dans la salle où j'avais failli être piqué la veille, le même
médecin m'y attendait, mon kit de traitement déjà prêt sur la paillasse.
-Bonjour, m'accueillit-il. Alors, on reprend là où on a été interrompus hier ?
-Bonjour, oui, allons-y.
-Vous devez commencer à bien connaître la maison, avec tous ces allers et
retours.
-Oh non, les hôtesses sont tellement belles qu'en les suivant, je prête très peu
attention aux lieux…
Il rit doucement.
-C'est vrai que nous ne lésinons pas sur les moyens pour la qualité de l'accueil.
Tout en discutant de manière badine, il m'avait déjà posé un garrot sur le bras
et désinfecté le pli du coude. Il brandit alors sa seringue.
-Ce que je vais vous injecter maintenant, c'est le cocktail maison qui va booster
vos cellules et leur donner l'ordre de remettre les compteurs à zéro, ok ?
Je hochai la tête.
-Ensuite, je vous poserai un petit implant au niveau de la gorge, là où on vous a
fait un petit prélèvement, vous vous souvenez ? C'est ce dont Youngagain est le
plus fier. Nous avons réussi à stimuler les cellules vestigiales de thymus.
Normalement elles ne sont opérationnelles que chez l'enfant, puis
disparaissent plus ou moins. Celles que je vais vous implanter dans un instant

sont les vôtres, mais fonctionnelles. Personne d'autre ne sait faire ça. C'est un secret bien gardé.

-Comme l'escalier qui descend ?

Il suspendit son geste et me fixa de ses yeux clairs. Son regard me transperçait mais j'essayais de rester imperturbable.

-Qu'est-ce que vous savez à propos de cet escalier ?

-Oh, rien, je l'ai juste vu, c'est le seul endroit gardé de vos installations, je suppose donc que c'est ici que l'on garde les secrets. Les formules, les procédures sur les prélèvements, ce genre de chose.

Il baissa les yeux sur mon avant-bras, injecta, et répondit :

-Oui, absolument, c'est là qu'on garde ce genre de secret.

Je ne sais pourquoi j'ajoutai :

-C'est de cet escalier que semblait sortir l'enfant qui s'est accroché à moi hier, vous vous souvenez ?

Je vis que ma remarque l'avait ébranlé, mais qu'il faisait un effort pour n'en rien paraître. Il posa la seringue, me délivra du garrot, pivota sur son tabouret, se tourna vers le guéridon où était posé un autre kit, et se tourna à nouveau vers moi. Tout en préparant l'implant, il me répondit, calmement, toujours sans me regarder :

-Possible, je ne l'ai pas vu venir. Il a pu venir de n'importe où, là où il a échappé à la surveillance de ses parents.

Maintenant, je vais vous demander de vous allonger, de bien basculer la tête en arrière, je vais commencer par disposer ce champ sur votre cou. Voilà. Je désinfecte la zone. Je vais légèrement anesthésier. Voilà. On attend quelques minutes que l'anesthésie fasse son effet.

Je commençais à penser que je n'aurais peut-être pas dû poser mes questions et faire mes remarques au moment où mon interlocuteur avait un scalpel à la main. Sans parler d'une liste de produits biologiques tous potentiellement plus dangereux les uns que les autres. Mais rien n'était prémédité, les questions m'étaient venues comme ça, je les avais posées au moment où elles m'étaient apparues. Je ne suis pas un détective, je ne calcule pas mes effets, j'obéis juste à l'instinct.

En fait, quelque chose venait juste de me revenir. Le petit truc qui clochait dans l'incident du gamin la veille. À son évocation, j'avais soudain mis le doigt sur le détail discordant.

Le petit parlait avec une voix de gamin, mais l'intonation, le phrasé, l'intention, ne collaient pas. C'était comme si un adulte parlait avec la voix d'un petit. Et les vêtements qu'il portait. C'étaient des vêtements d'enfants, mais ils donnaient tous l'impression d'être légèrement trop grands. Tous. Un gamin peut porter un pull ou un pantalon un peu trop grand. Mais pas tous ses habits. Même ses chaussures paraissaient un peu trop grandes. Un peu comme… comme s'il avait rétréci dans ses vêtements.

-Voilà. Vous sentez, là, quand je vous touche ?

-Non, rien.

-Ok, alors on y va.

Je déglutis difficilement. Un type que je venais de mettre en difficulté, à qui je venais peut-être de me présenter comme un danger, avait un bistouri posé sur ma gorge.

-Ok, essayez d'éviter d'avaler votre salive quelques secondes.

Tu parles, facile à dire.

Je le sentais trifouiller dans mon cou, mais ne ressentais aucune douleur. Seulement de la peur. Il demanda l'écarteur à l'infirmière, puis du fil pour fixer l'implant. Je me fis la réflexion que dans les films, ce genre d'implant est injecté directement à l'aide d'une grosse seringue ou d'un pistolet. Mais là, ça n'en finissait pas. Encore du fil pour refermer. Un petit pansement.

L'infirmière enleva le champ et le jeta. Le médecin ôta ses gants dans un grand claquement élastique, les jeta, puis m'annonça que pour sa part, c'était fini. Je devais encore voir l'endocrinologue, une hôtesse allait m'y conduire. Au revoir. Merci d'avoir choisi Youngagain.

Je le sentais très froid depuis que j'avais parlé du gamin.

Au moment où je franchissais la porte, il m'adressa encore la parole :

-Vous savez, on fait de notre mieux ici. Les résultats sont spectaculaires. Mais en médecine, on a toujours besoin de la coopération, de la participation du patient. N'oubliez pas de revenir une fois que vous vous serez stabilisé. C'est capital.

À peine une autre merveilleuse créature m'avait-elle conduit en salle d'attente (mais combien y en avait-il ? Avaient-ils embauché toutes les plus belles femmes du monde ?), que Monsieur Dubois entra précipitamment. Pour un type qui me déclarait la veille que l'on ne se verrait plus, il était un peu présent…

Il m'attrapa par la manche et commença à me parler, vite, avec de grands yeux un peu hallucinés.

Je ne comprenais pas tout ce qu'il me disait, il avait l'air tellement excité. Il était question de scandale, d'erreurs, mais surtout de vigiles et de clefs.

Je lui demandai de se calmer et de m'expliquer ce qu'il voulait. Il prit une grande inspiration et m'entraîna dans les toilettes les plus proches.

-Écoute gamin, y se passe des choses pas catholiques là en bas. Y a des gamins qui sortent de j'sais pas où, des gens de Youngagain qui s'affolent, des allers et venues, et j'ai entendu plein de choses bizarres. Tu sais, j'suis qu'un vieux balayeur alors parfois y font pas attention à moi, y parlent comme si j'étais pas là.

-Ok, et qu'est-ce que vous avez entendu ?

-Ben, jamais de phrase entière, rien que des bribes. J'peux pas dire vraiment ce qui se passe là en bas, mais je sais qu'y se passe queque chose qu'ils veulent cacher. Et toi tu les laisses te trafiquer les glandes !

-Trop tard, maintenant c'est fait.

Il me regarda longuement en silence, l'air un peu désolé pour moi, puis il ajouta, en baissant la voix pour prendre un air de conspirateur :

-Je crois qu'il y a des enfants prisonniers là en bas.

-Des enfants prisonniers ! Mais pour quoi faire ?

-Je sais pas, moi, pour faire des expériences sur eux, pour découvrir le secret de la jeunesse et l'appliquer dans leur « processus ».

-Quand même, c'est gros, des enfants prisonniers. Je n'ai entendu nulle part parler d'enfants manquants. Si des enfants avaient disparu ou étaient enlevés, ça se saurait.

-Il n'empêche, je suis sûr qu'il y a des enfants enfermés là en bas.

-Qu'est-ce que vous voulez que je fasse ?

-J'ai un gros trousseau de clefs. Je suis sûr de pouvoir accéder à la porte du bas.

-Et le vigile ?

-On fait diversion. Regarde, là le détecteur de fumée. On allume un petit feu ici, la sirène retentit, tout le monde est évacué, on reste cachés, et ensuite on descend, j'ouvre la porte et on va voir ce qu'ils cachent en bas.

-Eh, là, doucement, doucement, je fus obligé de le freiner quand je le vis approcher la flamme d'un briquet du détecteur de fumée accroché au plafond.

Vous vous croyez dans un film américain ? On n'est pas des détectives, je repris.

Il éteignit son briquet.

-Alors quoi, on fait rien, t'es de leur côté ?

-Non, je ne suis pas de leur côté. Je suis même plutôt contre leur trafic de… de… l'âge des gens. Ça me plaît pas. Et il y a effectivement des choses un peu louches qui se passent autour de tout ça, je sais pas quoi, mais ça me plaît pas. Seulement… ma femme a pris leur traitement, mes enfants le lui reprochent, elle est comme… seule contre tous, et moi je lui ai promis de me mettre de son côté. Voilà pourquoi je suis là, à les laisser me tripoter les cellules comme vous dites.

-J'admire ta loyauté, gamin. Mais alors tu vas laisser tomber et juste te soumettre à leur « procédure » ?

Il prononça « procédure » comme si c'était un gros mot.

Je réfléchis un peu et lui dis :

-En fait, ma loyauté consiste à me faire traiter, ou tripoter les cellules ou appliquer la procédure, comme vous voulez appeler ça, même sans en avoir vraiment envie. Mais ça ne veut pas dire que je ne peux pas chercher à en savoir un peu plus sur ce qui se passe ici. En fait je suis assez curieux. Vous dites que vous avez un trousseau capable d'ouvrir la porte là en-bas ?

-Ben en fait j'en sais rien, j'ai pas encore essayé. Mais y sont pas très forts question sécurité, tu peux me croire. Et ce trousseau, disons qu'il comporte un peu plus de clefs que ce à quoi je devrais avoir droit normalement, tu vois ce que je veux dire ?

-Ok, je veux pas savoir comment vous vous l'êtes procuré.

Il ressortit son briquet :

-Alors on y va ?

-Doucement. Je pense qu'il vaut mieux attendre ce soir, quand tout le monde sera sorti. Il y a trop de monde maintenant.

-Ouais, peut-être. Mais on se fera repérer plus vite, si tous les autres clients sont partis.

-Là en-bas il doit y avoir plein de monde qui travaille. Il vaut mieux attendre qu'ils aient fini leur journée de boulot.

-Hum… ok. Alors qu'est qu'on fait en attendant ?

-Hum, et bien, euh… on se donne rendez-vous ici dans les toilettes à dix-neuf heures, on se laisse enfermer quand tout le monde part, ok ?

-Ok. Et en attendant ?

-Vous, vous allez bosser, et moi je vais me faire « procédurer ». J'ai pas fini, il y a encore quelques détails à régler pour que j'ai l'air d'avoir vingt ans. Faut dire qu'il y avait du boulot avec moi.

-Alors c'est vrai, tu renonces pas, tu retournes te faire charcuter par ces apprentis sorciers ?
-Ben j'ai commencé, faut bien finir le boulot, non ? Et puis faut bien passer le temps en attendant d'avoir rendez-vous avec un homme superbe en salopette grise dans les toilettes.
Il rit et me salua :
-À tout à l'heure.

Je repris place dans la salle d'attente où Monsieur Dubois était venu me chercher. Presque aussitôt, un ange passa la porte et me demanda si j'étais bien Paul Blanchard. Comme j'acquiesçais, elle me réprimanda gentiment en me disant qu'elle était déjà passée me chercher et que je n'étais pas là. J'invoquai un besoin urgent, elle répondit, en faisant les gros yeux, qu'aujourd'hui spécialement, on ne pouvait pas se permettre de prendre du retard à cause de l'interruption de la veille.
-Dépêchons-nous s'il vous plaît, vous êtes en retard sur le planning, me dit-elle en courant presque.
Je me demandais comment elle faisait avec ses hauts talons. Je me dis aussi que même si elle me faisait les gros yeux et me réprimandait, elle restait toujours aussi irrésistible que toutes ses collègues. Je me fis la réflexion qu'avec le temps j'allais m'habituer à ces beautés et en quelque sorte finir par être blasé.
 Non ! Impossible. Elles étaient toutes trop trop belles. Chacune d'entre elles était un véritable rêve. Malheureusement nos routes se séparaient déjà, elle me fit entrer dans un nouveau bureau qui annonçait « endocrinologie ». Chouette, j'allais être traité pour les dérangements hormonaux que me provoquaient ces créatures de rêve.
L'endocrinologue, que je pensais avoir déjà rencontré quelques mois auparavant, mais comment se souvenir avec tous ces visages, ces examens, ces consultations...m'expliqua à nouveau qu'après un examen attentif de mon bilan hormonal, j'allais devoir prendre un petit cocktail maison qui allait me booster et potentialiser le reste du processus Youngagain. Ok, répondis-je longuement. Il m'injecta un petit implant à la face interne du bras, implant qui allait diffuser durant les prochaines semaines les doses exactes de testostérone, de DHEA et de somatotrophine dont j'aurai besoin. Ensuite mes

glandes endocrines rajeunies par le traitement général allaient prendre le relais et me dispenser ces hormones en quantité équivalente à celle que l'on trouve chez un jeune homme. Encore un petit pansement en sortant de cette salle. Pour la première fois la merveilleuse créature qui me conduisit à une nouvelle salle d'attente n'était pas une inconnue. C'était la même que ce matin, la rousse flamboyante qui m'avait appelé Monsieur Wagner. Finalement leur stock de beautés n'était donc pas inépuisable. Je voulus faire de l'humour, et lui dis que je ne m'appelais toujours pas Wagner.

-Comment ? me fit-elle, l'air étonnée.

-Non rien.

Visiblement elle ne se souvenait absolument pas de moi. Très décevant. Parfaitement compréhensible, mais un tout petit peu vexant. Et pan sur l'égo. Moi je me souvenais de chacune d'elles.

Tant pis, je n'avais plus qu'à attendre ma dernière consultation. Cette fois ce fut la reine de Saba qui vint me chercher.

-Bonjour Monsieur Blanchard. Comment allez-vous ? Contente de vous revoir. Vous voulez bien me suivre ?

Je me berçais de l'illusion qu'elle au moins se souvenait réellement de moi, et je la suivis, hypnotisé par ses ondulations de pirogue sur les flots des couloirs. Elle me laissa devant le dernier médecin que je devais voir avant de rentrer chez moi.

Celui-ci était juste chargé de vérifier que tout s'était bien passé, que je n'avais brûlé aucune étape, que toutes les différentes parties du protocole m'avaient bien été appliquées. Il vérifia aussi que je supportais bien ce qui m'avait été administré, que je ne présentais aucun signe d'allergie, d'intolérance ou de rejet. À vrai dire, je me sentais merveilleusement bien. Comme si le protocole commençait à produire ses effets. Je lui en fis part et il rit doucement :

-À ce stade, c'est un peu prématuré, mais on me dit souvent ça. Je pense que c'est l'effet euphorisant de savoir qu'à partir de ce moment, vous allez retrouver vos vingt ans. Écoutez, pour moi tout est bon. Vous pouvez rentrer chez vous, vous habituer à votre nouvelle jeunesse. Prenez votre antidote quand vous serez satisfait de votre âge. Je ne vous conseille pas de descendre en dessous de vingt-cinq ans. Et surtout, quand vous serez stabilisé, passez nous voir. C'est très important. Au revoir Monsieur…-Il jeta un coup d'œil à mon dossier sur sa tablette- Blanchard.

Alors que je sortais, une nouvelle déesse qui me fit oublier toutes les précédentes m'attendait et me conduisit vers la sortie. Elle ne me fit cependant pas oublier mon rendez-vous avec Monsieur Dubois.

-Excusez-moi, je pourrais passer aux toilettes avant ?

-Oui bien sûr, me dit-elle dans un sourire qui à lui seul aurait pu me rajeunir de vingt ans.
Je vis cependant qu'elle consultait sa montre et sa tablette l'air ennuyée.
-Écoutez Monsieur… Blanchard. Malheureusement j'ai un autre rendez-vous, cela vous ennuie-t-il si je vous laisse ici retrouver seul la sortie ensuite ?
-Mais non, pas du tout, je trouverai bien, merci beaucoup, au revoir, lui dis-je avec mon plus beau sourire qui même rajeuni par le protocole était bien terne par rapport au sien. Comme la flamme d'une bougie à côté du soleil…
Il était temps de retrouver Dubois.

Il m'attendait dans les toilettes, comme prévu. Il me désigna une des portes :
-Rentre là-dedans, petit, c'est plus discret en attendant que tout le monde soit parti.
J'obéis, et le vis entrer dans les toilettes contiguës.
Sur le couvercle du siège, un uniforme gris comme le sien m'attendait, soigneusement plié.
Je lui demandai, par-dessus la cloison séparant nos deux cabines :
-Je suis censé mettre ça ?
-Oui gamin, j'espère qu'on rencontrera personne, mais au cas où, on sera l'équipe chargée du nettoyage. Le seul problème, c'est que cette salopette porte le même nom que la mienne, j'en ai pas trouvé d'autre. Mais ça devrait faire l'affaire. Qui s'intéresse au nom du personnel chargé du ménage ?
-Ok.
En enfilant la salopette grise, je sentis l'excitation de l'aventure monter en moi. On commençait vraiment à sortir de la routine tracée de ma journée, de ma vie. J'allais emprunter les couloirs de Youngagain de manière illégale, avec comme guide le vieux Dubois, et non plus une reine de beauté.
Le temps passa rapidement, on se taisait au cas où quelqu'un pourrait nous entendre depuis le couloir alors que le bâtiment était censé se vider. Lorsque tout fut devenu silencieux, Monsieur Dubois me demanda de rester encore tranquille une demi-heure pour être bien sûr que tout le monde soit parti. Il me dit que d'habitude le ménage et l'entretien se faisaient pendant les heures ouvrables et une heure avant, pour être sûr que tout soit nickel à l'arrivée des patients. Puis nous sortîmes de nos cabines.
-Joli uniforme. Cela vous va très bien.

J'avais oublié que je portais sa salopette.

-Vous avez vu, on porte le même nom, on doit être frères.

-Tu rêves gamin, t'es bien trop délavé. Peut-être un fils dégénéré.

Il me fourra un balai dans les mains, s'empara d'un chariot portant un seau plein d'eau savonneuse, une serpillière et des produit d'entretien, et nous poussa tous les deux dans le couloir. Il était vide. Nous marchâmes en direction de l'escalier que nous voulions explorer. Il me fit signe de m'arrêter au coin du couloir, passa discrètement la tête puis revint vers moi :

-Il est toujours là. J'espérais que la nuit il n'y aurait plus de vigile.

-Qu'est-ce qu'on fait ?

- On déclenche l'alarme incendie et on espère qu'il se déplacera.

-Ok.

-Alors va te planquer derrière l'angle à gauche de l'escalier, moi je vais chauffer le détecteur des toilettes. Dès que l'alarme retentit, je te rejoins, on reste planqués et lorsqu'il quitte son poste pour aller voir ce qui se passe, on descend, on ouvre la porte, on entre au pays des mystères avec notre matos comme alibi, et on referme, ni vu ni connu. Le vigile reprend son poste après avoir constaté la fausse alerte, sans savoir qu'on est entrés. Ok ?

-Ok. Et s'il y a d'autres types derrière la porte ?

-On a nos salopettes et le matériel qui va avec. On dira qu'on a été envoyés spécialement par le professeur Baroult.

-Rien que ça. Le grand chef. Vous croyez que c'est crédible que le professeur Baroult s'occupe de manager le petit personnel ?

-Les mensonges, plus c'est gros, mieux ça passe, gamin.

-Vous avez l'air de savoir de quoi vous parlez…

Il rit silencieusement :

-Son nom impressionne, les gens se mettront au garde à vous. Bon allez, j'y vais.

Il fit trois pas en direction des toilettes. À ce moment-là on entendit le vigile monter bruyamment l'escalier, visiblement il était au téléphone :

-Ouais, toute la nuit que je dois passer ici devant cette maudite porte. Tu parles d'un ennui. Jamais vu personne essayer de passer par là de nuit. En attendant je vais pisser un coup, attends, bouge pas, je te rappelle après.

On l'entendit nettement arriver en haut de l'escalier, et au lieu d'aller sur sa droite, vers nous, se diriger sur sa gauche vers les toilettes. Quelques secondes après, on entendit la porte s'ouvrir et se refermer derrière lui.

-Super, le ciel est avec nous, même pas besoin de déclencher l'alarme. Allez vite petit, on descend avec le chariot et tout.

On descendit rapidement, portant le chariot à deux, prenant garde de ne pas renverser l'eau contenue dans le seau. Arrivés en bas, Dubois sortit son trousseau impressionnant, choisit une clef, et tenta de l'introduire dans la serrure. Elle ne tourna pas. Il en prit une autre. Même résultat. Puis une autre, et encore une autre. Après une dizaine de clefs, je commençais à transpirer. Je le vis devenir fébrile en essayant une clef après l'autre. Je réalisai qu'il n'avait sûrement pas la bonne quand on entendit la porte des toilettes s'ouvrir, se refermer, puis le bruit des pas du vigile qui revenait. Dubois essaya désespérément une clef au moment où le garde allait tourner au coin du couloir et se retrouver en haut de l'escalier, face à nous. À ce moment précis, la clef tourna dans la serrure, la porte s'ouvrit, Monsieur Dubois me poussa à l'intérieur, moi, puis le chariot. Il eut juste le temps d'entrer à son tour et de refermer la porte. On entendit des bottes de sécurité descendre l'escalier.

Appuyés contre la porte, nous ne respirions plus, anxieux de savoir si le garde avait eu le temps de nous apercevoir, ou de voir la porte se refermer. Un moment qui nous parut interminable s'écoula, visiblement le vigile avait repris son poste sans se douter de rien. Nous pûmes enfin respirer.

Nous nous trouvions dans un nouveau couloir, avec des portes vitrées de chaque côté. Monsieur Dubois me fit signe et je commençai à pousser mon chariot, lui me suivait armé de son balai. Nous marchions lentement, en essayant de faire le moins de bruit possible, en examinant les alentours. Arrivant devant les premières portes vitrées de part et d'autre du couloir, je jetai un coup d'œil à l'intérieur, Dubois fit de même de l'autre côté. Rien que des laboratoires très banals. Nous parcourûmes ainsi tout le couloir, il y avait cinq portes de chaque côté. Au bout de ce passage, il y avait un couloir qui partait de chaque côté. Nous nous regardâmes, chacun ayant l'air de demander à l'autre quel côté choisir. Dubois haussa les épaules et prit celui de gauche. Je le suivis.

Encore un couloir rythmé de portes vitrées. Nous passâmes devant les premières sans trop prêter d'attention, déjà habitués. Mais alors que nous passions, des cris étouffés se firent entendre de l'autre côté des portes.

Dubois et moi on s'est regardés. Il y avait là quelque chose d'anormal. De louche comme il se plaisait à dire. J'appuyai lentement sur la poignée de porte. Fermée à clef. Fallait s'y attendre. Dubois fit un pas en avant, et brandit son trousseau l'air important. Cette fois-ci, la troisième fut la bonne. On entra

prudemment, les cris redoublèrent, plus forts maintenant que nous étions de l'autre côté de la porte. Je parvins même à distinguer « Par ici, par ici ».
Au fond de la pièce il y avait une autre porte, dont la partie vitrée était en verre dépoli, on ne distinguait donc que des ombres qui s'agitaient derrière.

Dubois et moi on se regarda un instant. Puis il entreprit de trouver la bonne clef. L'une après l'autre, il essaya toutes les clefs de son trousseau. Les ombres derrière la porte s'impatientaient, elles s'agitaient et criaient, mais la porte était épaisse et je n'arrivais pas à comprendre ce qu'elles disaient. Quand il ne resta qu'une clef à essayer, Dubois me jeta un coup d'œil avant de l'introduire dans la serrure. C'est notre va-tout, semblait-il dire.

La clef tourna, la porte s'ouvrit. Quatre gamins nous sautèrent dessus.
-On veut sortir, on veut sortir, laissez-nous sortir, criaient-ils tous ensemble.
-Doucement les enfants, doucement, on va vous sortir de là. Mais d'abord, que faites-vous là ? Où sont vos parents ?
Dubois me lança un regard signifiant « Tu vois, je te l'avais bien dit », mais il ne le dit pas et je lui en fus reconnaissant.
Les enfants aussi se regardèrent, puis l'un d'eux, qui semblait être leur leader bien qu'il parût plus jeune que les autres, s'avança et nous dit pendant que les autres approuvaient :
-Nous ne sommes pas des enfants, nous avons tous plus de cinquante ans.
Devant notre air ébahi, il continua :
-C'est le protocole Youngagain qui a merdé chez nous. Ou plutôt la stabilisation. Ça ne marche pas, on continue de rajeunir même après la soi-disant stabilisation.

Je ne comprenais pas, je ne voulais pas comprendre, même si une partie de moi avait déjà tout compris avant même de les voir, et était même là à cause de ça. Je regardais Monsieur Dubois, il était tout aussi perdu que moi.
-Mais… mais qu'est-ce que vous faites là ? Vous êtes là depuis le début de votre traitement, de votre processus, je veux dire ?
-Non, non, on a été enlevés, chacun d'entre nous, quand ils se sont rendu compte que le processus ne s'arrêtait pas, même après la prise de la soi-disant stabilisation. Apparemment il y a eu d'autres cas, alors maintenant ils visitent systématiquement tous les gens qui ne se sont pas reportés après stabilisation, et enlèvent ou font disparaître ceux qui continuent à rajeunir.
C'était toujours le même qui parlait, les autres acquiesçaient derrière lui.

C'était vraiment bizarre d'avoir ce gamin en face de nous, et de savoir qu'en fait il s'agissait d'un homme de cinquante ans. On avait beau le savoir, c'était comme si nos cerveaux refusaient de l'accepter, moi en tout cas je devais me faire violence pour lui parler comme à un adulte et pas comme je m'adresserais à un gamin.

-Maintenant, on veut sortir. On a tous une famille, une femme, des enfants, une situation. Moi je veux retrouver ma femme, elle doit être folle d'inquiétude.

Je pensai à Manon, la femme de Jack. Effectivement, elle était folle d'inquiétude. Je lançai aux quatre types devant moi :

-Aucun de vous ne s'appelle Jack ?

Ils firent tous non de la tête, mais je m'y attendais, je pensais que je l'aurais peut-être reconnu, et lui sûrement m'aurait reconnu s'il avait été là.

-Mais il y en a d'autres comme nous dans d'autres salles.

Devant nos mines effarées, à Dubois et à moi, un des types paraissant une dizaine d'années, plein de taches de rousseurs et les oreilles décollées, expliqua :

-Ils font des expériences sur les sujets comme nous, pour voir pourquoi la stabilisation ne marche pas chez nous. Il y a différents groupes.

Il fit un pas en avant :

-Allons les libérer aussi. Le sous-sol est plein de patients comme nous, revenus à l'apparence de gamins. Croyez-moi, c'est pas drôle.

Il avait les larmes aux yeux en disant cela.

-Écoutez, dit Dubois, nous deux on n'est que des agents d'entretien. On est venus là…illégalement, parce qu'on sentait qu'il se passait des trucs bizarres par ici. Mais ce trousseau de clefs, disons que normalement je ne devrais pas l'avoir. Et on devrait pas être ici. Alors… c'est pas si simple. On peut pas juste ouvrir les portes, chercher les autres et sortir. Il y a des gardes. Des vigiles payés pour surveiller. Ça va pas être facile de sortir.

-Ok, répondit celui des gamins qui avait pris les commandes de son groupe depuis le début. Alors je propose d'y aller doucement, sans bruit, je sais où sont les autres, ils font des essais sur eux pour corriger l'antidote stabilisateur. Il y a plusieurs groupes selon l'antidote testé, et aussi selon le stade où on en est. L'âge apparent, si vous préférez. Après, quand on sera tous réunis, je propose de monter lentement l'escalier, et dès qu'on voit un vigile, on fonce vers la sortie. On sera une bonne trentaine, d'après ce que je sais. Un seul vigile ne pourra pas nous arrêter.

J'en doutais, vu que j'avais remarqué que celui qui bloquait la porte en bas de l'escalier était armé, mais je n'en dis rien.

-Ok, euh, comment tu… Euh, comment vous appelez-vous ?

-Philippe Juliani. Appelez-moi Philippe. Tout le monde m'appelle Philippe ici.

-Ok, moi c'est Paul.

-Moi c'est Ange, dit Monsieur Dubois, et c'est drôle, mais je réalisai alors que je ne me souvenais plus de son prénom.

Tout le monde se présenta, et on se serra tous la main.

-Euh, je voudrais pas dire, mais je crois qu'on devrait se bouger, là, ai-je dit
après ces politesses. Il y a des tours de garde, je veux dire, les vigiles passent
parfois dans ces salles, la nuit, ou ils restent devant la porte vers l'escalier ?
Le gamin aux taches de rousseurs et aux oreilles décollées, qui en fait était
Monsieur Troche, répondit :
-En principe non, on est laissés seuls enfermés dans nos salles toute la nuit. Y a
juste le gros bras devant la porte. Y a deux mois, y m'aurait pas fait peur, j'lui
aurais fait sa fête. Mais maintenant, j'lui arrive même plus à la ceinture.
Il avait les larmes aux yeux, il semblait vraiment regretter son ancienne carrure.
Il se reprit et continua :
-Mais parfois, il arrive que quelqu'un passe, parce qu'il a oublié quelque chose.
Un biologiste le plus souvent. Mais c'est rare. Le plus souvent, on est
tranquilles jusqu'au matin.
Je me demandais pourquoi ils n'étaient pas mieux gardés que ça, une trentaine
d'hommes encore jeunes, déterminés à reprendre leur liberté…
Comme s'il avait lu dans mes pensées, Philippe ajouta :
-Vous savez, on est redevenus des gamins. On est petits, sans force. On n'est
plus capables de grand-chose. C'est difficile, quand on a une vie d'adulte
derrière soi, de se réhabituer à mesurer un mètre dix et à avoir des muscles en
guimauve. Je crois qu'ils comptent sur notre incompétence à gérer ce nouveau
physique pour nous garder ici sans trop de difficultés.
Je dodelinai de la tête pour exprimer que je l'avais compris.
-Bon, on y va, en silence. Passez devant, Philippe, puisque vous semblez
connaître les lieux, on va libérer les autres… patients.
J'allais dire gamins, mais je me repris. Je me disais que je n'apprécierais pas
qu'on me traite de gamin si je rajeunissais au point d'avoir dix ans.
On est tous sortis, silencieusement. Un instant j'hésitai à prendre avec nous le
chariot qui nous servait d'alibi. Mais accompagnés de tous ces…prisonniers que
nous avions libérés, quel alibi pouvait bien représenter une serpillière et un
seau d'eau savonneuse ?
Philippe prit le couloir sur notre droite, avec nous tous sur ses pas. Arrivé
devant la deuxième porte vitrée, il se retourna et annonça en chuchotant :
-J'ai été là-dedans pendant quelques jours. C'est ici qu'on est examinés pour
comprendre pourquoi on ne se stabilise pas malgré la prise de l'antidote. Il doit
y avoir quatre ou cinq personnes là-dedans.
Dubois s'avança avec son trousseau et à la cinquième tentative réussit à ouvrir
la porte. Encore un laboratoire. Mais au fond, une surprise. Une véritable
geôle, avec des barreaux, et des enfants très très jeunes, emprisonnés derrière
les barreaux. Comme nous n'osions pas allumer les lumières par peur d'être
vus de l'extérieur, ils ne nous voyaient pas et restaient silencieux, sans savoir

qui nous étions. Dubois trouva une lampe torche sur une des paillasses et après
avoir balayé l'intérieur de la geôle, révélant cinq gamins apeurés, il tourna la
torche vers nous, afin qu'ils puissent nous voir. En reconnaissant d'autres
enfants prisonniers enfin libérés, ils comprirent plus ou moins ce qui se passait
et commencèrent à se réjouir et à demander bruyamment qu'on les libère à
leur tour. Nous réagîmes tous en leur demandant le silence du geste et de la
voix.

    Visiblement la serrure de cette geôle n'était pas de la même catégorie que
les serrures des portes rencontrées jusqu'à présent. Les clefs présentes sur le
trousseau de Monsieur Dubois n'allaient pas nous être utiles ce coup-ci. Il
approcha quand même son trousseau, mais les petites clefs plates étaient
ridicules à côté du trou où il voulait les introduire…

    On se regarda un moment, Dubois et moi. Philippe aussi nous adressa un
regard signifiant : « Et maintenant qu'est-ce qu'on fait ? On ne peut
décemment pas partir et laisser ceux-là ici. »
-J'ai, cria quelqu'un derrière nous.
Je me retournai, pour voir le gamin aux oreilles décollées, c'est-à-dire Monsieur
Troche, agiter triomphalement un anneau porteur de trois clefs qu'il venait de
découvrir dans un tiroir.
Encore fallait-il que ce soient les bonnes. Il s'approcha d'un air important, la
première grosse clef qu'il essaya entra dans la serrure, tourna, et la porte
s'ouvrit.
Les cinq gamins, les cinq personnes derrière les barreaux, jaillirent au dehors
avec un plaisir évident. Ils étaient tout excités et voulaient sortir
immédiatement. On leur expliqua sur un ton de conspirateurs pour qu'ils
baissent de volume que ce n'était pas si simple mais qu'on allait faire notre
possible. Parmi eux je reconnus celui qui s'était accroché à mes jambes la veille.
Celui qui avait tenté de s'échapper. Il arborait un magnifique bleu qui
s'étendait de sa bouche à son œil droit, gonflant sa lèvre supérieure, couvrant
toute sa joue et encerclant son œil un peu rouge et à moitié fermé. Sans doute
sa récompense pour sa tentative d'évasion. Il vit que j'observais son visage, il y
porta la main, tenta un sourire qui devait être douloureux, et dodelina de la
tête comme pour dire « Eh oui, c'est comme ça ici ».
-Hé, je vous reconnais, c'est vous que j'ai vu hier quand j'ai réussi à monter.
C'est à vous que j'ai demandé de l'aide.
-Oui, tu vois, je veux dire, vous voyez, je suis là. Hier je ne pouvais pas faire
grand-chose, mais aujourd'hui me voilà, avec mon ami Monsieur Dubois, on est
là pour vous aider, tous.
Il fit oui de la tête, je le sentais prêt à foncer vers la sortie.

Un autre de ces hommes-gamins fit un pas en avant et s'adressa à moi laconiquement :

-Salut Paul. C'est Paul, hein c'est ça ? Tu es le mari de Léa, n'est-ce pas ?

Je le dévisageais sans vraiment le reconnaître, mais je me doutais de qui il pouvait être.

-Jack ?

-Oui, c'est moi.

Il avait les larmes aux yeux quand il me demanda :

-Tu as vu Manon, tu as des nouvelles d'elle, comment elle va ?

-Oui, je l'ai vue, c'est même une des raisons pour lesquelles je suis ici. Elle va bien. Elle est juste morte d'inquiétude pour toi. Elle remue ciel et terre pour te retrouver, et…ça m'a décidé à venir faire un tour ici en bas.

Il avança et m'étreignit, c'est-à-dire qu'il serra mes cuisses, quand il me relâcha enfin, il pleurait doucement.

-Bon les gamins, faut bouger d'ici, nous réveilla tous Dubois.

Il pouvait se permettre d'appeler tout le monde gamin, il était réellement plus âgé que nous tous ici. Enfin sans doute.

Il s'adressa au plus petit, celui qui avait tenté de s'échapper la veille, et qui semblait effectivement le plus dynamique de ce groupe :

-Y en a d'autres, comme vous ?

-Ouais, de l'autre côté du couloir, y a des filles.

Marrant, je fus surpris, je n'avais pas envisagé qu'il y ait aussi des filles. Mais après tout, il y avait même plus de femmes que d'hommes qui se prêtaient au protocole Youngagain, alors il devait y en avoir aussi chez qui la stabilisation merdait et qui se retrouvaient dans un corps pré pubère.

-Alors on y va en silence, on les libère, et on file vers la sortie.

Monsieur Dubois continuait de prendre le commandement.

Notre petite troupe sortit de la salle, traversa le couloir toujours sombre et silencieux, le petit à la joue bleue et enflée nous montra une salle, elle était fermée. Dubois s'avança, et l'ouvrit de son trousseau magique. Au fond, la même porte au verre dépoli. Autre prouesse du trousseau.

Au fond de cette nouvelle salle, il y avait la même geôle aux barreaux solides. Philippe braqua la lampe torche dont il s'était emparé. Au premier regard, la geôle semblait vide. Mais tout au fond, quelque chose bougea. En éclairant bien et en regardant attentivement, on parvint à distinguer un groupe de personnes agglutinées.

Je m'approchai et essayai la même clef qui avait ouvert l'autre grille. La porte s'ouvrit, mais les prisonnières ne bondirent pas au dehors comme les gamins dix minutes auparavant.

J'entrai dans la geôle, lentement, pour ne pas affoler les gamines qui se plaquaient au mur du fond, enlacées.

Je demandai à Philippe de tourner la torche vers nous, pour que ces femmes puissent nous voir. Elles aussi comprirent dès qu'elles virent tous ces gamins aux portes de leur geôle. Lentement elles se détachèrent les unes des autres et s'approchèrent.

-Nous sommes là pour vous libérer, mais… il faut garder le silence. C'est… une opération clandestine.

Je ne sais pas pourquoi j'avais utilisé cette expression, opération clandestine. À peine était-elle sortie de ma bouche que je la trouvai ridicule.

Il y avait là sept gamines, elles regardaient les neufs garçons qui attendaient devant la porte ouverte de leur prison. Ceux-ci leur expliquèrent qu'ils étaient exactement dans le même cas qu'elles et que nous venions libérer tout ce petit monde. Elles nous jetèrent un coup d'œil reconnaissant, à Dubois et à moi.

La plus petite, qui paraissait avoir six-sept ans, me demanda si j'avais un téléphone. Elle voulait immédiatement appeler sa fille pour la rassurer.

Dubois répondit que ce n'était pas une bonne idée. Il fallait au plus vite sortir d'ici, sans donner aux gens responsables de leur incarcération l'opportunité d'intervenir. Je ne sais pas s'il s'imaginait que les familles étaient sur écoute ou quelque chose comme ça, mais en tout cas je n'avais pas trop envie de discuter avec lui, j'étais moi aussi pressé d'emmener tout ce petit monde dehors.

-Y a encore quelqu'un ici, je demandai ?

Tous me firent non de la tête.

On fit quand même encore quelques mètres dans les couloirs, mais aucune porte ne semblait plus rien cacher de suspect.

On se dirigea donc vers la sortie. Je me faisais l'impression d'être en train d'accompagner une sortie de classe ou une colonie de vacances. En approchant de la porte gardée par le vigile, mon stress commençait quand même à monter. Tout le monde était très silencieux.

Monsieur Dubois marcha naturellement vers la porte, et frappa trois petits coups comme si de rien n'était. Il semblait insensible au stress.

-Quoi est là, aboya le type armé à travers la porte ?

-Dubois, je fais partie du service d'entretien, le professeur Baroult m'avait chargé de nettoyer spécialement son laboratoire, mais j'ai pris du retard, je voulais que cela soit nickel, et maintenant je vois que je me suis laissé enfermer. Vous pouvez m'ouvrir s'il vous plaît ?

Il parlait avec un naturel déconcertant.

La porte ne s'ouvrit pas tout de suite, j'eus l'impression que le gars parlait à quelqu'un, puis on entendit la clef dans la serrure et il entrebâilla la porte. Tout le monde s'était plaqué contre les murs et Dubois occupait tout l'espace devant l'ouverture, le garde ne put rien voir d'autre que lui, et dut se contenter de vérifier son badge.

Il ouvrit la porte en grand.

Aussitôt tous les garçons se jetèrent sur lui. En deux secondes il était par terre, désarmé, bâillonné. Les gamins avaient clairement démontré qu'ils étaient des hommes, et qu'ils étaient pleins de rage envers ceux qui étaient responsables de ce qui leur arrivait.

Le garde fut poussé jusqu'à la première geôle, celle des garçons, et enfermé, bâillonné et délesté de son portable.

Au moment de repartir vers la sortie en laissant là le gardien, une des filles, celle qui avait demandé à parler à sa fille à peine sortie de sa geôle, fit soudain un pas en arrière.

Elle avait l'air complètement bouleversée, tiraillée entre des sentiments contradictoires.

- Je reste ! s'écria-t-elle.

-Comment ? Mais pourquoi, vous êtes libre !?

Elle se dirigea vers la grille derrière laquelle gisait le gardien ligoté et bâillonné. Lui aussi roulait des yeux emplis d'incompréhension vers cette petite fille. Je ne comprenais pas. Souffrait-elle du syndrome de Stockholm ?

Elle s'agrippa aux barreaux.

- Faites-moi entrer. Laissez-moi là.

Comme les autres filles, ses camarades de détention, l'encourageaient à ne pas faire l'idiote et à venir avec nous, elle se mit à crier en pleurant :

- Vous ne comprenez pas ! Moi aussi je crève d'envie de revoir ma fille. Mais si je sors, je resterai une gamine plus jeune qu'elle toute ma vie. Peut-être même vais-je continuer à rajeunir. Jusqu'à quand ? Je veux revoir ma fille. Mais je veux être sa mère, pas sa petite sœur, pas sa fille. Il n'y a qu'ici que j'ai une chance de redevenir une femme, la femme que j'étais.

Hier le professeur Baroult m'a juré qu'il était à deux doigts de résoudre le problème, de stopper le processus, de l'inverser et de me rendre ma personnalité première. Je les déteste pour ce qu'ils nous ont fait, pour nous avoir enlevés et maintenus prisonniers. Mais ils sont les seuls à pouvoir inverser les choses et nous rendre nos vies. Ça me crève le cœur de ne pas sortir, de rester. Mais je veux retrouver Ma vie. Pas rentrer comme ça.

Elle montrait son corps de petite fille d'un geste dégoûté.

Elle ajouta :

- Je reste. Et vous, réfléchissez bien, avant de partir. Vous voulez vraiment rejoindre vos familles comme ça, dans la peau de mioches ? Comment croyez-vous que vont réagir vos enfants, quel respect vont-ils avoir pour un papa, une maman, plus jeunes qu'eux ? Et vos conjoints, combien de temps pensez-vous

qu'ils resteront avec un partenaire qui n'a pas encore fait sa puberté ? Et au boulot, comment pensez-vous que vous serez acceptés ?
Elle se tut, et un long silence succéda à sa tirade. Les autres regardaient leurs chaussures. Moi je les dévisageais tous. Je les devinais écartelés entre l'envie de sortir en courant rejoindre leurs proches qui leur manquaient tellement, et la peur de rester éternellement dans la peau de gamins.
Après un instant de réflexion, ce fut Philippe qui prit la parole :
- Reste si tu veux. Il n'y a aucune garantie qu'ils arrivent prochainement à inverser le processus. De toute façon une fois que nous serons dehors, un énorme scandale va éclater et ils iront tous en prison. Bien fait pour eux, mais je ne vois pas comment ils pourront continuer à travailler, je ne crois pas qu'on les laissera continuer à expérimenter sur des cas comme toi et moi. Tant pis, j'espère que quelqu'un d'autre trouvera la solution, mais moi j'ai trop envie de sortir, de retrouver les miens. On s'accommodera bien de la situation. Je suis toujours moi, même si j'ai l'air d'un gamin. Je ne crois pas aux promesses d'un type envers ceux qu'il maintient lui-même prisonniers. D'autres laboratoires finiront bientôt par stopper le processus, et alors nous recommencerons à vieillir. Je finirai bien par avoir l'apparence que j'avais avant de faire confiance à ces salauds. Youngagain te rajeunit, mais jamais il n'a été dit qu'on te donne l'immortalité. Ensuite tu recommences à vieillir, non ?

Ils avaient tous tellement envie de sortir de ces bâtiments, de retrouver leurs proches et la liberté, qu'ils se laissèrent convaincre par Philippe. Juliette se laissa enfermer avec le gardien, des larmes pleins les yeux, puis tous les autres gamins se précipitèrent vers la sortie.

On repassa tous par la porte que le vigile gardait dix minutes auparavant, et direction la porte d'entrée du bâtiment, la liberté !

Arrivés en haut de l'escalier, les premiers gamins à être montés quatre à quatre se retrouvèrent nez à nez avec un énorme chien, un Rottweiler tout en muscles et en mâchoires, tenu en laisse par un autre vigile.
Certainement alerté par le premier garde sur son portable, pas totalement convaincu par l'histoire de Dubois, juste avant d'ouvrir la porte. À moins que… j'eus le temps de penser que Juliette nous avait joué une belle comédie. Elle nous avait bien eus, on avait marché à fond et on l'avait laissée avec le vigile, juste comme elle le voulait. Les mains libres, aucun de nous n'ayant eu l'idée de l'attacher elle aussi. Il ne lui avait pas été bien difficile de libérer le vigile qui disposait certainement de moyens pour donner l'alarme.
Pendant ce temps-là, nous étions tous bloqués dans l'escalier. Le vigile ne disait rien, il nous tenait en respect avec son chien énorme. Celui-ci grognait en montrant ses dents impressionnantes, toutes babines retroussées. Je remarquai qu'il montrait surtout des signes de menace envers Dubois et moi. En fait, dès qu'il dirigeait son regard vers un des enfants, sa courte queue s'animait d'un mouvement de balancier frénétique. Puis il nous regardait à nouveau, Dubois ou moi, sa queue s'immobilisait, ses babines se retroussaient, son regard devenait fou et un grognement profond sortait de sa gorge.
Dès qu'un des enfants bougeait ou murmurait quelque chose, attirant son attention, sa queue reprenait son mouvement de battement, ses dents cessaient d'être visibles et le grognement cessait. Après quelques instants pendant lesquels le vigile ne bougea pas, goûtant son pouvoir, le chien se mit même à gémir d'un ton implorant et à faire des petits bonds sur place en regardant les petits. Il reprenait son attitude menaçante envers nous, les deux

adultes, mais manifestement il mourait d'envie de jouer avec ceux qu'il voyait comme des enfants, pour qui il ne manifestait absolument aucune agressivité. J'en fis la remarque aux gamins qui m'entouraient. Après quelques secondes de réflexion et d'observation, ils s'approchèrent du molosse qui leur lécha les mains puis le visage avec des petits couinements de joie. Visiblement il aimait les enfants, il était dressé à contrôler ou attaquer les adultes, mais certainement pas les enfants. Une dizaine d'entre eux l'entourèrent et l'agrippèrent par le collier, le vigile n'y comprenait rien. Moi et les autres pseudos enfants en profitâmes pour immobiliser le garde qui commençait à exhorter son chien à nous attaquer, mais il était trop tard, il était sous le contrôle de ses nouveaux amis. Pendant ce temps, je voyais que Dubois était occupé avec son portable, mais je n'y prêtais pas trop attention.

Il ne restait qu'un long couloir à longer, puis le gigantesque hall d'entrée du bâtiment, totalement désert et plongé dans l'obscurité. Nous avions entravé le vigile les mains dans le dos, avec sa ceinture, et l'avions bâillonné avec son mouchoir. Le chien nous accompagnait, sautillant joyeusement avec les gamins qui l'entouraient, il nous ignorait Dubois et moi.

Arrivés devant les larges portes d'entrée, je me tournai vers Monsieur Dubois, lui demandant d'essayer son trousseau pour nous ouvrir un passage vers la liberté.

- Je suis désolé, Paul, vraiment désolé.

Je le regardais sans comprendre, tout son visage exprimait réellement le désespoir. L'espace d'un instant, je me dis que si aucune des clefs n'ouvrait, nous trouverions bien une autre solution, quitte même à briser la porte de verre. Mais en tout état de cause, il fallait d'abord essayer les clefs, avant de s'avouer vaincu et de se coller un tel masque de désespoir sur la face.

Puis je vis le pistolet dans sa main.

Il le dirigeait sur moi. Il se mit entre la porte et nous, face à nous, interdisant ainsi le passage vers les portes toujours fermées.

- Allez, on redescend, dit-il d'une voix blanche, montrant la direction du couloir d'où nous venions.

Les néo gamins mirent quelques secondes à tous réaliser ce qui était en train de se passer.

Plusieurs demandèrent ce qui se passait.

Dubois, livide, mais l'air de plus en plus décidé, leur ordonna de se taire et de retourner d'où nous venions.

Le chien commençait à grogner contre Dubois, il percevait la tension et la menace contre ses nouveaux amis.

- Tenez-le ou je l'abats, menaça Dubois.

Les filles les plus sensibles amarrèrent fermement la laisse du chien, indignées.

Dubois nous fit signe de nous mettre en route, mais il y avait du flottement dans le groupe.

Je fis un pas vers lui :

- Pourquoi vous faites ça, Monsieur Dubois ?

-T'occupe, descends avec les autres.

Je voyais bien qu'il avait l'air malheureux de me demander ça, mais en même temps il avait l'air tellement déterminé que tout le groupe se mit en marche. Nous allions arriver en haut de l'escalier, j'étais en train de me demander si Dubois allait nous fourrer tous dans la même cellule ou nous répartir, quand plusieurs hommes armés arrivèrent en courant. Ils étaient en costume, je reconnus le plus grand des deux types qui étaient venus vérifier chez nous si Léa était bien stabilisée. Ils prirent immédiatement le contrôle de la situation, le molosse se soumit à l'un deux qu'il avait l'air de reconnaître, et sans un mot ils encadrèrent le groupe qui se soumit lui aussi tout entier. Il se dégageait d'eux une impression de force et de professionnalisme qui tranchait nettement sur l'attitude des deux vigiles que nous avions neutralisés peu de temps auparavant. Le grand que je reconnaissais tendit la main paume ouverte en souriant vers Dubois qui lui donna l'arme subtilisée au deuxième vigile.

-Merci, lui dit-il doucement.

À ce moment arriva un autre personnage, vêtu d'un costume à la coupe soignée. Il se dépêchait sans courir, sans se départir d'une certaine nonchalance. Je reconnus le professeur Baroult, je l'avais tellement souvent vu sur les écrans et dans les journaux.

Tout d'abord, il s'adressa à Monsieur Dubois.

- Merci Dubois. Vous avez fait le bon choix.

Puis vers moi :

- Et vous qu'est-ce qui vous arrive ? De quoi vous occupez-vous ? Vous ne pouvez pas vous contenter de vous laisser rajeunir ? Vous voulez sauver le monde en plus.

Il sourit méchamment, puis poursuivit :

-Laissez ça aux spécialistes.

Je ne savais pas quoi lui répondre, je débordais d'interrogations. Pourquoi Dubois nous avait-il trahi ? Depuis quand jouait-il la comédie et travaillait-il pour l'autre camp ? Que faisait Baroult ici, le grand patron, star mondiale de la recherche et président d'une entreprise qui comptait parmi les plus puissantes ? Comment se faisait-il qu'il connût Dubois par son nom ?

Les hommes nous encadrant attendaient en silence les ordres du professeur. Celui-ci leur fit un signe de la tête et ils nous poussèrent en direction de l'escalier. Le professeur leur fit un autre signe, et Dubois fut séparé de notre groupe. Baroult lui adressa la parole sur un ton très doux. Déjà nous nous éloignions, mais j'eus le temps d'entendre, alors qu'ils partaient dans la direction opposée :

- Venez, j'ai des choses à vous dire.

Nos gardes nous poussèrent dans les couloirs, jusqu'à la geôle où nous avions enfermés le premier vigile et Juliette. Ils se hâtèrent de les libérer, me poussèrent à leur place avec les néo-garçons et nous enfermèrent à double tour, après m'avoir délesté de mon portable. Ensuite ils poussèrent les néo-filles, avec Juliette que j'avais sans doute mal jugée, en direction de l'autre geôle.

Dès que nous nous retrouvâmes seuls derrière nos barreaux, les gamins laissèrent éclater leur désespoir.

- Si près du but ! Y avait plus qu'une porte à ouvrir ! On a pu voir l'extérieur pour la première fois depuis des semaines…

Un autre s'en prit à moi :

-Et vous qui venez soi-disant nous libérer ! Vous devriez mieux choisir vos amis ! C'est qui ce traître, d'où vous le connaissez ?

-C'est bon, laisse tomber, tu vois bien qu'il tombe des nues. Il a été trahi plus que nous…

C'était Jack qui prenait ma défense, avec sa petite voix flûtée de garçonnet. Il poursuivit, à mon intention cette fois :

-C'était votre ami apparemment. Je suis désolé, c'est très dur d'être trahi par quelqu'un que l'on croit être son ami.

Je me contentai de dodeliner de la tête, souriant tristement. Je ne savais pas quoi lui répondre. Je ne comprenais pas ce qui s'était passé, je ne comprenais rien au subit revirement de Dubois. Je ne pensais pas qu'il m'avait joué la comédie jusqu'à présent, que tout ceci n'était qu'un piège. Tout d'abord, sa réticence envers Youngagain était trop sincère, et ensuite je ne voyais pas pourquoi on aurait voulu me tendre un piège. Qui, pourquoi ?

Comme je ne voyais pas le début du commencement d'une explication, je préférai changer de conversation. Je me creusai la tête pour me souvenir du nom de sa femme, je savais qu'il avait parlé d'elle lorsque nous l'avions libérée, mais sur le coup impossible de m'en souvenir.

- Écoutez, Jack, euh, je n'y comprends rien, mais… tant pis.

Je voulais vous dire… Léa et moi on est allé voir euh… Manon -ça m'était revenu au bon moment- pour la soutenir. Elle… elle va bien. Elle est perdue sans vous, elle remue ciel et terre pour vous retrouver, mais elle va bien.

-Merci Paul. C'est gentil. J'espère la revoir un jour… j'espère que je serai à nouveau un homme quand je la reverrai.

Ses yeux s'embuèrent soudain, et je réalisai qu'il craignait de la revoir autant qu'il espérait la revoir. Comment se présenter devant l'amour de sa vie avec l'apparence d'un petit garçon de dix ans ?

Pendant que les gamins tournaient en rond dans notre cage, je restais dans un coin, essayant de mettre de l'ordre dans mes pensées.

Je me faisais du souci pour Léa qui devait être morte d'inquiétude. J'aurais dû être de retour à la maison depuis la veille, et elle devait se faire une fête de ce retour, où je devais la rejoindre dans le club de ceux qui ont suivi le processus. Au lieu de cette fête… rien. Pas de nouvelle. J'aurais tout donné pour la rassurer, lui dire que tout allait bien.

Enfin, tout allait bien, c'était vite dit…

J'étais enfermé avec des gamins de cinquante ans dans une cellule, j'avais été trahi par l'homme en qui j'avais le plus confiance, et je n'avais aucune idée de ce qui allait se passer pour moi et mes compagnons de cellule.

Une chose était sûre, Baroult ne pouvait pas se permettre de nous relâcher. Lui et Youngagain feraient tout pour que personne ne sache que certains patients étaient devenus des gamins de dix ans suite au processus. Et pire encore, ils avaient procédé à des enlèvements. Des expériences sans autorisations. Et plus peut-être encore, car si les rumeurs disaient vrai, des patients étaient morts dans des accidents douteux. Avant, je n'en croyais rien, mettant cela sur le compte de la paranoïa des partisans du complot. Mais maintenant, j'imaginais très bien que certains des patients qui continuaient à rajeunir malgré l'antidote avaient pu être victimes d'accidents de la route provoqués ou mis en scène pour dissimuler le fait que l'antidote était inefficace chez eux. L'attitude de Baroult et de ses sbires lors de notre « arrestation » me paraissait compatible avec de tels actes.

Justement, c'est Baroult qui apparut. Il s'approcha des barreaux et m'adressa la parole :

-Alors Monsieur Blanchard, vous êtes fier de vous ?

Je ne voyais pas où il voulait en venir, et je répondis d'une vague moue.

-Ces gamins sont toujours enfermés et maintenant vous êtes avec eux. Vous avez voulu jouer au héros, et regardez le résultat.

-Je ne comprends pas, vous semblez m'en vouloir, mais c'est vous qui emprisonnez des gens, c'est vous qui les avez empoisonnés. D'ailleurs, cessez de les appeler gamins, ce sont des adultes, vous le savez très bien.

Sur un signe de lui, ses sbires déverrouillèrent la porte et tinrent en respect les autres, pendant qu'ils me faisaient sortir.

On m'emmena dans un bureau proche de la cellule, un des hommes en costume m'attacha les mains dans le dos et on me laissa seul. Quelques instants plus tard, la porte s'ouvrît, livrant passage au professeur Baroult. Il referma soigneusement derrière lui, puis s'approcha de moi, déplaça une chaise et prit place dessus à quelques centimètres de celle où j'étais moi-même assis.

Il soupira puis commença :

-Monsieur Blanchard. Vous me posez un grave problème. Que venez-vous faire dans cette galère ?

Tous ces… petits hommes, là, dit-il en faisant un vague geste vers les geôles, ils m'en veulent à mort aujourd'hui, mais ils me mangeront dans la main quand je leur aurai rendu leur apparence de jeunes adultes.

-Permettez-moi d'en douter.

Il chassa mon interruption d'un geste agacé :

-Ils seront reconnaissants et nous trouverons un accord satisfaisant pour tout le monde. Je ne me fais pas de souci pour cela. Qu'est-ce que quelques semaines de… détention pour obtenir la jeunesse éternelle ?

Mais vous… Vous. Qu'est-ce que je vais faire de vous ?

Du tac au tac, je répondis :

-Relâchez -moi !

Il éclata de rire :

-J'aimerais bien ! Sincèrement, j'aimerais bien Monsieur Blanchard. Mais c'est malheureusement impossible.

Son visage se fit soudain grave et menaçant :

-Vous êtes le grain de sable qui vient enrayer la belle mécanique que j'avais mise au point.

Il se leva et commença à marcher en parlant :

-Je suis à l'origine d'une véritable révolution, un tournant dans l'histoire de l'humanité. Depuis toujours les Hommes sont à la recherche de la jeunesse éternelle. Et je suis celui qui offre ce rêve aux Hommes.

Il s'animait en parlant, prenant des poses d'orateur :

-Ce genre de changement ne va pas sans susciter d'opposition. Certains ne comprennent pas la portée de mes découvertes. Il y a des esprits chagrins qui s'opposent toujours au progrès. Ceux-là profitent du moindre prétexte pour essayer de m'abattre.

Il désigna à nouveau la direction des geôles dans un grand geste un peu théâtral :

-Quelques rares petits ratés pour des milliers et des milliers de gens qui voient se réaliser leur rêve le plus fou.

Et puis, comme je vous l'ai dit, je vais résoudre ce problème. Ce n'est qu'une question de temps.

-Ok pour ceux qui deviennent trop jeunes, vous allez leur rendre leur âge, admettons. Mais, et ceux que vous avez fait disparaître ? Vous allez me faire croire que c'est pour le bien de l'humanité, aussi, que vous avez mis en scène ces accidents ?

Ses yeux se plissèrent, jusqu'à ce qu'il ne me regarde plus qu'à travers deux minces fentes.

-Alors vous croyez vraiment à ces ragots, vous me prenez pour un criminel ? cracha-t-il.

- Oh, je vous en prie, ne me racontez pas vos histoires de statistiques. Je sais très bien que beaucoup de gens ont eu des accidents ou ont disparu. Vous le savez aussi bien que moi.

Je suppose qu'ils étaient en phase de régression comme ces gamins, là – moi aussi je désignais les geôles dont je venais d'être extrait- et qu'ils ne se laissaient pas enlever. Ou peut-être n'aviez vous pas besoin de tant de cobayes que ça pour vos expérimentations sur ceux qui ne répondent pas à l'antidote. Alors vous les avez liquidés avant que tout le monde ne s'aperçoive qu'ils redevenaient des enfants.

-Comment osez-vous ! Bien sûr qu'il y a significativement plus de disparitions et d'accidents parmi la population qui a suivi le processus.

-Ah, vous voyez !

-Mais bien sûr, c'est évident ! Réfléchissez un peu. Les gens retrouvent leur jeunesse. Ils sont à nouveau adolescents, ou jeunes adultes. Donc ils retrouvent leurs comportements à risque. Ils reprennent une moto et roulent comme des malades. Ils se mettent à l'escalade. Font du parachutisme, du rafting, du base jumping, que sais-je moi, il y a des milliers de façons de se tuer stupidement. Ils grimpent au sommet d'une grue pour épater la minette qu'ils veulent draguer. Ils se lancent des défis.

Et certains décident de refaire leur vie. Ils disparaissent, pour recommencer ailleurs leur jeunesse, avec un autre partenaire. Voilà pourquoi il y a des morts et des disparitions chez les sujets ayant subi le processus.

Mais je n'y suis pour rien, cria-t-il soudain. Je ne suis pas un assassin. Je suis un scientifique qui œuvre pour le bien de l'humanité. Il y a quelques rares incidents mineurs, que je suis en voie de résoudre, c'est tout.

Il avait l'air sincère, et m'avait presque convaincu.

Je ne savais pas quoi lui répondre.

-Et Dubois, pourquoi nous a-t-il trahi ? Qu'est que vous lui avez promis ? Vous le faites chanter ? Ça fait longtemps qu'il joue double jeu ?

-Ça ne vous regarde pas, ça le regarde juste lui.

Mais ne vous occupez pas de lui, votre situation est bien plus préoccupante. Monsieur Blanchard, que vais-je faire de vous ?

Il était très sérieux, sa question n'était pas que pure rhétorique, et je voyais bien que mon sort était vraiment en jeu.

J'avalais difficilement ma salive.

-Eh bien, vous venez de dire, non, de crier, tellement ça sortait du cœur, que vous n'êtes pas un assassin, et je veux bien le croire.

Il sourit.

-Vous essayez d'être convaincant Monsieur Blanchard, mais il faudra encore faire un effort. Les enjeux sont considérables, Monsieur Blanchard, ils sont énormes.

J'avais envie de lui demander ce qu'il comptait faire de moi, mais j'avais trop peur d'entendre la réponse, alors je lui posai une autre question, comme pour gagner du temps :

-Depuis combien de temps vous me suiviez, depuis combien de temps vous saviez que nous allions tenter de libérer vos patients prisonniers, avant que vous n'interveniez, juste avant que nous n'arrivions à la sortie ?

Il ne répondit pas tout de suite, je crois qu'il pensait déjà à autre chose. Peut-être à la meilleure façon de se débarrasser de moi…

Je dus donc le relancer :

-C'est vous qui avez eu l'idée de me lancer Dubois dans les pattes, depuis le début, pour me piéger ?

Il sortit soudain de sa semi-rêverie et se tourna vers moi :

-Comment ? Mais non ! Pourquoi vous aurais-je tendu un piège ? Ni vous ni Monsieur Dubois n'aviez attiré l'attention de personne.

-Mais alors ?

-Il y a quelques caméras dans les laboratoires du sous-sol. Les images m'ont été envoyées dès que les portes des cellules ont été ouvertes. J'ai passé les images de vos deux visages au logiciel de reconnaissance faciale, c'est à ce moment que j'ai appris votre nom et que vous venez de subir le processus. Dubois aussi, que je ne connaissais pas, a été reconnu et mes dossiers m'ont donné un moyen de pression sur lui. Comme il me fallait un minimum de temps pour arriver avec mes gardes du corps, je l'ai appelé pour lui proposer un marché, afin qu'il vous arrête en attendant. Et voilà. Vous voyez, les choses sont souvent plus simples qu'elles ne paraissent. Il suffit de savoir ce que l'on veut. Maintenant, il me reste juste à décider la meilleure attitude à prendre à votre égard, puis à m'y tenir. C'est aussi simple que cela.

En tout cas, cela m'a permis de me rendre compte que la sécurité de ces lieux n'est vraiment pas à la hauteur. Deux vigiles et un chien, ce n'est vraiment pas suffisant. Heureusement que j'ai pu intervenir rapidement avec mes hommes de confiance. À l'avenir, ce sont des hommes comme eux qui remplaceront les vigiles de boîtes privées qui sont beaucoup trop tendres.

Il marqua une pause, puis reprit, doucement :

-Je vous ai fait venir dans ce bureau pour avoir cette petite discussion dans le but de vous évaluer. J'avais besoin de connaître vos motivations, votre degré d'empathie éventuelle envers moi et nos travaux…
Je dois avouer que… le résultat ne semble pas jouer en votre faveur.
-C'est-à-dire ? dis-je avec crainte.
-Et bien j'espérais arriver à vous convaincre du bien-fondé de nos recherches sur les patients réfractaires à l'antidote, et que vous finiriez par considérer, comme moi, qu'il y a un prix à payer pour le progrès, que la casse est acceptable, et que tout compte fait les pots cassés ne sont pas si nombreux. Bref, j'espérais que vous seriez capable de comprendre qu'il faut parfois accepter de faire quelques entorses à… la morale, ou au droit formel, appelez cela comme vous voulez.
Je ne savais pas quoi lui répondre. Ma première réaction aurait été de réagir avec ironie, de tenter, sans espoir, de lui mettre le nez dans sa mégalomanie. Mais je sentais que ma vie en dépendait. Je sentais que je devais peut-être jouer la comédie et simuler sinon l'admiration, au moins l'acceptation de ses entorses à la morale.
- Oui, non, je comprends. Vous apportez la jeunesse à des milliers et des milliers de gens, et quelques cas où ça foire un peu, c'est finalement pas très cher payé. Je comprends… Mais quand même…
-Écoutez, je n'ai pas le temps de finasser avec vous. J'ai beaucoup, beaucoup de problèmes à régler. Vous êtes avec nous à cent pour cent, ou vous êtes contre nous. Dans ce dernier cas, je devrais prendre des mesures drastiques.
-Professeur, vous venez de crier que vous n'êtes pas un assassin. Et franchement je vous crois. Alors… vos menaces voilées ne m'impressionnent pas tellement tellement…
En fait j'étais très impressionné, mais j'essayais le bluff.
Il me répondit d'une voix qu'il essayait de garder douce et calme :
-Monsieur Blanchard. Je ne suis pas un assassin. C'est vrai. Je suis un scientifique, et un homme d'affaire. Mais…je ne suis pas seul dans cette histoire. Vous me voyez comme le président de Youngagain, mais je n'en suis pas le propriétaire. Regardez, ces installations. Et il y a les mêmes dans plusieurs pays du monde. Nous parlons de milliards de dollars. Vous croyez que j'ai des milliards de dollars ? Il y a un conseil d'administration derrière moi. Et croyez-moi, les gens qui le composent ne sont pas des enfants de cœur. Ils ne laisseront pas un grain de sable enrayer leur belle machine. Ils ont investi des dizaines de millions dans cette entreprise, et maintenant qu'elle commence à peine à rapporter, vous croyez qu'ils laisseront un homme se dresser au milieu de leur chemin ? Ils le broieront !
Il se dirigea vers la porte et appela un de ses hommes de main :

-Ramenez-le avec les autres ! Je déciderai de son sort plus tard.

Puis il sortit sans se retourner, sans m'accorder ni une parole, ni un regard.

Le bruit de la serrure qui se refermait derrière moi résonna comme une lourde sentence. Jack s'approcha de moi et me demanda :

-Ça va ? Qu'est-ce qu'il te voulait ? Il t'a donné des explications ? Il t'a dit pourquoi ton pote t'a trahi ?

-Dubois ? Non, il m'a juste dit que ça ne me regardait pas. Mais apparemment il n'est passé de leur côté qu'au dernier moment, quand le professeur Baroult l'a appelé sur son portable pour le faire chanter, si j'ai bien compris. Ah, d'ailleurs, à ce propos, il y a des caméras qui s'activent quand on ouvre ces portes, dis-je en montrant la serrure de notre cellule, en haussant la voix pour que tous profitent de l'information.

C'est comme ça qu'ils ont été mis au courant et ont pu intervenir juste à temps avant qu'on sorte.

Les autres commencèrent à scruter les murs et les plafonds à la recherche de caméras braquées sur la porte, mais sans succès. L'idée d'être surveillés nuit et jour ne leur plaisait pas.

Le plus petit des prisonniers, celui qui semblait être leader, me montra du doigt et harangua ses acolytes :

-Ça vous semble pas bizarre que le copain de ce type nous vende à Baroult, puis la première chose que fait Baroult après nous avoir remis dans notre cage, c'est l'isoler pour lui parler en privé ?

Dis-moi, dit-il en se tournant vers moi, il t'a donné ses instructions, ou tu lui as fait un débriefing ?

Je haussai les épaules pour lui répondre. C'était bizarre, ce petit morveux qui m'accusait de sa petite voix flûtée, en prenant des attitudes d'homme important du haut de son mètre.

-Moi, à votre place, je ferais pas confiance à ce type, déclara-t-il encore en se tournant vers eux.

-Et quel intérêt auraient-ils à faire semblant de nous libérer et à nous rattraper au dernier moment ? tenta de m'aider Jack.

-J'sais pas, moi, c'est tous des tordus. Peut-être nous donner de faux espoirs puis les anéantir pour casser notre moral, nous enlever définitivement toute envie de tenter de nous évader. Comme par hasard, tout ceci intervient juste le lendemain du jour où Léo a failli réussir à s'échapper.

Léo porta la main à sa joue bleue et enflée.

C'est vrai que présenté comme ça... ça faisait beaucoup de coïncidences. Je me sentis obligé de me défendre :

-Écoutez Philippe. Écoutez tous. Je... je ne suis pas là pour vous surveiller, vous briser le moral ou quoi que ce soit. J'étais vraiment venu pour vous libérer. Je n'ai jamais rencontré Baroult avant ce soir. Et en fait, s'il m'a fait sortir ce soir, c'est pour me menacer. Il pense que même si vous le détestez aujourd'hui, vous ne pourrez pas vous empêcher d'être reconnaissants envers lui quand il vous rendra votre apparence adulte.

Je levai la main pour stopper Philippe qui voulait m'interrompre.

-En fait, le seul qui lui pose problème, c'est moi. Il sait bien que s'il me relâche, le monde entier apprendra que Youngagain emprisonne des gens et se livre sur eux à des expériences contre leur gré. Vous... il pense vous retourner... moi... s'il est certain qu'il ne pourra pas me retourner... je disparaîtrai...

J'avais dû être convaincant car tous vinrent m'entourer et tenter de me réconforter. Seul Philippe s'éloigna ostensiblement, montrant clairement par son attitude qu'il pensait que ses compagnons faisaient une lourde erreur de jugement.

Malgré mon angoisse quant à mon avenir et au mauvais sang que devait se faire Léa, je mourais de faim et de sommeil et cela devenait mon unique sujet de préoccupation. Les idées les plus importantes cèdent toujours le pas aux besoins les plus basiques. Le prosaïque l'emporte sur l'idéal. Le pragmatique sur l'illusoire. Quand les gardiens apportèrent des plateaux remplis de victuailles, tous se jetèrent dessus. Les gardiens étaient nouveaux, et nous ne revîmes jamais les deux types que nous avions ligotés et bâillonnés.
Ensuite je découvris qu'il y avait une petite porte au fond de la cellule, que je n'avais pas remarquée. Elle donnait sur des toilettes très propres, mais dignes de toilettes de maternelle. Elles étaient peut-être adaptées pour mes compagnons de cellules, mais je m'y trouvais comme Gulliver chez les Lilliputiens.
Tout au fond des geôles, il y avait des bat-flancs que je n'avais pas non plus remarqués, et chacun s'écroula et s'endormit rapidement.

Je fus réveillé comme tous mes compagnons par l'irruption du professeur Baroult entouré de sa garde prétorienne. Les hommes en complets noirs étaient souriants, ils n'exhibaient pas leurs armes, mais personne ne s'y trompait et nous restions tous au fond de la cellule, sans approcher de Baroult, qui, debout au milieu de notre cage, commença à nous faire un beau discours :
-Messieurs, bonjour. Je sais que vous devez tous m'en vouloir terriblement pour ce qui vous arrive, pour ces effets indésirables ennuyeux du processus. Je sais que dans la mesure où vous le vivez dans votre chair, vous n'avez que faire d'explications, de statistiques démontrant que seule une infime minorité des patients subissant le processus souffrent de ces effets indésirables. Je veux que vous sachiez que je le comprends et que je partage votre souffrance. Personne mieux que moi ne vous comprend, mais surtout, personne mieux que moi n'est à même d'y remédier. Je vous assure que je mets toute mon énergie à la résolution de ce problème. Je peux vous annoncer que je n'en suis plus très loin.
Je sais aussi que vous devez m'en vouloir terriblement de vous maintenir ici, à l'isolement. Vous vous sentez humiliés, privés de libertés, arrachés à votre vie et à vos proches. Cela aussi je le comprends. Mais comprenez aussi que nous ne faisons cela que pour votre bien. Il faut que je puisse travailler à résoudre ce problème. Si demain je peux vous relâcher, c'est parce que j'aurais pu travailler sans relâche à vous redonner votre apparence. Si vous n'étiez pas maintenus ici dans ces conditions, on ne me laisserait pas travailler à la résolution de votre problème. C'est pour votre bien que vous êtes maintenus ici. Je suis sûr qu'un jour vous le comprendrez.
Hier vous avez tous failli mettre tout cela par terre. Vous avez été mal conseillés. Votre intérêt est de rester. Si vous me donnez votre parole de ne

plus tenter de vous échapper, je pourrais améliorer vos conditions de vie. Je parle de chambres individuelles, de douches, de meilleurs repas.

Sur ces promesses, il tourna les talons et disparut, sans doute pour aller faire les mêmes annonces aux filles. Qu'espérait-il, que tous ses prisonniers s'accommodent de leur détention et voient en lui leur sauveur potentiel ?

Quant à moi, je me demandais pourquoi il me laissait avec ces patients à l'aspect juvénile, et pourquoi il m'avait fait assister à ce discours qui ne me concernait pas.

Peut-être pensait-il qu'en me faisant partager leur sort et leurs espoirs j'allais finir par adopter leur point de vue, et par l'aimer moi aussi s'il parvenait à inverser le processus chez eux ?

Je doutais fort qu'il y parvienne, mais au moins avais-je la vie sauve en attendant.

Mes compagnons de cellule étaient tous en train de commenter l'intervention du professeur, Philippe dénonçant une tentative de manipulation. Selon lui, le professeur n'était venu faire son beau discours devant nous que pour accréditer la thèse selon laquelle j'étais prisonnier. Selon lui, je n'étais qu'un espion placé parmi eux pour les surveiller. Les autres hésitaient entre différentes théories, mais n'étaient sûrs de rien, et Jack lui était prêt à me défendre.

Maintenant que j'avais mangé et dormi, l'angoisse qui ne devait pas manquer d'étreindre Léa recommençait à me préoccuper. Il fallait absolument que je sorte d'ici, ou au moins que je parvienne à lui faire savoir que j'allais bien. En attendant, je ressentais heure après heure les bienfaits du processus sur moi, je me sentais jeune, en pleine forme, plein de vitalité, mais je ne pouvais pas en profiter, enfermé comme je l'étais dans cette boîte avec des enfants.

Je demandai à celui qui avait la lèvre et la joue enflées, Léo, comment il avait réussi à sortir de sa cellule et à arriver jusque dans le hall au milieu des patients. Sa réponse fut un peu confuse, il avait du mal à s'exprimer, je compris qu'il avait profité d'un transfert entre un labo, pour une expérience, et la cellule, pour courir au moment où on ne le regardait pas et prendre tout le monde par surprise, y compris le vigile de l'escalier.

La surprise, c'est très bien, mais par définition ça ne marche qu'une fois et j'allais devoir trouver autre chose.

Jack s'approcha de moi et me demanda :

-Dis, j'ai l'impression que tu as changé depuis hier… Tu as pris le processus toi aussi ?

-Ben oui, fallait bien que j'entre dans le bâtiment, que je l'explore pour vous trouver. Il n'y avait pas meilleure couverture.

Il me regarda longuement.

-Alors tu te doutes que quelque chose cloche dans le processus, mais tu le prends quand même ?

Je le voyais commencer à douter de moi, être ébranlé et commencer à se demander si Philippe n'avait pas raison.

-C'est un peu plus compliqué que ça. Disons que Léa l'avait déjà fait, elle insistait beaucoup pour que je le fasse aussi, et…

-Je sais, elle n'arrêtait pas de dire au boulot combien tu étais contre et qu'elle aurait aimé que tu le fasses.

-Eh bien tu vois, à force d'insister…

En fait les enfants ont très mal pris son changement, elle est comme entrée en dépression, et j'ai décidé de le faire pour la soutenir, pour être de son côté, pour la sauver, pour sauver notre couple, notre famille.

Il me regarda encore longuement et finit par laisser tomber :

-Je comprends.

Je ne savais pas s'il comprenait réellement, s'il m'avait cru…

En tout cas, j'avais envie de sortir, pas question de moisir dans une cellule, avec des gamins se défiant de moi, en attendant qu'un scientifique fou décide s'il allait me tuer ou me laisser vivre.

J'examinai la serrure, elle n'avait pas l'air très très compliquée. Grosse, mais pas spécialement sophistiquée. Je demandai à la cantonade si personne ici n'avait de compétence en serrurerie. En ingénierie en général. Au moins si l'un d'eux était un minimum bricoleur. Les seules réponses auxquelles j'eus droit furent des grimaces de dénégation.

-De toute façon, dit Jack, on est surveillés. Sûrement même écoutés.

-Je ne crois pas, non, d'après ce que m'a dit Baroult pendant notre entretien, il y a juste des caméras qui se déclenchent au mouvement. Pas de micro. Par contre, s'ils nous relogent, comme il l'a annoncé, avec chambres individuelles, comme il dit, là je pense qu'on sera bien surveillés. Il m'a avoué qu'il vient juste de prendre conscience qu'ils avaient été légers côté sécurité. Je pense qu'ils vont y remédier. Il faut partir avant.

-Partir ? Mais comment ? Ils sont sur leurs gardes maintenant.

-Sûr. Mais après, il sera trop tard, tout sera bardé de capteurs, de systèmes vidéo, d'alarmes. Tu connais Baroult, il ne fait pas les choses à moitié. Maintenant qu'il est conscient de la faille, ils vont y mettre le paquet. Moi, je veux tenter ma chance avant.

-T'as un plan ?

-Non, pas encore, mais on devrait mettre nos compétences et nos idées en commun.

Les autres s'étaient approchés, intéressés. Même Philippe écoutait avec attention.

-Bon, je dis, je crois qu'on est tous d'accord pour vouloir sortir d'ici. Je pense qu'il faut le faire rapidement, parce qu'ils ne s'y attendent pas forcément maintenant, et parce qu'après ils vont renforcer la sécurité et la surveillance.

-Qu'est-ce qui te permet de dire ça ? me lança Philippe avec défi.

-Ça me paraît logique, c'est tout. Pas toi ? Je lui renvoyais son défi.

Il haussa les épaules sans répondre.

-Alors, l'un de vous a une idée ?

Personne ne répondit.

-Je suis sûr que vous aviez tous envie de partir déjà avant que nous n'arrivions avec Monsieur Dubois. Alors vous aviez sûrement déjà sinon un projet, au moins une vague idée…

Je les vis tous se regarder entre eux. Ils hésitaient à me parler. Ils jetaient des coups d'œil à Philippe comme pour vérifier s'il allait leur interdire de me répondre.

Curieusement, ce fut justement lui le premier à se lancer dans la confidence, sans me regarder, semblant s'adresser aux autres, mais bien conscient que j'entendais aussi :

-En fait, juste avant l'irruption de nos deux sauveurs (ton ironique), je m'apprêtais à faire une tentative.

Tout le monde se tourna vers lui et le silence se fit. Il continua :

-Je pensais que peut-être on pourrait…

Je l'interrompis, montrant discrètement l'extérieur de notre geôle, là où devait se trouver une caméra, puis le fond de la cellule, sombre et apparemment hors de portée de celle-ci.

Tout le monde se replia vers le fond, et nous formâmes un vague cercle, prêts à écouter Philippe.

-En fait, je pensais passer par les toilettes.

-Mais il n'y a pas de fenêtre dans les toilettes, s'exclama Jack !

-Non, je sais, reprit Philippe, mais le mur du fond sonne creux. Je pense que c'est du placo, ou un truc comme ça. Ils ont dû construire ces geôles et ces toilettes dans l'urgence, pour nous y mettre. Normalement, il n'y a pas de prison dans un laboratoire. Ce n'est pas un mur solide. On doit pouvoir le percer facilement.

-Et après ?

-Après, je ne sais pas, je ne connais pas les plans de ce bâtiment, je ne sais pas ce qu'il y a de l'autre côté de cette cloison, mais ça vaut le coup d'essayer, non ?

-Je crois oui, on devrait essayer. Et vite, parce qu'à mon avis, ils vont tout blinder maintenant qu'ils sont conscients des failles dans la sécurité.

Ce que je n'ajoutais pas, c'est que j'étais aussi pressé parce que je craignais pour ma vie.

-Bon, si tout le monde est d'accord, je propose qu'on commence tout de suite à s'attaquer au mur.

Philippe disparut dans les toilettes, je restais avec les autres pour tenter de masquer un peu d'éventuelles vues de caméras sur le fond de la geôle.

Deux heures après, il réapparut, l'air épuisé, couvert de traces blanches.

-On n'a rien entendu d'ici, c'est bien ça, ils ne doivent pas entendre non plus. Vous avez beaucoup avancé ?

-T'as qu'à aller voir. Tiens, me dit-il en me tendant une cuillère. C'est avec ça que je creuse. Ça va pas vite, mais ça fait pas de bruit. Ce qui tombe, je le jette dans les toilettes, et toutes les heures je tire la chasse.

-Super, mais faudrait pas non plus attirer leur attention avec ces traces de plâtres sur les vêtements. Je vais me mettre en sous-vêtements pour travailler.

Il baissa les yeux sur ses habits :

-Ah oui, en effet. Je vais essayer d'arranger ça.

Comme je me dirigeais vers les toilettes pour le remplacer, Jack voulut me suivre pour voir où en était l'ouverture. Philippe lui barra le passage.

-Un à la fois. Si on est surveillés, ça leur semblerait louche qu'on entre à plusieurs dans les toilettes.

Jack réfléchit un instant puis accepta l'argument.

J'entrai dans les toilettes.

Entre le lavabo, la douche et les WC, je découvris un mur déjà bien abîmé. Il n'était pas transpercé, mais sur environ un mètre carré, il était gratté et avait perdu une bonne dizaine de centimètres d'épaisseur.

J'enlevai mes vêtements et les pliai soigneusement, avant de les poser le plus loin possible du mur à creuser, pour éviter que la poussière de plâtre ne les souille. Je ris intérieurement en me disant que je n'avais pas à craindre que l'on ne me les vole. Tous mes compagnons de cellule s'habillaient en dix ans...

Effectivement le mur s'effritait facilement à l'aide de la cuiller. Quand la surface résistait, je retournais mon instrument et utilisais le manche comme un pic. Quelques coups pas trop appuyés pour ne pas faire trop de bruit, puis je pouvais à nouveau gratter. Graduellement des petits tas de plâtre s'accumulaient à la base du mur. Je les ramassais à la balayette puis les jetais dans les toilettes.

Rapidement je me sentis fatigué. Bizarre, car les effets du traitement se faisaient sentir et j'étais en forme comme jamais depuis des années. Il faut dire que j'étais obligé de travailler à genoux ou à quatre pattes, alternativement. Mes collègues eux, pouvaient se permettre de travailler debout...

Au bout d'un moment, Jack vint me remplacer.

-C'est bon, Paul, me dit-il, je prends la relève.

J'allais actionner la chasse d'eau, un instant j'eus peur d'avoir bouché les tuyauteries avec tout ce plâtre mais l'évacuation finit par se faire normalement. J'étais blanc de la tête aux pieds, et je décidai de prendre une douche. En sortant, après m'être habillé, je jetai un coup d'œil à mon reflet dans la glace. J'eus un choc. Je faisais déjà dix ans de moins que la dernière fois que je m'étais vu dans un miroir. Comme Léa aurait été contente de me voir. Je fus submergé d'une vague de nostalgie en pensant à elle. Jusqu'à présent je ne m'étais pas réellement senti privé de liberté. Prisonnier, si, j'étais derrière des barreaux… Mais je n'avais pas objectivement pensé où aller. Maintenant que je ressentais avec acuité le besoin de rentrer chez moi pour partager avec Léa ma nouvelle jeunesse, je vivais avec douleur l'impossibilité de le faire.

J'allai me coucher, que faire d'autre ? Quand on est prisonnier, on passe son temps à attendre le prochain repas, en s'ennuyant. Moi, quand je m'ennuie, je dors…

Je fus réveillé par Jack qui me secouait doucement l'épaule. Il me semblait encore plus jeune que la dernière fois que je l'avais vu. Sa voix était celle d'un tout jeune enfant. Seuls ses cheveux blancs lui donnaient l'air un peu plus vieux.

-Paul. Ça y est. On a un passage.

Je m'assis sur la banquette. Les cheveux de Jack étaient pleins de plâtre, ainsi que ceux du gamin à la joue bleue, qui d'ailleurs avait tendance à devenir jaune. Il y avait donc eu au moins deux relais après moi. J'avais donc dormi au moins quatre heures.

-Euh, alors, ça donne où ?

-Apparemment, un entrepôt, on distingue juste des cartons empilés.

-Ok, alors, on y va, qu'est-ce qu'on attend ?

Ils se regardèrent tous entre eux.

-Euh, justement, on en a parlé entre nous, et euh… on s'est dit qu'il valait mieux qu'on sorte pas tous ensemble. Notre départ sera plus vite remarqué. On a pensé que si un seul d'entre nous passe, ça sera moins vite remarqué et ça lui laissera plus de temps pour réussir à sortir du bâtiment…

-Mais… mais tout le monde veut sortir, non ?

-Bien sûr, mais on s'est dit qu'il suffisait qu'un seul d'entre nous réussisse à aller à la police pour raconter ce qui se passe ici, pour qu'on soit tous libérés très vite. C'est ce qui compte, non ? On n'a pas besoin de s'évader tous. Un seul suffit. Ça augmente les chances de succès.

Je réfléchis un instant. Ils avaient raison.

-Ok, alors qui est-ce qui y va ?

-Ben, on a pensé que les flics auraient du mal à croire un gamin avec ces histoires de séquestration et d'adultes qui ont l'apparence d'enfants. Regarde-moi, qui est-ce qui me croirait ?

-Alors ?

-Alors, on a pensé que c'est à toi d'y aller. Tu sors, tu fonces à la police, et tu rappliques ici pour nous libérer. Ok ?

-Euh, ok, je répondis, avec moins de conviction que je n'aurais voulu en avoir. C'est que j'étais un peu surpris, pris au dépourvu, je n'avais pas vu les choses comme ça. Je nous avais imaginé tous courir vers les portes. Et puis je dois ajouter que j'étais toujours un peu dérouté d'entendre un gamin me parler avec autorité, me donner des directives sinon des ordres.

-Sauf que moi, je ne suis pas d'accord pour te laisser sortir seul d'ici. Je ne lui fais pas confiance, dit Philippe en se tournant vers les autres.

Je ne vais pas laisser notre seule carte entre ses mains. Et s'il va directement dire à Baroult qu'on a fait un trou dans le mur ?

Les autres ne répondirent pas. Il poursuivit :

-Je pars avec lui. Je pars avec toi, répéta-t-il à mon intention.

-Ok, si tu veux, pour moi, pas de problème. Mais faut qu'on se magne, quelle heure il est ?

-Cinq heures du matin.

-Ok, on y va maintenant, le bâtiment est plus ou moins désert. Après, tous les employés vont arriver.

Philippe me toisa.

-Ok, allons-y.

Aucun des autres ne s'opposa à ce qu'il se joigne à moi.

Jack me serra la main.

- Bonne chance. Je compte sur toi. Je veux revoir Manon.

Nous on reste là dans la cellule, pour faire nombre, plus longtemps ils mettront à se rendre compte qu'il en manque deux, meilleures seront vos chances de réussite. Allez-y.

Je passai la porte des toilettes. Le trou était là, noir et menaçant.

Je dus me mettre à quatre pattes pour passer. Je pris garde à ne pas frotter les bords pour ne pas avoir de traces de plâtre sur les vêtements. Si par malheur on rencontrait quelqu'un, inutile d'attirer l'attention avec ce genre de détail. Je demandai à Philippe qui me suivait de près de faire de même. Il passa sans presque se baisser, sans me répondre, mais je notai qu'il fit effectivement attention à ne pas se frotter aux bords poussiéreux de l'orifice que nous avions ménagé.

Arrivés dans cette pièce sombre, nous nous redressâmes et tentâmes de nous orienter. Il faisait très sombre, la seule lumière provenait du trou dans le mur, et encore les toilettes n'étaient pas très éclairées. Il n'y avait là que des caisses, et des étagères remplies de cartons. Je n'arrivais même pas à lire ce qui était marqué sur les cartons. Probablement du matériel médical. J'aurais donné beaucoup pour une torche.

Le plus important était de ne pas faire de bruit. Nous avancions lentement, soucieux de ne rien heurter pour ne pas attirer l'attention. Au fond de ce qui semblait être un entrepôt, il faisait vraiment très noir, l'obscurité était presque totale. Philippe et moi avancions presque à tâtons, craignant à chaque instant de heurter un obstacle, de renverser une étagère et de provoquer une chute bruyante. Enfin je touchai un mur. Je chuchotai à Philippe qu'on y était et qu'il fallait trouver la porte. Toujours en silence et avec mille précautions, chacun commença à explorer la paroi à tâtons. C'est curieux comme instinctivement on craint de heurter son visage quand on avance à l'aveugle. J'écarquillais les yeux au maximum pour tenter d'y voir malgré l'obscurité presque totale, mais avec la peur permanente de me prendre un obstacle quelconque dans le visage.

Quand mes mains touchèrent ce qui me semblait être une poignée de porte, j'eus l'impression d'avoir gagné le gros lot.

-Il y a une porte là, chuchotai-je à Philippe.

Il me rejoignit lentement, et nous écoutâmes avec attention s'il y avait du bruit de l'autre côté de cette porte. Rien apparemment. Retenant ma respiration, espérant de toute mes forces qu'elle ne soit pas verrouillée, je tournai la poignée. Je la sentis descendre, et je pus entrouvrir la porte. Toujours aucun bruit. Je glissai un regard. Personne. Nous sortîmes tous deux. Nous étions dans un couloir très faiblement éclairé par un luminaire de secours réglementaire.

Je l'interrogeai du regard :

-À droite ou à gauche ?

Il me répondit par une moue signifiant qu'il n'en avait pas plus idée que moi.

Je pris à gauche et il me suivit.

Le couloir était assez long, puis il tournait à angle droit sur la gauche, il y avait alors d'autres portes semblables à celle que nous venions de franchir, de chaque côté, vraisemblablement des salles de stockage là aussi. Puis on arriva à un cul de sac, avec une porte différente celle-là.

J'écoutai à nouveau attentivement, on n'entendait rien de l'autre côté.

J'interrogeai Philippe du regard, il me fit signe que nous n'avions pas d'autre solution que d'essayer la porte. Moi, depuis le début, je ne pensais qu'à une chose, c'était que nous étions au sous-sol, et qu'à ma connaissance il n'y avait qu'un escalier menant au sous-sol. Tôt ou tard, nous devrions affronter cet escalier certainement très bien gardé maintenant.

Je tournai la poignée, toujours avec ce même mélange d'espoir et d'angoisse. Elle tourna, j'entrebâillai la porte et jetai un coup d'œil.

On se trouvait dans un vaste hangar, plein de caisses, de tire-pâles, de chariots électriques. Et au fond, un immense portail, avec un rideau de pans de plastiques pour conserver la chaleur quand le portail est ouvert. Personne dans le hall. Nous le traversâmes prudemment, pour nous trouver face au grand portail. Je cherchais un bouton quelque part sur un des murs le bordant, genre gros bouton rouge ou jaune, sur lequel appuyer avec la paume de la main, mais je ne trouvais rien.

Avec Philippe, nous refîmes face à l'immense portail, écrasés par ses dimensions gigantesques, surtout le petit bonhomme d'un mètre qui m'accompagnait.

Nous en étions là à nous demander comment forcer une porte aussi imposante, quand dans un craquement formidable elle se mit en mouvement. Le portail se levait lentement, basculant vers le plafond du hangar. Nous nous retrouvions, Philippe et moi, à découvert devant une immense ouverture.

Comme hypnotisés par le mouvement inopiné du portail, nous restions tous les deux immobiles, au beau milieu de l'ouverture qui grandissait à chaque seconde. Comme du gibier pris dans les lumières d'une voiture, qui reste figé devant le véhicule qui fonce droit sur lui.

Quand la porte s'immobilisa enfin, toute une équipe de salopettes grises se trouva face à nous. Un instant, personne ne bougea. Visiblement, aucun d'eux n'était armé. Ils ne semblaient même pas montrer d'agressivité envers nous, plutôt de la perplexité.

J'arrivai enfin à me secouer de ma paralysie. Je me souvenais que moi aussi je portais une salopette grise. Je pris la menotte de Philippe, le tirai vers moi, et m'adressai à eux :

-Salut les gars. Regardez qui m'a suivi en cachette jusqu'au boulot pour échapper à un vaccin qu'on doit lui faire aujourd'hui… mon fils. Heureusement que je l'ai entendu derrière moi avant de prendre mon service. Bon, ben, faut que je le ramène à la maison maintenant.

Prenant un air de conspirateur, j'ajoutai :

-Dites rien surtout au chef, j'en ai pour une demi-heure, pas la peine qu'il me décompte ça sur ma paie.

Puis je sortis du hangar en croisant tous ces types, l'air le plus naturel du monde.

Extérieurement je souriais, mais intérieurement je n'en menais pas large.

Eux ne nous regardaient déjà plus, ils étaient passés à autre chose, l'incident était visiblement insignifiant à leurs yeux.

J'avais envie de courir, mais je m'efforçais de m'éloigner d'un pas tranquille.

Philippe tira sur ma main :

-C'est bon, tu peux me lâcher maintenant.

Je tins bon :

-Non, on joue au Papa et au fiston jusqu'à ce qu'on soit sortis.

Ma première intention était d'aller à ma voiture qui devait attendre sur le parking. Mais à la réflexion, Baroult connaissait mon identité et avait les moyens d'identifier mon véhicule et de le faire surveiller.

Nous continuions donc à marcher, croisant d'autres employés qui prenaient leur poste. La plupart ne nous regardaient pas, certains souriaient au petit garçon qui m'accompagnait, il y en eut juste un qui nous regarda avec insistance, l'air de se poser des questions. Je continuais à sourire et à marcher avec une certaine nonchalance.

Arrivés devant le parking du personnel, je vis qu'il y avait une guérite avec un homme à l'intérieur devant l'entrée. Nous continuions à marcher, entre les voitures stationnées, maintenant.

-Tu as vu, il y a un garde à l'entrée. Tu crois qu'il a reçu des instructions, tu crois qu'il va nous laisser passer ?

-Non !

Philippe avait répondu d'un ton catégorique. Je crus qu'il répondait « non » à ma question « tu crois qu'il va nous laisser passer ? ». Je commençais déjà à me sentir pâlir et faiblir, mais il ajouta, l'air irrité :

-Non, je ne vois rien. Je ne peux rien voir par-dessus les voitures.

J'avais oublié qu'il était petit comme un gamin de dix ans, ou moins même. Les véhicules garés lui cachaient la vue de l'entrée du parking. Je le sentais énervé par sa petite taille. Ça doit être dur à vivre quand on a déjà été adulte et grand.

-Eh bien il y a une guérite à l'entrée, avec un type à l'intérieur, qui actionne une barrière. Je ne sais pas s'il va nous laisser sortir à pied.

-Il y a des employés qui entrent à pied, ou tous sont en voiture ?

-La majorité sont en voiture, mais j'en ai vu un entrer à pied.

-Cool. Ça veut dire qu'il n'est pas complètement anormal de sortir de ce parking à pied. Par contre, c'est anormal d'en sortir à cette heure-ci, et surtout qu'un morveux comme moi en sorte.

Il avait accentué le mot morveux avec beaucoup de mépris.

Le pauvre souffrait visiblement beaucoup de sa régression. Je me demandais comment je réagirais à sa place. D'ailleurs, je n'étais pas à l'abri. J'étais en train de rajeunir, qui sait si la stabilisation n'allait pas foirer chez moi aussi ? Je touchais instinctivement la petite boîte dans ma poche contenant le nécessaire pour stopper le processus de rajeunissement. J'avais laissé mes papiers dans mes vêtements, dans les toilettes où je m'étais changé, mais cette boîte je ne m'en étais pas éloigné... Je la gardais à portée de main, comme une bouée.

Entre temps, nous étions arrivés devant la guérite. Le type ne nous regardait pas, il était tourné vers l'extérieur du parking, vers la rue et les arrivants, normal à cette heure d'embauche.

Mais dès que l'on serait passé à sa hauteur, il nous verrait et pourrait nous stopper, ou nous laisser passer et donner l'alarme par téléphone.

Tout en marchant, je tournai légèrement la tête vers lui, lui fis un léger signe de la main en souriant, et continuai ma route l'air de rien.

Je serrais les fesses comme nous nous éloignions de lui. Ça y est, nous étions dehors. J'avais vu l'air surpris du gars dans sa guérite, j'attendais sa réaction, mais rien ne venait.

Nous traversâmes la route, et peu à peu on continua de s'éloigner des installations de Youngagain en marchant sur le trottoir. Il y avait un arrêt de bus un peu plus loin.

Je serrais de plus en plus fort la main de Philippe qui essayait de se dégager. Sale gosse !

-Écoute, il faut qu'on joue cette comédie jusqu'à ce qu'on soit dans le bus. Ça ne me plaît pas plus qu'à toi, mais arrête de gigoter comme un sale gamin, dès qu'on sera dans le bus, tu feras ce que tu voudras, en attendant tiens-toi à carreau.

-Et on va où en bus ?

-Au commissariat le plus proche. C'est ce qui était prévu, non ?

-Ok.

Il cessa de me jeter des regards assassins.

À peine arrivés devant l'arrêt, un bus arriva. Je laissai monter Philippe le premier, puis le suivis. Heureusement si Baroult m'avait fait fouiller et délester de mon portable, ses sbires n'avaient pas cru bon de me priver de l'argent que j'avais sur moi, comme pour prouver qu'ils n'étaient pas des voleurs.

J'achetai un billet adulte et un pour enfant, insistant bien sur le terme en regardant Philippe. Je savais que c'était puéril de ma part, mais il commençait à me gonfler avec sa suspicion et son oppositionnisme.

J'allai m'asseoir à côté de lui.

Après deux arrêts, j'eus soudain comme une révélation.

Je me levai, le tirai par la main :

-Viens, on descend !

-Quoi ? Mais on n'est pas encore chez les flics.

Je le foudroyai du regard.

-Viens je te dis.

Il consentit à me suivre, reprenant l'air hostile qu'il avait auparavant.

Quand le bus s'arrêta, j'en descendis, l'entraînant à ma suite, traversant la route pour attendre à l'arrêt du sens inverse.

-Bon alors, qu'est-ce qu'on fait, on retourne à Youngagain ?

Il semblait prêt à me sauter dessus.

-Non, je viens juste de penser que s'ils interrogent le garde dans sa guérite, il dira qu'il nous a vu partir vers l'Est. Alors on prend la ligne dans l'autre sens, le commissariat est un peu plus loin là-bas, mais ça risque de leur compliquer la tâche pour nous retrouver, alors je préfère.

Il se tut, me regardant comme s'il soupesait chacun de mes mots.

Comme nous arrivions devant Youngagain, nous nous fîmes discrets à notre fenêtre, nous baissant sur nos sièges. Je pus cependant noter que tout semblait normal, il n'y avait aucune agitation particulière devant leurs installations.

Comme nous nous éloignions, je le vis se détendre soudain. Je réalisais qu'il croyait vraiment que je nous ramenais dans la gueule du loup. Après un instant, il me tendit la main :

-Désolé. Je croyais réellement que tu étais avec eux.

J'acceptai sa poignée de main, franche et virile, même avec la menotte d'un gamin de dix ans qui venait de passer dix minutes à essayer de la soustraire à ma prise.

-Je comprends. On va droit chez les flics. On fait libérer les autres, jeter ces crapules en taule, et après tu es libre.

Je voyais qu'il hésitait, il se mordait les lèvres, il se tortillait sur le siège en plastique du bus. Il finit par se jeter à l'eau :

-Je meurs d'envie de revoir ma famille…mais en même temps j'ai terriblement peur de leur réaction. Que va dire ma femme devant un gamin de dix ans qui prétend être son mari ? Comment… comment va réagir mon fils, c'est un ado de quinze ans ? Tu imagines, j'avais déjà du mal à asseoir mon autorité sur lui, il faisait connerie sur connerie, rien que pour me tester, me provoquer. Maintenant, regarde-moi, comment veux-tu qu'il me respecte, comment veux-tu que je l'envoie au lit, que je lui interdise de fumer ?... Je ne suis plus crédible comme père.

Lui, Philippe, le leader du groupe, celui qui s'était opposé à moi avec autorité, avait les larmes aux yeux.

Que pouvais-je lui répondre ? Il avait raison, c'était là une situation inédite, que personne n'avait jamais affrontée.

-Écoute... c'est vrai, c'est pas facile comme situation. Mais... vous êtes une famille. Vous allez trouver un nouvel équilibre. Je suis sûr que ta femme est une personne formidable et qu'elle va trouver un moyen de faire fonctionner ça. Et puis n'oublie pas, c'est provisoire, le professeur Baroult va trouver un moyen de te rendre ton apparence d'homme.

-En prison ? me répondit Philippe avec aigreur.

On se regarda longuement sans parler.

-Tu veux qu'on laisse tomber la police et qu'on les laisse tranquilles pour qu'ils trouvent une solution ? je finis par dire.

-Pas question, répondit Philippe avec vivacité.

Je veux qu'ils paient.

Il y avait foule au commissariat. On nous expliqua que l'on devait prendre un ticket et attendre notre tour.

Au bout d'une longue attente durant laquelle Philippe fit les cent pas et se rongea les ongles, le planton de service nous demanda le motif de notre présence. Philippe prit la parole et lui expliqua précipitamment que nous avions été séquestrés et avions réussi à nous échapper, que nous venions porter plainte et qu'il fallait vite aller libérer les autres personnes maintenues en captivité. Le planton sourit, et lui ordonna de laisser parler son père, en me désignant.

Je vis Philippe fulminer intérieurement, mais il émit un énorme soupir et me fit signe de la main de le remplacer.

-Voilà Monsieur l'agent. J'ai été séquestré par le professeur Baroult, de Youngagain. Il y a eu un problème avec leur traitement de rajeunissement dont vous avez certainement entendu parler, et certains patients ne stabilisent pas leur rajeunissement, c'est-à-dire qu'ils continuent à rajeunir, en deçà de leur âge souhaité. Cette personne n'est pas mon fils, elle n'a pas dix ans comme on le dirait, elle en a cinquante. Ils emprisonnent les patients à qui cela arrive, pour que cela ne se sache pas. Et...

Il ne me laissa pas continuer. Un large sourire sur le visage, il me dit que cette blague était bien bonne, mais qu'il n'avait pas le temps. Il nous chassa de son bureau et ne nous permit pas de continuer.

Philippe était furieux et le menaçait de poursuites.

-Attention Monsieur, tenez votre fils, vous pourriez être condamné pour ses propos, vous êtes responsable de lui. Maintenant, rentrez chez vous, j'avoue que votre histoire est très jolie, mais vous voyez, nous avons beaucoup de travail. Il y a ici des gens qui viennent pour de vraies plaintes.

Je sentais Philippe prêt à exploser, je préférais l'écarter en le tenant par le bras. Mais je ne m'avouais pas vaincu pour autant. Pas question de quitter le commissariat sans avoir été entendus sérieusement.

Dès que je vis un autre fonctionnaire de police traverser le petit hall, je lui fonçai dessus.

-Excusez-moi Monsieur l'agent, il y a eu un malentendu, et l'agent de service ne nous a pas bien compris. Y aurait-il moyen d'être entendu par quelqu'un d'autre ?

-Non Monsieur, il faut suivre la procédure, et c'est cet agent qui accueille le public, fait le tri et vous dirige éventuellement vers le service compétent. Sinon, vous pouvez vous pré-inscrire sur internet et on vous fixera un rendez-vous.

-Mais c'est très urgent, cria presque Philippe, il y a des gens en danger et il faut intervenir rapidement. Cet agent ne nous prend pas au sérieux.

Le policier nous regarda un instant sans rien dire et j'étais persuadé qu'il allait nous envoyer balader, quand il laissa tomber :

-Bon ok, suivez-moi, je vous accorde cinq minutes.

Nous le suivîmes dans un triste bureau, et il nous écouta attentivement. J'eus été incapable de dire s'il nous prit plus au sérieux que son collègue.

Quand Philippe et moi eûmes terminé de raconter notre histoire, il était toujours imperturbable et nous posa quelques questions, encore une fois je ne savais pas si c'était pour s'assurer que nous ne racontions pas des salades ou pour prendre une décision d'action. Sa question suivante me surprit :

-Voulez-vous appeler vos épouses ?

-Oui, oui bien sûr, s'empressa de répondre Philippe.

Le policier tendit alors un appareil à ligne fixe à Philippe qui marqua immédiatement un numéro. Puis l'agent se leva et revint avec un autre appareil qui trônait sur le bureau d'à côté, entre un ordinateur d'un modèle que je croyais disparu depuis longtemps et une pile de papiers qui ne demandaient qu'à tomber.

Il me le tendit. Je le fixai bêtement.

-Je ne connais pas son numéro.

-Vous ne connaissez pas le numéro de votre femme ?!?

-Ben non, il est en mémoire dans mon portable, je ne l'ai jamais appris, et mon portable m'a été confisqué par l'équipe de Youngagain quand ils nous ont séquestrés.

Il me regarda longuement, je sentais qu'il essayait de deviner si je ne racontais pas des conneries.

-Et votre adresse, vous la connaissez votre adresse ?

-Bien sûr.

-Alors on va aller la chercher.

-Ok, je pense qu'elle doit être à la maison à cette heure. Bien qu'elle doive être en train de remuer ciel et terre pour me retrouver.

Il prit note de mon adresse et sortit. Pendant ce temps-là, Philippe était entré en contact avec sa femme. Visiblement, elle avait du mal à reconnaître son mari disparu depuis des semaines dans cette voix d'enfant.

Il raccrocha, la larme à l'œil, encore une fois.

Nous étions encore en train de faire des déclarations à des agents dont je me demandais s'ils nous croyaient ou pas, lorsque arriva une très belle femme d'une quarantaine d'années. Philippe se leva immédiatement.

-Paula, je suis là !

La femme marqua un temps d'arrêt. Elle s'approcha de lui, le dévisageant, l'évaluant. Les policiers la laissèrent s'approcher.

-Vous le reconnaissez ?

Elle se tourna vers eux :

-C'est difficile à dire.

-Mais Paula, c'est moi.

-Je… je veux bien le croire… mais c'est difficile.

-Mais écoute, Paula, ma Paula, je peux te dire, je peux te répondre, pose-moi une question, n'importe laquelle, sur notre vie, notre famille, les enfants, pose-moi une question sur les enfants, n'importe quoi…

-Je ne sais pas, c'est tellement troublant.

-Écoute, approche, je vais te dire.

Il s'approcha d'elle, tout prêt, elle dû se baisser et lui se hisser sur la pointe des pieds quand il tira par la manche pour lui parler à l'oreille. Cela dura un moment, on la vit rougir, elle se releva en le regardant avec un mélange de soulagement, d'amour, et de désespoir :

-C'est lui, c'est bien lui, dit-elle à l'adresse des policiers, puis se tournant à nouveau vers lui, penchée vers lui :

-C'est toi, c'est bien toi. C'est incroyable.

Elle hésitait, visiblement elle voulait serrer son mari retrouvé dans ses bras, l'embrasser follement certainement, après des semaines d'angoisse. Mais embrasser un enfant sur la bouche ?
Elle se contenta de le serrer, en pleurant. Lui aussi pleurait.

À ce moment-là, Léa fit son entrée encadrée par deux policiers qui étaient allés la chercher. Personne ne lui avait rien dit, elle s'approcha de de nous trois, assis sur un banc du commissariat, Philippe, sa femme et moi. Elle dévisagea longuement l'épouse de Philippe, qui était vraiment très belle, puis Philippe, et enfin moi, des larmes de colère dans les yeux :
-Alors, c'est ça, hein, tu menais une double vie… et tu as même un enfant. Mais quand même, il a presque dix ans. Alors, ça fait dix ans que ça dure !!!
Les policiers lui demandèrent si elle me reconnaissait, si j'étais bien son mari.
-Oui, je suis bien sa femme. Celle-là, là, je ne sais pas qui c'est. L'épouse, c'est moi. Elle, ce n'est qu'une….
Je l'interrompis rapidement pour ne pas la laisser envenimer les choses avec Philippe et Paula, qui n'avaient pas besoin de cela :
-Attends, attends, Léa, je vais t'expliquer. Cette femme, je l'ai vue pour la première fois il y a dix minutes.
Elle me regarda avec suspicion.
-Et le gamin, là, tu vas me dire que ce n'est pas le tien ?
Philippe éclata de rire.
-Non, ce n'est pas mon fils. Et ce n'est même pas un gamin.
-Alors je n'y comprends rien. Qui sont ces gens, et qu'est-ce que tu fais ici, dans cette salopette, où étais-tu passé ces derniers jours ?
-Je vais t'expliquer….
Elle me laissa lui raconter toute l'histoire, qu'écoutèrent aussi les policiers de plus en plus nombreux qui nous entouraient, peut-être pour voir si j'allais répéter tout ce que j'avais déjà expliqué, ou m'emmêler dans mes mensonges, ou peut-être simplement par curiosité. Il est vrai que l'histoire que je racontais était assez extraordinaire.

Je lui racontais donc tout ce qui s'était passé . Elle était assez incrédule, mais finit par me croire.
- C'est incroyable. Toute cette histoire est incroyable. Il faut aller libérer ces gens, dit-elle en se tournant vers les policiers toujours plus nombreux autour de nous.
-Nous devons encore procéder à des vérifications. On ne peut pas débarquer comme ça et fouiller un laboratoire, de plus le professeur Baroult est une sommité. Le commissaire ne veut pas se retrouver au placard et être la risée du monde entier si ça tourne mal.

Une fois nos identités vérifiées, le commissaire envoya enfin une équipe libérer ceux que nous avions laissés dans les geôles.

Philippe et moi aurions voulu les accompagner, les guider dans les installations compliquées de Youngagain, mais ils s'y opposèrent. D'un autre côté, nous étions contents de pouvoir rester avec nos épouses.

Léa appela aussitôt les enfants pour les rassurer. Entre deux appels, elle me dit en souriant que j'étais canon, que le traitement avait un effet terrible sur moi.

- Et les effets sur la forme, tu les sens, tu pètes le feu comme moi, me demanda-t-elle pleine d'enthousiasme ?

-Ben, là, maintenant, j'ai plutôt la trouille d'avoir dix ans dans quelques semaines...

Elle se tourna vers l'autre couple, qui se regardait avec gêne, en se demandant comment ils allaient vivre ensemble désormais.

-Ah... oui, je comprends.

Pendant que je parlais avec mes enfants, qui avaient beaucoup soutenu Léa pendant ma disparition, Philippe et sa femme se demandaient comment et quand ils allaient présenter leur « nouveau » père à leur fils. Je savais que cela allait être difficile pour lui, mais je me souvenais que lorsque nous étions dans notre cellule, Philippe avait su faire preuve de beaucoup d'autorité et même de virilité quand il s'était opposé à moi, malgré son jeune âge apparent. J'espérais que cette autorité naturelle allait le servir avec son fils ado.

Dès que je vis entrer les premiers flics de retour de mission, je compris que cela avait été un fiasco.

Ils n'avaient rien trouvé. Bien sûr les « geôles » étaient encore là, mais vides. Tout avait été nettoyé. Les responsables présents sur place avaient expliqué qu'il s'agissait d'anciennes cages, parce qu'au départ des expérimentations avaient été menées sur des animaux.

Philippe était abattu et en colère :

-Alors vous ne nous croyez pas ?

-Je n'ai pas dit ça, dit le commissaire, un gros bonhomme au visage rouge. Simplement nous n'avons pas trouvé d'enfants dans tout le bâtiment. Mais ces « geôles » étaient exactement où vous l'aviez décrit, et déjà ça c'est troublant. Et puis on a vu le trou dans le mur par lequel vous dites être passés. Et puis c'est bizarre que des cages pour animaux donnent sur des chiottes et des douches.

Toujours est-il que le professeur Dubois a été convoqué, il est à l'étranger d'après le directeur du centre.

Je suis désolé, ajouta-t-il en écartant les bras en signe d'impuissance.

Il ne nous restait plus qu'à rentrer chez nous. Je pris congé de Philippe, en lui souhaitant bonne chance, on se promit de se rappeler le lendemain.

J'aurais bien profité de ma nouvelle vigueur et de mes retrouvailles avec Léa, mais malgré tous mes efforts, mon esprit ne quittait pas les gamins abandonnés, la trahison de Dubois, les menaces voilées de Baroult. Je ne pouvais pas laisser les gamins dans cet état, privés de liberté, aux mains d'un groupe prêt à tout pour préserver ses profits. Je n'arrivais pas plus à dormir.

Le matin me trouva allongé sur mon lit, les yeux grands ouverts. Pourtant je n'avais pas véritablement dormi depuis des jours. Heureusement que j'avais à nouveau la fraîcheur de mes trente ans. Après une bonne douche, je me sentais mieux, quand le téléphone sonna. C'était Philippe.

-Euh, salut Paul, ça va, je te réveille pas ?

-Non, ça va. En fait j'ai pas dormi de la nuit. Je… je pense tout le temps aux autres. On peut pas les laisser comme ça.

-Bien sûr, bien sûr, mais que faire ? En fait je t'appelle, parce que… ça se passe pas bien ici.

Sa voix tremblait.

-Ah merde, désolé, fut tout ce que je trouvai à dire.

-Oui, faut la comprendre. Moi, je suis toujours le même, mais pour elle, je suis juste un gamin de dix ans. Quand on parle du passé, ça va, j'ai les bons souvenirs, et encore, je ne sais pas pourquoi parfois c'est un peu flou, mais en tout cas dans ces moments je sens qu'elle arrive à faire abstraction de mon apparence. Mais dès qu'il s'agit du présent, c'est comme si j'étais quelqu'un d'autre pour elle. Un étranger. Un enfant inconnu. Elle est très gentille, mais comme elle serait très gentille pour n'importe quel gamin de dix ans. Moi, je voudrais être son mari, mais pour elle, je suis un gamin qui vient de débarquer chez elle. Hier soir, je sentais qu'elle n'avait pas vraiment envie de dormir avec moi dans notre lit. Alors je suis allé dormir dans la chambre d'ami. Elle m'a dit merci…

-Et avec ton fils, comment ça s'est passé ?

-Oh, avec lui, cool finalement. Il trouve ça cool. Comme dans un film de science-fiction, il dit. Et curieusement, je sens qu'il me respecte même plus qu'avant. Avec lui, il n'y a pas de problème pour l'instant. Mais avec Paula… je sens que ça va pas le faire. C'est pour ça que je t'appelle… écoute, ça me dérange de te demander ça, surtout après la façon dont je t'ai traité au début… mais… je pourrais venir habiter chez toi… pour l'instant… je sais pas où aller et je sens qu'il faut que je laisse passer un peu de temps pour pas la brusquer ?

Je répondis instantanément, même si je savais que j'aurais dû en parler à Léa.

- Bien sûr, Phil, je comprends. Tu es le bienvenu.

Quand Léa descendit prendre son café, je sentis un peu délicat de lui annoncer que je venais d'inviter un type de cinquante ans déguisé en enfant de dix ans à vivre chez nous. Un gamin que quelques heures auparavant elle avait pris pour mon fils illégitime…

Je commençais à lui expliquer que Philippe venait de m'appeler, que ça n'allait pas fort chez lui, que sa femme avalait mal la situation…

Je n'avais même pas commencé à bien lui présenter la situation, qu'elle m'interrompit :

- La pauvre, ça doit être terrible. Tu te rends compte, se retrouver mariée à un enfant ? Je ne sais pas comment je réagirais…

-Si ça se trouve, ça va t'arriver bientôt.

-Arrête, c'est pas drôle. Je t'aime, beaucoup, tu sais, mais… je n'ai aucune idée de la façon dont je pourrais… surmonter ça. Je pense que ton pote, là, Philippe, il devrait lui laisser un peu de temps. Il devrait pas vivre sous le même toit. Lui laisser un peu d'espace. Tiens, tu devrais l'inviter à venir ici, en attendant, s'il n'a pas où aller.

Je traversai la cuisine en courant et la serrai de toutes mes forces.

-Qu'est-ce qui se passe ?

-Tu es la meilleure. C'est pour ça que je t'aime. Je viens de l'inviter à s'installer chez nous, en attendant que ça se passe mieux.

-Tu as bien fait. Ah, faudra trouver comment s'arranger, parce que Chloé arrive ce soir et Nicolas demain.

-Ah bon ?

Elle me regarda droit dans les yeux, comme pour me reprocher ma surprise :

-Bien sûr. Ils étaient vraiment inquiets de ta disparition. Et maintenant cette histoire de séquestration, de fraude, c'est grave, tu sais. Ils veulent te montrer qu'ils sont avec toi. Et puis je pense qu'ils sont curieux de voir ton nouvel aspect.

-Bof, nouvel aspect, tu exagères.

- Tu veux rire, tu t'es vu dans un miroir ? Tu feras bientôt plus jeune que moi. Elle se pressa contre moi.

-D'ailleurs, hier soir j'ai compris que tu étais épuisé par toutes ces aventures, mais… peut-être que maintenant tu pourrais me démontrer que… tu es à nouveau un tout jeune homme ?

J'allais accepter sa proposition qui soudain, alliée à la douche, m'avait ôté toute fatigue, quand la sonnette retentit.

J'allais ouvrir la porte, me demandant qui pouvait nous déranger si tôt le matin. Un gamin de dix ans était debout devant la porte, à côté d'une valise plus haute que lui.

-Ah, salut Philippe. Tu as fait vite. Viens entre, je m'occupe de ta valise. Une petite grimace en passant pour montrer à Léa qu'il y avait comme un petit imprévu remettant en cause la démonstration de ma vigueur juvénile, et j'entrepris de monter la valise.

-Installe-le dans la chambre de Nicolas, Nico partagera la chambre de Chloé, me suggéra Léa pendant que je m'essoufflais avec l'énorme valise, marche après marche.

-Je suis désolé de vous importuner, s'excusa Philippe. J'aurais dû aller à l'hôtel.

-Pensez-vous, lui répondit Léa. Comme ça, si le traitement de Paul dérape, j'aurais eu le temps de m'habituer à vivre avec un homme d'un mètre de haut.

Je sursautais. Comment pouvait-elle être aussi maladroite, Philippe allait forcément le prendre très mal… ?

Au contraire, je l'entendis s'esclaffer :

-On peut se tutoyer, non ?

-Ok, répondit Léa. Tu peux suivre Paul, il va te montrer ta chambre. Nos enfants arrivent ce soir et demain, ils se partageront l'autre chambre.

Une fois de plus, elle avait eu raison de se moquer de la situation, l'atmosphère s'était soudain détendue.

Je posai la valise au pied du lit. Philippe entra derrière moi.

-Putain, qu'est-ce que t'as mis là-dedans, ça pèse une tonne ce truc-là.

-Des vêtements et quelques dossiers, je vais essayer de faire du télétravail en attendant de voir comment mon boss prend les choses.

Il ouvrit sa valise et commença à sortir quelques costumes. Il s'assit sur le lit, pris d'un rire nerveux.

-Qu'est-ce qui t'arrive ?

-Regarde, j'ai amené que des costumes, des habits d'adultes, quoi. J'ai même pas fait attention en faisant ma valise. J'ai pris mes vêtements habituels, ceux d'avant. Qu'est-ce que tu veux que je fasse avec ça ? Dit-il en montrant les costumes dans la valise et sur le lit .

J'en sortis un et le mis sur un cintre. Il me semblait très grand.

-Ouah, tu es… tu étais grand, dis donc ?

-Ouais, un mètre quatre-vingt-dix.

Le silence tomba entre nous.

   Chloé arriva quelques heures plus tard, et je compris tout le mauvais sang qu'elle s'était fait pour moi à la force qu'elle mit dans l'étreinte dont elle m'enserra. Elle avait les yeux humides quand elle s'éloigna de moi à longueur de bras tendus pour m'examiner.

-Ouah Papa, c'est super, tu as l'air en pleine forme, on dirait déjà que tu as une quinzaine d'années en moins. Maman et toi vous formez un couple d'enfer.

-Merci.

-Maintenant, faut que tu me racontes toute cette histoire de dingue, j'ai pas tout compris au téléphone.

Je lui racontai tout, dans l'ordre et sans rien oublier. Au moment où je terminais, Philippe descendit l'escalier.

-Et justement, Philippe, c'est lui, il vit ici chez nous pour quelques jours. Philippe, je te présente Chloé, ma fille.

Chloé avait l'air très impressionnée, visiblement elle ne savait pas comment réagir. Peut-être n'avait-elle jamais été confrontée à un enfant de cinquante ans…

-Salut, lui dit simplement Philippe en lui tendant la main. Écoute Chloé, si tu ne sais pas comment me parler… fais comme tu le sens. Traite-moi comme si j'avais dix ans, ou cinquante ans. Fais comme tu le sens, après tout, ce qui compte, c'est la personne, non, pas l'âge ?

-Oui, euh, de toute façon, avec mes parents, déjà, je sais pas trop sur quel pied danser, avec maman parfois j'ai l'impression d'avoir affaire à ma mère, l'instant d'après à une copine, et parfois à ma sœur jumelle. Et aujourd'hui, mon père, et bien je découvre qu'il ressemble à mon frère. Si ça se trouve dans deux semaines, il sera le jumeau de mon frère.

Elle crut bon d'ajouter :

-Et qui sait, dans deux mois il ressemblera peut-être à mon fils, si ça tourne mal.

-Super, on pourra jouer aux billes ensemble, dit Philippe en riant.

Léa, qui venait d'entrer, ajouta, avant de saluer Chloé :

-Arrêtez avec ça, c'est déjà la grande angoisse de Paul. Mais ça n'arrivera pas. Dans une quinzaine de jours il prendra son antidote, et se stabilisera à vingt-cinq ans à peu près, comme moi.

Le lendemain matin, c'est Nicolas qui arriva, et je fus frappé, en le regardant, de voir comme je lui ressemblais effectivement, de plus en plus, jour après jour.

Entre lui et Philippe, le courant passa immédiatement. Les jeunes s'habituent mieux au changement que les moins jeunes, et ces histoires de rajeunissement commençaient à devenir banales. Pour lui, Philippe avait cinquante ans et en paraissait dix, et alors ? C'est un peu comme si entre son âge réel et son apparence, Nicolas avait fait une moyenne, et de cette manière Philippe avait à peu près le même âge que lui. Je les vis presque immédiatement se comporter comme s'ils étaient des potes.

Lorsque sa mère lui dit qu'il devrait partager la chambre de sa sœur, il hésita un instant :

- Euh, en fait, je préférerais partager Ma chambre avec Philippe… Ça… ça me dérangerait moins. Si t'es d'accord, dit-il en se retournant vers Philippe ?

-Bien sûr, c'est ta chambre, et ce sera sympa.

Pour un peu j'en aurais été jaloux…

En tout cas Chloé parut comme… soulagée de ne pas avoir à dormir avec son frère. Je sortis donc le matelas gonflable que j'avais installé dans sa chambre pour l'installer dans la chambre de Nicolas. La chambre des mecs.

Les jours suivants, Philippe se brancha sur notre wifi, et passa ses journées à travailler sur son ordinateur. Il avait apporté des dizaines de dossiers papiers et de livres, tout le monde n'est pas passé au tout numérique. Les enfants me faisaient répéter encore et encore tout ce qui s'était passé à Youngagain, cette histoire les fascinait. En tout cas, il n'y avait pour l'instant plus aucun conflit au sujet de la nouvelle apparence de leur mère. Et tous les jours ils commentaient avec plaisir mon rajeunissement progressif.

Le commissaire m'appelait de temps en temps pour me tenir au courant de l'enquête, qui n'avançait absolument pas. Baroult s'était présenté, avait tout nié en riant, et n'avait même pas porté plainte pour diffamation contre Philippe et moi, comme si nos déclarations n'avaient aucune importance.

Quand je rentrais du boulot le soir, je trouvais Philippe qui tournait en rond, depuis que Nicolas était reparti, il s'ennuyait après sa journée de travail à la maison.

-Tu viens, on va boire un coup, t'as besoin de sortir.

-C'est vrai, t'as raison. Faut qu'on parle des autres qu'on a laissés derrière nous.

-C'est pour ça aussi que je veux qu'on sorte. Qu'on voit ce qu'on peut faire pour eux. Y a rien à attendre des flics.

Une fois attablés dans un bar en ville, je commandai deux bières. Le serveur dévisagea un instant Philippe :

-Je ne peux pas servir d'alcool à votre fils, il est bien trop jeune.

-Non, les deux bières sont pour moi, lui, apportez-lui un coca.

Il fit la moue, mais s'éloigna néanmoins en prenant la commande.

-Putain, je peux même pas commander une bière tout seul.

-Pas grave, t'as qu'à boire quand on te regarde pas. Le coca, on n'a qu'à le laisser.

-Ouais, mais quand même, ça me gonfle que tu doives commander pour moi et que je doive faire semblant...

Le serveur posa les boissons devant nous.

Tout en buvant, on discutait de ce qu'on pouvait faire pour les autres.

On en était à se rendre compte de notre impuissance totale, au moment de finir nos verres. Philippe me demanda de renouveler notre commande :

-J'en prendrais bien encore une, pas toi ?

-Écoute, Philippe, je crois que ça suffit.

-Mais pour qui tu te prends, t'es pas mon père ! J'aime pas quand tu oublies que je suis pas un gamin, je suis adulte et j'ai l'habitude de boire ce que je veux !

T'en fais pas, je peux boire deux bières sans être saoul !

Il était très énervé, et j'essayais de le calmer :

-Bien sûr Philippe. Je sais que t'es adulte. Mais ton métabolisme est celui d'un gamin de dix ans, désolé. Tu vas te flinguer le foie si tu bois plus. C'est comme tu veux, à toi de voir, mais n'oublie pas que tu as un métabolisme de dix ans, maintenant.

-Fais chier !

Il se leva en faisant tomber sa chaise avec rage et sortit du bar.

Je réglai nos consommations au serveur désapprobateur.

-Il est vraiment jeune votre gamin. Je pourrais vous dénoncer à la police. Ne revenez plus ici pour le faire boire. Enfin j'espère que c'est votre gamin.

Je détestais les sous-entendus de ce connard.

Il ajouta encore :

-En tout cas, il a déjà mauvais caractère. Sûrement l'alcool.

-Va te faire foutre, je lui lançai en sortant.

Je rentrai à la maison. Je pensais que Philippe n'y serait pas, je comprenais sa colère. Peut-être était-il allé voir sa femme, il avait envisagé d'aller essayer de la convaincre de vivre avec lui, mais Léa l'en avait dissuadé, lui disant que c'était à elle de faire le pas, de décider de venir le chercher si elle le désirait. L'alcool avait dû le pousser à ne plus l'écouter et à tenter sa chance. Tant pis.

Léa me fit signe dès mon entrée que notre hôte était en haut.

Je le trouvai assis sur le lit. Il leva la tête et s'excusa :

-Tu as raison. Je suis complètement pété avec une bière. Putain, j'ai horreur de ça ! Jusqu'à présent je me disais qu'en dehors j'avais l'air d'un gamin, mais qu'en dedans au moins j'étais un homme. Mais merde, de ce point de vue là aussi je suis un putain de mioche ! Fait chier ! Putain de Youngagain !

J'allais lui répondre n'importe quel bateau, quand la sonnette retentit. Léa m'appela aussitôt.

-Paul, descends vite s'il te plaît.

Il y avait de l'urgence dans sa voix.

Je descendis l'escalier en courant presque.

Dubois était debout devant elle, dans l'entrée.

Je suis resté un long moment, interdit. Je ne m'attendais vraiment pas à le voir débarquer comme ça chez moi après ce qu'il m'avait fait. Lui restait immobile, me regardant avec un curieux mélange de malice et d'air penaud. Il ressemblait plus que jamais à machin les bons tuyaux.

-Qu'est que vous voulez, qu'est-ce que vous faites ici ? je finis quand même par pouvoir lui dire, moins calmement que je n'aurais souhaité.

-Écoute gamin, faut que je te parle.

Je supportais moins que jamais de me faire appeler gamin, depuis que flottait en moi la peur inexprimée que l'antidote ne fonctionne pas chez moi non plus et que je subisse le même sort que Philippe et ses ex-camarades de cellule.

-Je ne sais pas si j'ai envie de vous écouter, sale traître.

À peine l'avais-je appelé sale traître que je prenais conscience de la théâtralité ridicule de mes propos.

Il sourit.

-Bien sûr que tu as envie de m'écouter. Tu en as surtout besoin.

À ce moment-là, Philippe arriva aussi dans l'entrée :

-Qu'est-ce qu'il fait là, celui-là ?

Dubois eut l'air très surpris de le voir :

-Monsieur Juliani, vous êtes là ! Et bien finalement, ça tombe bien, ce que j'avais à dire vous concerne aussi. Vous concerne même plus, je pense.

-Paul, appelle la police, ce salopard doit aller en taule et avouer où sont emprisonnés les autres.

-Justement, je viens pour vous le dire. Et à votre place, je ne dirais rien à la police, Baroult a acheté certains d'entre eux et pour cette raison les flics ne trouveront jamais rien chez Youngagain.

-Ok, alors où sont-ils, je demandais ?

-Ne l'écoute pas, Paul, il nous a déjà fait le coup une fois. Il bosse pour Baroult, n'oublie pas. Ne laisse pas ton amitié pour lui t'aveugler, n'oublie pas comment il nous a trahis au moment où on allait sortir.

-Je n'oublie rien, mais on peut toujours écouter ce qu'il a à dire.

Je les poussais à s'installer dans le salon, on n'allait quand même pas rester debout dans l'entrée.

Léa vint d'autorité s'asseoir avec nous, je trouvais qu'elle avait sa place parmi nous, après tout elle allait être concernée par la décision que nous allions prendre, quelle qu'elle soit.

-Soir Madame. Je suis Ange Dubois, un ancien employé du père de Paul, je le connais depuis…

Elle l'interrompit sèchement :

-Je sais qui vous êtes, et ce que vous avez fait.

Dubois se tourna vers moi :

-Tout d'abord, je dois vous expliquer pourquoi j'ai fait ce que j'ai fait. Je suis désolé, à un point que vous ne pouvez même pas imaginer, mais rien ne pourra vous faire changer votre point de vue sur moi si je ne vous explique pas tout depuis le début. Tu as dû te demander pourquoi je travaillais comme agent de nettoyage chez Youngagain si je les tenais si peu en estime. Voilà : en fait, j'ai un petit fils, Victor, le fils de ma fille Mélissa, qui est atteint d'une maladie terrible, la Progeria. C'est une maladie génétique, ceux qui en sont atteints vieillissent à une vitesse accélérée, dès l'âge de deux ans. Le pauvre Victor n'a que sept ans, mais il a la tête d'un vieillard. Il est complètement ridé, a perdu ses cheveux, ses dents, a mal dans toutes les articulations, marche voûté, c'est terrible à voir.

La voix de Dubois tremblait. Moi qui l'avais toujours connu empreint d'une légère distance sarcastique vis-à-vis de tout, j'en fus impressionné.

Il poursuivit :

-Il… il a la taille d'un gamin de quatre ou cinq ans, ses artères sont déjà bouchées, et son espérance de vie n'est même pas de quinze ans. Pour un grand-père, c'est terrible de voir son petit-fils mourir de vieillesse sous ses yeux, dans la souffrance. Ce n'est pas juste, il a sept ans et n'a même pas encore vécu son enfance, il souffre déjà sa vieillesse !

Après avoir crié sa détresse, il se reprit et poursuivit :

-Ma fille, sa mère, révoltée parce qu'il n'existe aucun traitement, s'est dit que puisque Youngagain inverse les effets du vieillissement chez les adultes, ils doivent pouvoir faire quelque chose pour Victor. Elle est donc allée voir le responsable local, qui lui a dit que Victor n'entrait pas dans le protocole. De toute façon, elle n'a pas les moyens de payer ce traitement. Ils n'étaient pas disposés à faire un geste pour lui. Fallait allonger le fric.

Alors je suis allé les voir moi aussi. J'ai supplié. Rien à faire. Faut d'abord payer. J'ai expliqué qu'on est des gens modestes, mais qu'on pourrait s'engager à rembourser, sur des années s'il le faut. Que je suis prêt à reprendre un travail, malgré mon âge, s'il le faut.

Ils m'ont pris au mot. Ils m'ont « offert » ce boulot. Comme ça je pouvais économiser, et une fois la somme réunie, ils verraient s'ils pouvaient faire quelque chose pour Victor. De leur côté, ma fille et son mari bossent aussi, jour et nuit, pour mettre de côté de quoi payer le traitement. De vrais rapaces.

Et puis j'ai commencé à avoir des doutes sur ce qui se passait au sous-sol, et tu es arrivé, je t'ai fait part de mes doutes, tu connais la suite.

-Et après pourquoi vous nous avez trahis ?

-Il y avait un système d'alerte sur les portes, je ne le savais pas. Baroult a immédiatement reçu les images. Son logiciel nous a identifiés, il avait un dossier sur moi, il m'a appelé pendant qu'on montait l'escalier. Il m'a proposé un deal par SMS. Il perd pas de temps, le professeur. Cinq minutes après l'alerte, il avait déjà imaginé un plan, il m'a écrit que si je vous arrêtais, il prenait en charge le traitement et même qu'il entreprendrait lui-même, personnellement, la recherche si ça ne marchait pas tout de suite, pour sauver Victor. Si je ne vous arrêtais pas, il irait en prison et cela signifiait qu'il ne pourrait pas s'occuper de cette recherche avant de longues années. Il savait bien que Victor n'a que quelques années devant lui. C'était du chantage ! Moi, je n'ai vu que la possibilité de sauver Victor, de lui épargner ses douleurs, de lui donner une vraie vie.

Alors j'ai pris le pistolet du second vigile, et je vous ai ramenés en arrière. Dans ses griffes.

Je suis désolé, mais je ne pensais qu'au bien de mon petit-fils, depuis des mois et des mois, alors dès que j'ai vu une opportunité, j'ai sauté dessus.

-Et maintenant, pourquoi vous êtes ici ?

-Baroult a fait des prélèvements sur Victor, tous les jours il travaille sur son cas, et hier il m'a annoncé que malheureusement il ne pourrait rien faire pour lui. Ça ne marche pas. Tout le protocole Youngagain n'est pas adapté à son cas. Il faudrait des années pour obtenir un traitement. Des années, Victor n'en a pas devant lui.

Dubois ne pleurait pas, ne montrait aucun signe de tristesse, il semblait en colère.

-Je ne mets pas en cause la bonne foi de Baroult. Il a vraiment essayé, je crois. Mais au moment où il m'a appelé sur mon portable, dans l'escalier, il savait que les chances de trouver un traitement étaient infimes. Cela ne l'a pas empêché de me le promettre pour vous arrêter. C'est une forme de mensonge. Voilà pourquoi je suis ici.

Pendant le silence qui suivit, je vis Léa changer d'apparence, son regard passa de la dureté contre celui qui nous avait trahis à la compassion pour un grand-père malheureux. Philippe, lui, hésitait. Dubois l'avait convaincu, je crois, mais il avait tellement de colère en lui qu'il lui était difficile d'abandonner cette colère d'un seul coup. Il faisait des grimaces en essayant de prendre une décision.

Il finit par lancer à Dubois :

-Ok, alors qu'est-ce que vous proposez ?

-Je sais où sont tes potes. Les flics, faut oublier. On y va tous les trois, on les libère, et on explique tout aux journaux avec tous ces gamins comme preuve. Une fois que tout sera révélé, on courra plus aucun risque.

-Comment ça, quel risque ?

-Ben tu crois que Baroult va laisser tous ces gamins courir dans la nature ? Il serait prêt à les faire disparaître plutôt que de prendre le risque que le scandale éclate. Vous, vous êtes que deux, personne vous a crus, mais… je ne sais pas s'il vous aurait laissés longtemps tranquilles… potentiellement, vous représentez une menace pour lui. Il faut agir avant qu'il ne se décide à s'occuper de votre cas …

Je regardais Léa, je compris qu'elle savait déjà tout ça, et que la nouvelle d'une intervention de notre part ne l'angoissait pas, elle la rassurait. Elle vivait dans la crainte depuis mon retour. Dubois était une promesse d'action qui pouvait mettre fin à cette angoisse.

Il nous donna rendez-vous pour deux jours plus tard, le temps de préparer notre intervention. Il ne voulait nous donner aucune indication, ni sur le lieu où étaient emprisonnés les gamins, ni sur la nature de notre action.

Les vêtements de Philippe devenaient trop grands, visiblement il n'avait pas fini de rajeunir. Il occupait à présent la chambre de Chloé, Nicolas étant de retour à la maison pour quelques mois avant de débuter un nouveau job à Paris. Le matin même où je pris mon antidote, m'estimant assez jeune maintenant, espérant de toutes mes forces qu'il serait efficace, je notais qu'il était obligé de relever les manches de la chemise que lui avait fournie Youngagain. Ses mains dépassaient à peine et les manches traînaient dans son assiette. Je crus bon de lui proposer d'aller faire un tour avec lui en ville acheter de nouveaux vêtements.

Léa m'interrompit :

-Je garde tous les vêtements de mes enfants, enfin ceux qui étaient en bon état. Vous voulez essayer ceux de Nicolas ? Ça ne te pose pas de problème, Nico, que je lui passe tes anciens vêtements ?

-Non, bien sûr, aucun problème. Je ne savais pas que tu les gardais.

-J'ai tellement de mal à les jeter… je vous vois encore dedans. Et puis, je ne désespère pas de voir tes enfants et ceux de Chloé dans les habits que portaient leurs parents…

Nicolas ne sursauta pas, il sourit.

Philippe s'éclaircit la voix et intervint :

-Cela me ferait plaisir de porter les anciens vêtements de mon pote Nicolas. Il tapa dans le dos de mon fils, qui lui répondit par un sourire.

Moi, je n'y comprenais pas grand-chose. J'avais sursauté à la proposition de Léa, je pensais qu'il était de mauvais goût de suggérer à un adulte de porter des vêtements d'occasion, usés par quelqu'un de bien plus jeune, mais maintenant beaucoup plus grand. Sur le coup, j'avais pensé qu'il allait se vexer. D'où ma confusion lorsqu'il accepta avec reconnaissance. Léa m'expliqua ensuite dans la cuisine qu'il serait humiliant pour lui d'avoir à se rendre dans un magasin pour enfants et d'y essayer des habits au milieu de « vrais » gamins. Au lieu de ça il n'avait qu'à se servir dans sa chambre, en plus ces vêtements avaient appartenu à Nicolas, qu'il appréciait beaucoup.

Heureusement que les femmes sont là, pour combler nos lacunes psychologiques.

Léa remonta de la cave avec tous les habits qu'elle estimait pouvoir aller et plaire à Philippe. Elle les avait sortis des cartons étiquetés selon l'âge, pour les lui donner sans qu'il subisse la vexation de lire « 8 ans » sur les cartons.

Elle posa la pile de vêtements sur le lit de Chloé :

-Prenez ce que vous voulez. Je redescendrai ce qui ne convient pas. Il y a même des trucs de Chloé, qui peuvent faire mixte.

Philippe remercia.

Lorsqu'il redescendit dix minutes plus tard, il portait un short et un T-shirt qui me rappelèrent instantanément Nicolas en vacances avec nous sur la côte, il lui manquait deux incisives supérieures à l'époque. Personne ne dit rien, Nicolas ne fit aucune remarque sur ces vêtements dont il se souvenait forcément. Léa ne joua pas les mères attendries de nostalgie, je savais qu'elle devait se retenir. Même chez moi, cette tenue évoquait quelques souvenirs. Chacun fit comme si de rien n'était.

Après avoir travaillé deux heures sur son ordinateur, ce fut Philippe qui rompit le silence :

-Bon allez, arrêtez de faire semblant. Je suis sûr que chacun d'entre vous a au moins une anecdote à raconter, qui s'est passée quand Nicolas avait ça sur le dos. Faites pas comme si de rien n'était. Allez-y, racontez. Je vous jure que ça va, ça me gêne pas. En tout cas beaucoup moins que de sortir demain et croiser un morveux qui porte les mêmes vêtements que moi parce que sa mère les aurait achetés dans le même magasin que nous.

On se regarda. Personne n'osait commencer. En fait, curieusement, je n'avais pas tant de souvenirs que ça de l'enfance des enfants. J'y repensais plus tard, mais j'avais l'impression d'avoir perdu certains souvenirs.

-Allez quoi, videz votre sac sinon vous pourrez pas me regarder sans y penser.

Je me lançai :

-Et bien moi, c'est pas vraiment une anecdote, c'est juste que je vois encore Nico dans ces fringues, et... il avait perdu ses deux dents là. Il avait un sourire... de petit vampire craquant.

Philippe sourit.

-Heureusement le processus de rajeunissement ne va pas jusque-là. On ne perd pas ses dents. Malheureusement d'ailleurs, peut-être. Ce serait chouette d'en avoir de nouvelles. Difficile le temps qu'elles repoussent, mais chouette au final. En tout cas si ça arrivait, j'en prendrais mieux soin que quand j'avais six-sept ans.

Autre chose, ajouta-t-il ?

-Moi je me souviens de tout, dit Léa. Quand j'ai acheté ce short et ce T-shirt. Chaque tache de sauce, de chocolat, de terre, que j'ai dû frotter. Les fois où il mettait le T-shirt à l'envers et que je devais le lui enlever pour le remettre à l'endroit. Toujours au moment où on était le plus en retard pour arriver à l'école. Les baskets, là, ce sont celles de Chloé. Elle ne savait pas encore fermer ses lacets, je devais les lui fermer, pareil, toujours au dernier moment avant de partir. Je crois que c'est sa dernière paire à lacets, après je ne lui en ai plus achetées qu'à scratch.

-J'allais dire, prit la parole Nicolas, je ne me souviens pas d'avoir eu de baskets à lacer, que des scratches.

-On apprend de ses erreurs, dit Léa. Tu es notre deuxième enfant.

-Est-ce que je portais ce T-shirt le jour où je suis tombé de la balançoire au parc et que vous m'avez conduit aux urgences ?

Léa me regarda, je lui rendis son regard.

-Honnêtement, je ne sais pas. Peut-être, c'était à peu près à l'époque où tu portais ça.

-Voilà, comme ça s'est fait. Maintenant on peut travailler. Demain, quand je prendrai d'autres vêtements, n'hésitez pas à évoquer vos souvenirs, ça m'aidera à connaître l'histoire de ce que je porterai.

Le lendemain, Philippe regagna la chambre de Nicolas, parce que Chloé venait passer le week-end chez nous. Je pense qu'ils aimaient autant être dans la même chambre, ces deux-là, parce qu'ils s'entendaient vraiment bien ensemble. Quand elle ouvrit la porte de la maison et entra, Chloé portait sa tête des mauvais jours.

Je pensais d'abord qu'elle nous rejouait le coup du « En fait je ne supporte pas que vous paraissiez avoir le même âge que moi, quoi que j'en ai dit la dernière fois… ». Mais ça n'était pas ça.

Elle éclata presque en sanglot dès qu'on lui demanda ce qui lui arrivait :

-Vous avez pas vu ? Le gouvernement va faire passer une loi demain. Il faudra s'inscrire sur liste d'attente pour obtenir l'autorisation d'avoir un bébé.

-Quoi ? Ils peuvent pas faire ça…

- Et ben si ! Demain c'est voté. À cause du nombre de gens qui se sont fait rajeunir, il n'y a plus de décès pratiquement, pour éviter le surpeuplement, on limite les naissances. Faut s'inscrire, et au fur et à mesure des décès, on autorise les couples selon leur ordre d'inscription à avoir un bébé. Et moi j'ai même pas encore de partenaire ! Elle se mit à pleurer.

-Mais attends, je lui dis, tu veux faire un bébé maintenant ?

-Mais non, pas maintenant. Mais j'ai bientôt trente ans (elle exagérait toujours un peu) et après, quand je voudrai, les délais seront trop longs et il sera trop tard pour moi.

-Tu n'as qu'à t'inscrire maintenant.

-Mais non ! Ça marche par couples. Il faut s'inscrire par couples, et l'autorisation sera donnée pour un couple donné. Si on change de partenaire, faudra se réinscrire. C'est comme ça que le texte de loi a été rédigé.

-Ça me semble incroyable qu'on en soit arrivé là. C'est quand même une atteinte à nos libertés fondamentales. On peut quand même avoir un bébé quand on veut, non ?

-Tu sais, répondit Chloé en reniflant, beaucoup de choses sont en train de changer. Les sociétés sont obligées de s'adapter aux changements technologiques. Youngagain, par exemple, change tout aux rapports sociaux, à la démographie, à la santé publique. Tu te rappelles que depuis dix ans on n'a plus le droit de se déplacer ni de se chauffer aux énergies fossiles. On s'y est fait. On l'a compris et on s'y est fait…

 Mais là, je suis pas d'accord. Je pensais avoir le temps de trouver mon homme idéal, puis de fonder une famille avec lui… mais avec cette nouvelle loi, mon horloge biologique tourne trop vite.

-Tu sais, dit Léa, tu ne devrais pas trop t'en faire pour ton horloge biologique. Youngagain peut aussi arranger ça. J'ai à nouveau mes règles depuis quelques semaines et je suis sûre que je suis fertile comme il y a vingt ans.

Chloé et moi restâmes la bouche ouverte. Je n'avais même pas pensé à ça. Je n'avais même pas pensé que je pourrais à nouveau être papa avec Léa. Je pensais être tranquille de ce côté-là.

    Je cherchais quoi dire à Léa devant l'annonce de cette conséquence inattendue pour moi de son rajeunissement. J'aurais aussi voulu savoir que répondre à Chloé pour la calmer devant les perspectives maussades d'une future envie de grossesse. Je n'avais rien trouvé, j'étais toujours bouche bée quand la sonnette résonna.

    Dubois était devant la porte, son immanquable sourire moqueur sur le visage.

-Ça y est, vous êtes prêts ?

-Euh… prêts à quoi ?

Son sourire s'élargit encore :

-Ben prêts à aller libérer les gamins.

-Euh, oui, d'accord. C'est quoi le plan ?

-Je vous emmène en voiture, on neutralise les alarmes, on descend chercher les petits, on remonte, et on file à la police avec tout ce petit monde, non sans avoir prévenu la presse.

Je haussai les épaules :

-Ok, c'est simple, on neutralise, on rentre, on sort avec eux. Tellement simple. Pourquoi on l'a pas fait plus tôt ?

-J'ai dû préparer quelques petites choses pour la phase neutralisation. Mais là je crois que c'est bon.

-Vous croyez ?...

Il éclata de rire :

-On n'est jamais sûr de rien avant. Faut essayer.

-Ok, répondis-je. Assez tergiversé. Faut y aller.

Dubois ramassa un sac posé devant lui. Il en sortit une combinaison grise qu'il me tendit.

-Tiens gamin, mets ça.

-Encore !

-Eh oui, ça te va si bien, ça serait dommage.

-Je viens avec vous !

C'était Léa qui venait de faire irruption.

-Écoute Léa... commençais-je...

-C'est bon, j'avais prévu le coup, m'interrompit Dubois. Il sortit de son sac une blouse bleue et une paire de chaussures à talons vertigineusement hauts.

Léa s'exclama :

-Vous rigolez, je vais pas mettre ça quand même. Toutes les hôtesses sont des top modèles, là-bas.

Je souris en lui répondant :

-Tu sais, tu pourrais très bien être l'une d'entre elles.

-Mais arrête, elles font toutes plus d'un mètre quatre-vingts !

-C'est pour ça que j'ai apporté ces chaussures à très très haut talons, expliqua Dubois.

-Je viens avec vous, cria Philippe en entrant.

-C'est ce que je craignais, dit Dubois.

-Vous allez sortir quel costume de votre sac magique, dis-je goguenard à Dubois ?

Après avoir longuement examiné Philippe, il laissa tomber :

-J'aurais préféré qu'il ne vienne pas, mais je crois qu'il est inutile d'insister, alors tel qu'il est là, ce sera très bien. Je crois que vous allez devoir rejouer au papa et à son fils…
À ce moment, Nicolas arriva lui aussi :
-Qu'est-ce qui se passe ici ?
-Là par contre, je ne m'y attendais pas et je n'ai rien prévu. Je crois que ton fils va devoir rester ici. Il faut quand même rester un minimum discret là où on va …
-Vous allez où, demanda Nicolas ?
J'inventai une histoire pour lui, lui expliquant que nous devions nous absenter un moment. Il n'avait aucune raison de mettre en doute ma parole, jusqu'à ce que sa mère qui s'était absentée dans la salle de bain, en ressorte, juchée sur ses chaussures qui lui faisaient des jambes interminables. Elle, d'habitude peu maquillée, s'était apprêtée comme une star pour un show. Ses cheveux étaient pris dans une coiffure sophistiquée que je ne lui connaissais pas. Elle était méconnaissable.
Elle s'avança vers nous en souriant. J'étais bluffé. J'arrivais à dire :
-Wouahou.
Nicolas dit un truc un peu similaire, Philippe émit un son de la même veine.
Dubois souriait, avec lui on ne savait jamais s'il se moquait ou pas.
-Non, sérieux, vous allez où, demanda Nicolas ?
-On va faire un tour chez Youngagain, répondit Léa.
-Non, sérieux, après ce qu'ils vous ont fait ?
-Je vais travailler chez eux, pour me venger, dit Léa en riant.
Nicolas comprit qu'il n'obtiendrait pas de meilleure réponse et préféra monter dans sa chambre, pensant sans doute qu'on allait à un bal masqué ou un truc dans ce genre et peut-être un peu vexé qu'on ne l'invite pas et qu'on ne lui explique pas clairement.
-En route, nous secoua Dubois.

Même une fois dans la voiture, il refusa de nous dire où nous allions. Ce n'est que lorsque je reconnus l'entrée du parking du personnel de Youngagain que je réagis. Je croyais impossible qu'il nous emmène ici. Impossible que les gamins soient encore gardés ici. Philippe aussi crut que Dubois nous avait à nouveau trahis :
-Quels cons on a été ! On l'a laissé tranquillement nous servir à Baroult sur un plateau !

Il allait se jeter sur Dubois par-dessus les sièges, quand celui-ci se tourna vers nous :

-Du calme ! Vos potes sont ici, au sous -sol. Baroult ne sait pas que vous êtes ici. Faites-vous discrets. N'attirez pas l'attention.

On descendit tous de la voiture et Dubois nous mena vers une porte réservée au personnel.

-Ok, à partir d'ici, vous marchez normalement. Moi, je travaille ici, Madame, vous aussi, et toi gamin, tu es venu avec ton fils, ok ? Moi je vous fais visiter les lieux.

Pas moyen de faire autrement que ce que Dubois disait. Alors on se mit à marcher derrière lui, le plus normalement possible. Il faut dire que lui était impressionnant de désinvolture. Philippe détestait cela, je le savais, mais je pris d'autorité sa menotte dans la main. Il se laissa faire.

Cette entrée de service menait à des couloirs que je ne connaissais pas, j'étais complètement perdu dans ce bâtiment que je croyais pourtant connaître.

La première personne que nous croisâmes était une hôtesse, au moment de passer à hauteur de Chloé, elle troqua son sourire merveilleux pour une moue très dépréciative envers mon épouse. Je crus la reconnaître, c'était celle qui m'avait réprimandé parce que j'étais en retard, après avoir écouté Dubois m'exposer son plan dans les toilettes.

-Tu vois, je fais tache, personne ne pense que je suis une hôtesse, murmura Chloé.

-Mais si, t'en fais pas, celle-là je la connais, elle m'a engueulé un jour parce que j'étais en retard. Elle est acariâtre.

-Tu parles, acariâtre, t'as vu son sourire avant qu'elle ne me croise, elle illuminait tout le couloir.

Je ne répondis rien, c'est vrai que son sourire était aveuglant…

Une autre hôtesse venait à notre rencontre, j'étais un peu anxieux de sa réaction, si elle était négative cela signifierai définitivement que la couverture de Chloé tombait à l'eau.

La merveilleuse créature nous croisa, s'arrêta à hauteur de Chloé :

-Hey, bonjour, tu es nouvelle, lui demanda-t-elle tout sourire ?

Chloé allait répondre, mais Dubois la devança :

-Oui, c'est son premier jour, je lui fais la visite.

-Et bien bienvenue chez nous, et bonne chance, lança-t-elle toujours avec son sourire éblouissant.

-Merci, répondit sobrement Chloé, visiblement émue qu'on puisse réellement la prendre pour une de ces hôtesses, toutes reines de beauté.

Elle allait s'éloigner, quand elle s'adressa à moi :

-Bonjour, le processus vous va vraiment bien, maintenant vous pourriez être
mon petit-fils.

-Pardon, lui dis-je sans comprendre ?

-Je suis ta grand-mère, dit-elle avec la voix de Darth Vador. Puis elle ajouta :

-Votre fils est très mignon, il vous ressemble.

Je sentis Philippe serrer ma main de colère d'être pris pour mon fils.

-Ah ! Euh, oui…. Me contentai-je de balbutier.

Après que nous nous fûmes éloignés, Léa se tourna vers moi :

-C'était quoi ça ?

-Oh rien, une blague, j'avais rigolé tout haut en pensant qu'avec Youngagain
ces hôtesses pouvaient bien être centenaires, elle m'avait demandé pourquoi
je rigolais, je lui ai dit, et elle m'a répondu avec cette voix « Je suis ta grand-
mère ».

-Et elle se souvient de toi, de cette anecdote, parmi tous les patients qu'elle
voit tous les jours, et après quinze jours de processus qui ont considérablement
changé ton physique ?

Je me contentai de hausser les épaules, à vrai dire j'étais presque aussi surpris
que Léa. Surpris, flatté, mais surtout désireux de ne rien dire qui put exacerber
la crise de jalousie que je sentais poindre.

Mais au lieu de ça, elle sourit et ajouta, en chantonnant presque :

-Je m'en fous, elle a trouvé crédible que je sois engagée comme hôtesse ici,
alors je l'adore !

Dubois fit une moue exprimant qu'il trouvait futile toutes ces considérations et
nous invita à presser le pas. Il ne cessait de vérifier l'heure sur sa montre.

Quand nous arrivâmes devant une porte fermée, portant l'inscription « Accès
interdit à toute personne non autorisée », je lui lançai :

-C'est le moment de sortir votre trousseau magique.

Il répondit en haussant les épaules comme pour se moquer de moi :

-Un trousseau ! C'est fini ça. Il n'y a plus de clefs dans le bâtiment. Baroult
apprend vite. Toutes les portes s'ouvrent à l'aide de badges aujourd'hui. Des
badges comme celui-ci. Il montra un badge attaché autour de son cou par un
cordon.

-Et le pire, c'est que le mien ouvre tous les accès. Baroult a en moi une
confiance absolue, il croit que parce qu'il a tenté de soigner mon petit-fils, je lui
suis aveuglément dévoué. Cet homme n'envisage même pas qu'on puisse
considérer son action comme un échec.

-Alors on entre, demanda Philippe ?

-C'est pas si simple. Il y a aussi des caméras, des détecteurs de mouvements. Si
on ouvre la porte, un logiciel analyse le visage de ceux qui entrent, et s'ils n'ont
pas l'autorisation, cela déclenche une alarme.

-Alors ?

-Alors, dans trente secondes ce système se déconnectera pour une heure. C'est à ça que j'ai travaillé ces derniers jours. Je touche un peu en informatique, j'ai l'autorisation d'entrer dans le système, j'ai un peu bricolé et dans dix secondes, on aura une heure devant nous.

-Alors Baroult met le paquet, change tout, et cela reste tellement facile à contourner ?

-C'est le problème des êtres supérieurement intelligents. Ils sont tellement imbus d'eux-mêmes, de leur supériorité, qu'ils sont persuadés que les autres sont des débiles. Ils sous-estiment systématiquement tous les gens à qui ils ont affaire. Voilà, c'est l'heure, on peut y aller.

Il présenta son badge au lecteur accolé à la porte, on entendit un petit « bip », puis une seconde plus tard un claquement sec provenant de la porte elle-même. Dubois la poussa, elle s'ouvrit et nous entrâmes à sa suite. Une fois de l'autre côté, je le vis tout de même vérifier que les caméras braquées sur l'espace derrière la porte étaient inactives.

-Allez, on peut y aller.

Les lieux étaient déserts, je reconnus les couloirs et les bureaux que nous avions fouillés avec Dubois avant de tomber sur les geôles, mais nous étions arrivés par un autre accès. Nous passâmes devant les geôles, vides et reconverties en laboratoires. Philippe à qui j'avais lâché la main maintenant serra les poings en voyant la cellule où il avait été enfermé de longues semaines.

Léa, elle, dévorait les lieux des yeux, tout ça était nouveau pour elle, elle ne connaissait de Youngagain que la partie destinée à l'accueil des patients.

Dubois, sans hésiter, nous conduisit vers un bureau, je crois que c'était celui où Baroult m'avait enfermé avec lui pour me tester et me faire son discours mégalomane. Cette porte était elle aussi munie d'un verrou électronique maintenant. Ils avaient vraiment été rapides dans leurs travaux après avoir constaté leurs déficiences en matière de sécurité. Dubois déverrouilla la porte avec son badge, entra, vérifia que les caméras et détecteurs étaient inactifs et nous fit signe de le suivre.

La pièce était déserte et ne comptait pas d'autre porte que celle par où nous étions entrés. Philippe et moi nous sommes regardés sans comprendre.

Pourquoi Dubois nous menait-il ici, si les gamins ne s'y trouvaient pas et que ce bureau ne donnait sur aucune autre pièce ?

-Déplacez ce bureau, poussez-le vers là, nous dit Dubois en désignant un bureau métallique.

Sans comprendre, nous fîmes ce qu'il venait de suggérer, en silence parce qu'il avait murmuré.

Il s'avança et s'accroupit, je notai alors les contours d'une trappe que le bureau cachait jusque-là. Un verrou mécanique, des plus classiques, qu'on se serait plus attendu à trouver sur la porte d'une grange, fermait la trappe. Il le manœuvra et un système tout simple de ressorts ouvrit lentement la trappe. Dubois sortit une lampe torche de sa poche, et les volées d'un escalier métallique apparurent, s'enfonçant dans les ténèbres.

-Après vous, dit-il à mon intention en faisant un large geste vers le trou noir béant.

Je mourais de curiosité, mais je ne perdais pas le sens des réalités.

-On descend tous, je demandai ?

-Oui, bien sûr, tu veux pas y aller, gamin ?

Outre le fait que maintenant j'avais l'air d'avoir vingt ans de moins, sa récente trahison me faisait moins bien supporter qu'il m'appela ainsi.

À mon corps défendant, même s'il m'avait convaincu en expliquant les raisons de sa trahison et de son revirement, une partie de moi ne pouvait pas s'empêcher de rester suspicieuse. Et s'il nous faisait tous entrer là-dedans puis refermait le verrou derrière nous ?

Il devait lire dans mes pensées, car devant mon hésitation, il haussa les épaules, m'écarta et passa devant :

-Vous n'avez qu'à me suivre.

-Un instant.

C'était Philippe.

-Vous êtes sûr que personne ne va entrer ici pendant qu'on sera là-dedans ?

-Normalement non, mais difficile d'être sûr…

-Et si quelqu'un entre, voit ça et referme. On sera prisonniers.

-Vous voyez une autre solution ?

-Oui, dit Léa. Je reste là. Je referme la trappe derrière vous. Pas le verrou. Je remets le bureau en place. Quand vous revenez avec les victimes de Youngagain, vous tapez discrètement et je re-déplace le bureau. Comme ça si quelqu'un vient, tout paraîtra normal. Je n'aurais qu'à expliquer ma présence. Je trouverai bien quelque chose à dire, et vous ne serez pas enfermés.

On se regarda tous. Ça semblait correct.

-Ok, on dit tous les trois ensembles.

Léa m'attira vers elle, m'embrassa rapidement et me dit d'être prudent.

Nous nous enfonçâmes dans les profondeurs obscures des entrailles de Youngagain.

L'escalier s'enfonçait progressivement, j'en étais à me dire qu'on avait déjà descendu l'équivalent de plus de deux étages, quand on arriva à la dernière marche. Ensuite un long corridor droit, aux murs bruts et gris. Enfin on arriva devant une porte blindée, munie d'un verrou électronique, comme les portes qu'avait ouvertes Dubois avec son badge, en haut. Il nous jeta un regard et approcha son badge. Rien ne se passa. On se regarda tous, vaguement inquiets. Nouvel essai. Rien.

-Vous êtes sûr qu'ils sont là, demanda Philippe ?

-Je suis jamais descendu, mais oui ils sont là.

-Vous êtes sûr que ce badge ouvre cette porte ?

-Normalement oui, il n'y a qu'un type de badge à ma connaissance.

-À votre connaissance… et si Baroult a décidé que Monsieur Dubois n'avait pas à avoir l'accréditation pour ouvrir cette porte ?

-Je vous l'ai dit, il me fait confiance et il est trop imbu de lui-même pour seulement imaginer que quelqu'un envers qui il a eu la bonté de faire un geste ne soit pas éternellement reconnaissant.

-Alors pourquoi ça ouvre pas ?

-J'sais pas. Ça doit ouvrir.

Il colla à nouveau son badge sur le lecteur du verrou, bien au milieu, et l'y laissa quelques longues secondes. J'allai dire de laisser tomber, que visiblement ça ne marchait pas, quand le déclic caractéristique du déverrouillage se fit entendre. Dubois se tourna vers nous, son sourire sarcastique sur les lèvres. Aucun triomphalisme, mais une bonne dose de moquerie muette pour notre manque de foi.

Une fois à l'intérieur, Dubois chercha un interrupteur sur le mur. Il le trouva, l'actionna, et des néons s'allumèrent progressivement, illuminant l'un après l'autre des mètres et des mètres de couloirs. Le corridor semblait sans fin. Les néons grésillaient et projetaient une lumière crue et vaguement scintillante.

D'innombrables portes de bois, toutes semblables, rythmaient le corridor dont on ne devinait même pas la fin.

-C'est quelle porte, demanda Philippe ?

-Je vous ai dit que je ne suis jamais descendu ici, répondit Dubois.

-On ne peut pas les essayer toutes, on n'a pas le temps, me crus-je obligé d'ajouter.

Pas de badges sur ces portes, mais de solides verrous. Malheureusement Dubois ne portait plus son trousseau, qui de toute façon aurait été bien inutile, les serrures paraissant totalement différentes de celles auxquelles nous avions eu affaire.

J'essayai de pousser la première porte, en vain. Philippe fit de même avec la suivante, sans plus de succès, Dubois essaya avec celle qui lui faisait suite, avec le même résultat.

Je me demandais quelles étaient l'origine et la fonction originelles de ce corridor et de ces portes, manifestement bien antérieurs à la construction du bâtiment ultramoderne qui se trouvait à la surface. Prison, cave, champignonnière ? Je n'en avais aucune idée. En tout cas Baroult semblait l'avoir bien reconvertie en prison. Avait-il prévu cet usage dès la conception architecturale du projet, ou avait-il fait preuve d'opportunisme quand il avait soudain craint une descente de police suite à notre évasion ?

Il y avait trop de portes et pas assez de temps pour continuer nos essais à l'aveugle.

Je commençais à crier :

-Juliette ! Léo ! Jack ! Vous êtes là ?

Dubois et Philippe me regardaient avec reproche.

-Ben quoi, on est au moins dix mètres sous terre. Je ne pense pas qu'on nous entende de là-haut.

Ils se joignirent à moi pour appeler tous les gamins. Philippe connaissait plus de noms que moi.

On se taisait de temps en temps pour écouter.

Soudain, un grattement sembla émaner d'une porte située une centaine de mètres après les premières.

Je frappais la lourde porte de bois.

-Vous êtes là ?

-Oui, là-dedans, répondit une voix étouffée.

On poussa, on tira, mais rien ne bougeait. Ces portes étaient solides. Pourtant elles paraissaient vieilles. Pas de poignée, juste un trou de serrure. Les autres semblaient s'impatienter de l'autre côté. Je m'abimais l'épaule à force de cogner et de rebondir sur le bois massif et inébranlable.

-C'est encore Baroult qui gagne, dit Philippe. Bonne idée, les badges en haut et la bonne vieille clef en bas.

L'idée que Baroult puisse gagner me mettait en rage.

Je reculai d'un pas, observant l'encadrement de la porte. Quelque chose semblait dépasser du dormant supérieur. Je passai la main et touchai un objet froid et métallique. Je refermai la main dessus, baissai le bras et regardai ce qui se trouvait dans ma main : une bonne grosse clef.

La clef entra immédiatement dans la serrure et tourna sans difficulté. Je poussai la porte qui s'ouvrit sans un bruit. De l'autre côté, nous attendaient tous les patients trop rajeunis. Garçons et filles -hommes et femmes- tous étaient là. Plus pâles que jamais, amaigris, l'air craintifs, mais tous là. Ils me virent d'abord, mais je ne sais pas si tous me reconnurent. Quand Philippe entra, ce fut une mini explosion de joie, ils avancèrent vers nous, mais au même moment Dubois fit son apparition et ils eurent un mouvement de recul. Ils nous regardaient sans parler, l'air interrogatif.

Quand ils réalisèrent que personne d'autre ne suivait, certains se rassurèrent.

-Qu'est-ce qu'il fait là celui-là ? demanda Jack, qui avait encore rajeuni, en montrant Dubois de sa petite main qui dépassait à peine de son pull.

-Il est avec nous maintenant, dit Philippe. Ce serait long à expliquer, on n'a pas le temps. Ça va là-dedans ?

-Tu parles, on n'a pas vu la lumière du jour depuis des mois, la bouffe est infecte et on se sent abandonnés, il n'y a même plus de recherche pour nous guérir…

Mais pourquoi vous n'êtes pas venus avant, avec les flics ?

-Ils ne nous ont pas crus… apparemment, certains sont achetés, c'est pourquoi Baroult vous a transférés ici…

Et… vous êtes tous ensemble, les hommes et les femmes ?

-Tu veux dire les mioches et les pisseuses ? dit Juliette avec amertume.

-De toute façon qu'est-ce que tu veux qu'il se passe ? Personne ne risque de tomber enceinte. Il y a bien des couples qui se sont formés, mais c'est plutôt copain-copine, même si on a tous plus de cinquante piges. Pas d'hormones, pas de libido. On a bien des souvenirs, des envies, mais en fait on a envie d'avoir envie, c'est tout.

-Ok, c'est bien beau tout ça, moi aussi je suis content de vous revoir les enfants, mais faut vraiment penser à mettre les bouts, pressa Dubois.

Il avait toujours eu le goût de provoquer un peu, sur le mode grinçant, mais là, avec le ressentiment qu'éprouvaient ces prisonniers contre lui, plus la confession très intime qu'ils venaient de faire au sujet de leur état d'adultes qui leur manquait tant, je ne pensais pas que c'était le moment de les traiter d'enfants.

Juliette en particulier le foudroya du regard et aurait sauté sur lui si Tom ne l'en avait pas empêchée. Il semblait y avoir quelque chose entre ces deux-là. Je ne savais pas si au dehors une femme et un mari les attendaient et la situation risquait d'être encore plus compliquée que prévu, si possible, mais cela ne me regardait pas.

Je jetai un vaste et rapide coup d'œil à cette geôle et demandai :

-Rien à emporter ? On s'en va.

Une fille alla ramasser un pull posé sur le dossier d'une chaise, et tous sortirent dans le corridor. Dubois referma soigneusement la porte. Comme il me vit l'observer, il expliqua :

-Quand les systèmes informatiques de surveillance fonctionneront à nouveau, inutile que les alarmes ne se déclenchent immédiatement. Chaque seconde de gagnée nous permettra de nous éloigner un peu plus.

En haut de l'escalier, aucun molosse ne nous attendait. Je frappai discrètement, aussitôt Léa entrouvrit la trappe, à quatre pattes, la tête sous le bureau :

-C'est vous, quel soulagement, ça me paraissait interminable ! Attends, je déplace le bureau.

Je l'entendis faire glisser le bureau sur le sol carrelé du laboratoire sans souffler ni montrer aucun signe d'effort. Je me surpris à penser que rajeunir de trente ans avait quand même du bon, et immédiatement après, poussé par une dizaine d'adultes à la vie brisée qui voulaient sortir à l'air libre dans leurs pitoyables corps d'enfants, je relativisai les bienfaits de Youngagain…

Je sortis le premier et Léa m'enlaça avec empressement. Pendant que tous les autres sortaient et s'entassaient dans le labo soudain devenu exigu, je lui demandai si personne n'était venu, si aucune alarme n'avait retenti.

-Non non, tout va bien.

Je notais qu'elle ne pouvait pas s'empêcher de regarder les petits adultes avec curiosité.

L'un d'eux s'approcha d'elle et la salua :

-Salut Léa. Merci d'être venue.

Elle le regarda sans comprendre. Je réalisais soudain que je ne lui avais pas parlé de lui, pas expliqué qu'il se trouvait parmi les patients que j'avais momentanément aidé à s'échapper la première fois. Pire encore, j'avais totalement oublié d'aller prévenir sa femme, la rassurer, lui dire qu'il allait

bien. Enfin bien… aussi bien que possible quand on se retrouve soudain dans la peau d'un mioche qui a encore ses poussées d'acné devant lui…
Je me détournais pour qu'on ne me voit pas rougir. Je me sentais tellement mal, coupable, irresponsable, égoïste. Ces quelques jours passés dehors, je n'avais pensé qu'à moi, à mon rajeunissement en cours.
Je voyais sur le visage de Léa tout le cheminement de ses réflexions. Au bout de quelques instants, le doute se lit dans son regard, puis la compréhension l'éclaira soudain :
-Jack ? C'est toi ?
-Non, son petit-fils, dit-il d'une voix flûtée. Bien sûr que c'est moi, qui veux-tu que ça soit ?
-Et bien, tu es… tu es… jeune, ne trouva-t-elle rien de mieux à répondre.
-Et Manon, comment elle a réagi quand vous lui avez expliqué ?
J'aurais voulu disparaître sous terre, mais heureusement je n'en eus pas besoin, Dubois recommençait à haranguer le groupe.
-Allez, c'est bien beau tout ça, mais maintenant le plus dur nous attend. Faut qu'on sorte et qu'on file d'ici. Impossible de passer inaperçus bien longtemps à vingt. Alors, on y va doucement, je passe devant et j'ouvre toutes les portes. Dans cinq minutes, l'heure sera passée et les alarmes se déclencheront sûrement à votre passage, même si je déverrouille. À ce moment-là, adieu discrétion, on court tous vers la sortie, notre nombre sera notre meilleur atout. Si certains se font arrêter, tant pis, on continue à foncer, ceux qui passeront alerteront tout ce qu'ils peuvent, et cette fois devant le nombre, ils seront bien obligés de nous croire. Prêts ? On y va ! J'espère qu'ils ne tireront pas.
Il ouvrit la porte du labo.
Léa tempéra tout ce qu'il venait de dire :
-Ne vous en faites pas, j'ai appelé plein de journalistes pendant que je vous attendais. Ils doivent déjà être dans le bâtiment. Personne ne tirera sur personne. Personne n'arrêtera personne.
Dubois s'arrêta, la regarda, laissa tomber :
-C'est bien. Puis il s'engouffra dans le couloir avec les gamins sur les talons.

Ensuite tout alla très vite, et je ne compris pas très bien ce qui se passait. Il régnait une grande confusion dans tout le bâtiment.
Il y avait des enfants qui couraient partout, des hommes en costumes noirs qui couraient derrière eux pour tenter de les attraper ou de les empêcher de passer, des personnages de plus en plus nombreux à filmer et à photographier tout ce qui se passait. Tout ceci au milieu des patients qui n'y comprenaient

rien et assistaient médusés à cette scène indescriptible. Les alarmes sonores, les cris et les bruits de galopades dans les couloirs et le grand hall contrastaient avec l'atmosphère feutrée qui régnait habituellement en ces lieux, ajoutant encore à la confusion. Les hôtesses pétrifiées, leurs immenses yeux écarquillés, avaient perdu leur perpétuel sourire.

Quand la police armée et casquée fit irruption, dans un premier temps la confusion monta d'un cran, puis les choses commencèrent à se calmer quand les hommes de main de Baroult, reconnaissables à leurs costumes et cravates noirs, furent emmenés menottés.

Plus d'un mois plus tard, nous étions en train de dîner tranquillement, Léa et moi, Philippe, Manon et Jack, installés autour d'un bon bœuf bourguignon. Tout avait été aplani entre le couple de Jack et moi, ils avaient très bien compris que je n'avais tout bonnement pas pu me résoudre à annoncer à Manon une nouvelle invraisemblable. Sans le voir de ses propres yeux, elle ne m'aurait simplement pas cru et ma visite n'aurait fait qu'ajouter de la confusion à sa détresse. Manon avait immédiatement reconnu son Jack, même dans une enveloppe de dix ans. La situation ne semblait présenter aucune difficulté pour eux, ils s'aimaient et vivaient ensemble comme avant, Jack avait retrouvé sa place dans leur couple. C'était plaisant de voir cette femme de vingt ans s'adresser à ce gamin de dix ans comme à son mari, ce qu'il était. Ils avaient la même complicité qu'avant, et Jack était toujours celui qui dirigeait le couple, du haut de son mètre dix.

La sonnette retentit au moment où nous allions porter un toast à la nouvelle du jour, la condamnation du professeur Baroult à la prison. Il devait regagner sa centrale d'incarcération toutes les nuits, et travailler tous les jours sous surveillance policière, un bracelet électronique à la cheville, à la résolution du problème des vieux-enfants, comme les appelait la presse.

Je me levai de table pour aller ouvrir, l'esprit toujours à nos convives et à la bonne humeur que Manon et Jack savaient communiquer autour d'eux.

Je restai sans savoir que dire en découvrant Paula, la femme de Philippe.
-Bonjour, me dit-elle timidement. Je voudrais parler à Philippe.
-Bien sûr, répondis-je. J'hésitais à lui proposer de se joindre à nous tous, autour de la table où nous passions réellement un bon moment, ou à la faire patienter au salon, où Philippe pourrait la rejoindre s'il le voulait. Ils y seraient plus tranquilles. J'optai finalement pour la seconde solution.
Après avoir installé Paula dans un fauteuil, j'allai informer Philippe de la visite de sa femme.
-Quoi ? Mais qu'est-ce qu'elle veut ?
-Te parler apparemment.
-Pfff. C'est un peu tard.
Il jouait devant nous les types blasés, pour qui il était trop tard de venir pleurnicher, mais au fond de nous nous savions qu'il rêvait de ce moment depuis des semaines. Surtout depuis qu'il avait sous les yeux l'exemple de Manon et Jack, pour qui la différence d'âge apparent ne présentait aucun problème.
Je le vis quitter la pièce anxieux et plein d'espoir.
Nous en étions au dessert, la tête de Jack appuyée sur l'épaule de Manon, quand Philippe se présenta à nous, un sourire fragile sur les lèvres.
-Les amis, je voudrais vous présenter Paula, ma femme.

Paula entra à son tour, mal à l'aise et se cherchant une contenance. Elle nous salua timidement. Léa l'invita à partager le dessert avec nous, elle lui installa une assiette et une chaise à côté de Philippe. Philippe lui présenta Jack comme un de ses compagnons d'infortune, avec qui il avait partagé sa cellule.
Paula semblait fascinée par le couple étrange que formaient Manon et Jack. Picorant son dessert du bout des lèvres, puis sirotant son verre à petites gorgées, elle ne détachait pas son regard des deux tourtereaux qui n'arrêtaient pas de se toucher, de se bécoter, de se sourire. Peu à peu je la vis se détendre, commencer à sourire avec naturel.
-Philippe ne vous l'a pas dit, mais je suis venue pour lui demander de revenir à la maison. Elle baissa les yeux :
Il nous manque.
Comme je voyais que Philippe rayonnait, je crus bon de dire :
-Et bien c'est une bonne nouvelle. Une autre raison de trinquer.
J'ouvris une autre bouteille.
Manon avait sans doute remarqué combien Paula les observait, elle et son mari, et elle se doutait de la raison de cette fascination.
-Un âge apparent, quelle importance ? Ce sont toujours les mêmes personnes non ? Pour moi ce qui compte, c'est ce qui est dedans, et en fait avec cette « aventure », mon mari est encore plus riche intérieurement.
Comme Paula ne semblait adhérer que très timidement à son point de vue, elle ajouta :
-Bien sûr, c'est le point de vue d'un adulte. Nous avons de la chance, nous n'avons pas encore d'enfants. Pour un enfant ça doit être plus dur à accepter…
-En fait, c'est surtout notre fils qui a beaucoup insisté, il veut absolument que son père rentre à la maison. Et moi aussi j'y tiens, je me suis rendu compte qu'il me manque beaucoup, ajouta-t-elle rapidement en regardant Philippe.
Léa enchaîna précipitamment pour diluer un moment gênant :
-Et si nous passions au café ? Je propose qu'on aille tous le prendre au salon.
Pendant que je remplissais les tasses dans la cuisine, Léa vint me rejoindre un instant :
-Ça ne me plaît pas trop. Cette Paula ne semble pas revenir vers Philippe pour les bonnes raisons.
-Écoute, euh ça ne me semble pas top non plus, mais… c'est leur vie.

Philippe déménagea dès le lendemain, Paula vint le chercher dans leur voiture. Une des choses qui dérangeait le plus Philippe était de ne plus pouvoir conduire. Mais il était radieux en s'asseyant derrière Paula, sur le rehausseur qu'elle avait acquis...

Jack et Philippe se revoyaient de temps en temps, dans les installations de Youngagain où le professeur Baroult les recevait, encadré par des policiers. Il cherchait encore à inverser le processus, mais sans résultat. Au moins le rajeunissement se stabilisait-il spontanément. Jack comme Philippe et comme les autres vieux-enfants avaient cessé de rajeunir, l'âge de sept-huit ans semblait être la limite. C'était un grand soulagement pour eux tous, ils craignaient beaucoup de se retrouver à l'état de nourrissons. Heureusement cela leur était épargné...

En attendant le résultat des enquêtes, Youngagain n'avait plus le droit de vendre son processus, plus personne ne pouvait se faire rajeunir pour l'instant. Seules continuaient les activités de recherche pour corriger les effets pervers sur les vieux-enfants.

Quand Nicolas nous appela pour nous informer de son passage le week-end suivant, j'en fus très content et Léa sauta de joie. Lorsqu'après s'être raclé la gorge il nous annonça qu'il ne viendrait pas seul, Léa faillit défaillir. Je lui fis signe de se calmer avant de répondre, elle allait exploser de bonheur et le submerger de questions, et c'est justement parce qu'il craignait ce genre de réaction qu'il hésitait tellement à nous annoncer qu'il venait accompagner.
Léa fit d'énormes efforts et se contenta de demander comment elle s'appelait.
-Marie, répondit Nicolas.
J'aimais bien ce prénom intemporel et simple. Léa sembla l'apprécier également.
Elle passa le reste de la semaine à préparer la chambre de Nicolas pour le séjour d'un couple. Je lui exposai qu'à mon avis cela restait la chambre de Nicolas, et que c'était à lui de modifier ou non, à son goût, sa chambre pour en faire une chambre de couple. Curieux comme d'habitude Léa est tellement meilleure que moi pour savoir comment se comporter en général, et gérer les relations sociales en particulier, mais lorsqu'il s'agit de quelque chose la touchant particulièrement, je dois intervenir parce qu'elle devient irrationnelle.
Lorsque Nicolas arriva enfin, Léa était plus que nerveuse, elle était au comble de l'excitation. Je souriais intérieurement en l'observant. Cela me rappelait vaguement nos premiers rendez-vous…
Nicolas entra, et nous présenta Marie. Elle nous sourit sans aucune timidité, et nous fit immédiatement la bise. C'était une mignonne petite brune, aux yeux pétillants et au sourire malicieux. Ses cheveux bouclés, mi-longs, lui donnaient un petit air sauvage, que ne démentait pas sa façon de s'habiller, simple et décontractée.
Lors du dîner et de la soirée qui suivit, je fus surpris de la culture de Marie, qui s'étendait à presque tous les domaines.
Nicolas nous expliqua qu'elle était artiste, et gagnait sa vie en illustrant des livres pour enfants. Elle sourit en l'écoutant, puis nous expliqua qu'elle s'était fait une petite place au soleil dans le domaine et que maintenant les choses tournaient bien pour elle.
Le lendemain, Nicolas appela Philippe et l'invita à passer à la maison. Ils étaient vraiment devenus potes. Quand Philippe entra, je remarquai qu'il portait un grand badge représentant son portrait, une photo de lui adulte, avant son rajeunissement. Comme il me vit dévisageant sa photo avec surprise, il m'expliqua :
-Tous les « vieux enfants » portent ça. Ça nous permet de ne pas passer pour des gamins en permanence. Comme ça nos interlocuteurs savent qu'ils ont affaire à un adulte. Ça semble tout con, mais tu verrais comme ça change le regard des gens sur nous. Surtout au boulot d'ailleurs. Depuis que je porte ça,

je n'ai plus aucun problème au bureau. J'ai retrouvé mon poste d'avant, plus personne ne tique maintenant.

 Je peux même commander une bière au pub, ajouta-t-il en riant.

Je lui demandai :

-Qui c'est qui a eu l'idée de ce truc ?

Il sourit.

-J'ose à peine te le dire…

-Allez, dis-moi ?

-C'est le professeur Baroult…

-Ah oui, tu le vois encore ?

-Ben oui, moi et tous mes semblables. On discutait entre nous des problèmes relationnels qu'on éprouve à cause de notre apparence juvénile, et à la réunion suivante au labo, où il continue à chercher à nous rendre notre âge, il avait préparé ces badges pour chacun d'entre nous.

Au début, j'étais sceptique, mais comme je te dis, ça change vraiment le regard des gens. Je me sens à nouveau adulte quand je parle avec quelqu'un.

-Maman, dit Nicolas, ça te gêne si on invite aussi la femme et le fils de Philippe ?

-Non, bien sûr. Tu peux les appeler pour qu'ils viennent et se joignent à nous ? ajouta-t-elle en se tournant vers Philippe.

-Bien sûr, merci, c'est gentil.

Il semblait enchanté. Il appela immédiatement Paula, puis raccrocha et nous annonça qu'elle arrivait, avec Luc, leur fils.

En attendant Paula et Luc, on se mit à l'apéritif, je notais que Léa n'arrivait pas à détacher son regard de Marie. Elle semblait subjuguée, et j'imaginais qu'elle la voyait déjà porter ses petits-enfants. Il faut dire qu'ils allaient vraiment bien ensemble. Je n'avais jamais vraiment vu Nicolas avec une copine sérieuse, il était plutôt du genre à papillonner sans s'attacher jusqu'à présent, mais là je le voyais bien accroché. Ils n'arrêtaient pas de se toucher, de se frôler, de se regarder droit dans les yeux, avec des étincelles plein le regard. J'étais vraiment content pour lui.

Même quand il nous parlait, à nous ses parents, ou à Philippe, je le voyais sourire comme rarement il souriait auparavant. Être amoureux lui faisait un bien fou.

Paula arriva enfin, et je notais que Luc était nettement plus grand que son père, mais que celui-ci bombait le torse et prenait une voix un peu plus grave quand il s'adressait à lui. Finalement, je ne notais pas de problème d'autorité entre eux, Luc semblait respecter son père qui paraissait avoir dix ans de moins que lui comme n'importe quel fils devrait respecter son père.

Les choses semblaient moins évidentes entre Paula et Philippe. J'avais l'impression qu'elle louvoyait sans cesse. Je la voyais le traiter comme un époux, puis comme un gamin, puis à nouveau comme un conjoint. Elle semblait tour à tour éprouver de l'amour pour lui, puis de l'exaspération, puis de l'énervement, puis à nouveau un sentiment normal d'épouse. Je crois qu'elle ne savait pas elle-même comment se situer face à ce conjoint de huit-dix ans. Elle semblait passer d'un sentiment à l'autre, d'une émotion à l'autre, cherchant en permanence où était sa place avec ce gamin qui était son époux. Curieusement, quand elle avait tendance à trop le traiter comme un gamin, elle fixait quelques secondes le badge avec sa photo d'adulte, et reprenait alors immédiatement le ton qu'elle devait avoir avant, avant l'accident Youngagain… Je me dis que Baroult avait eu là une bonne idée. Cela me gênait d'apporter du crédit à ce type que je considérais quand même comme un mythomane notoire…

Marie apportait sa contribution à la conversation, je la trouvais très mûre, très sûre d'elle pour une très jeune femme. Elle s'adressa à Paula, plongeant son regard droit dans ses yeux :

-Je trouve qu'il n'y a aucun problème à être avec quelqu'un de bien plus jeune que soi. Ces histoires d'âge, on en fait tout un fromage, mais au fond, on est qui on est, non ? On n'est pas une personne de tel ou tel âge. On garde sa personnalité, et c'est ça qui compte, non ?

Paula acquiesça avec toute la conviction qu'elle voulait se forcer à éprouver. Elle ajouta quand même avec précaution, en regardant Philippe du coin de l'œil :

- Oui bien sûr, vous avez raison, mais parfois il y a quand même des aspects difficiles. Il faut… il faut… savoir s'adapter. Cela demande beaucoup d'efforts, parfois. C'est pourquoi j'admire tellement Manon, la femme de Jack. Pour elle, j'ai l'impression que c'est naturel, que cela ne pose aucun problème. Moi, j'avoue que c'est difficile. J'aime mon mari, mais… c'est difficile de le voir comme ça.

Je regardais discrètement Philippe, qui semblait bien prendre les propos de Paula pourtant un peu blessants pour lui.

Il souriait en reprenant la parole :

- Jack, je le vois une ou deux fois par semaine, on est toujours ensemble quand on va au labo Youngagain pour que Baroult essaye de nous réparer. On discute pas mal, et c'est vrai que d'après ce qu'il me dit, ça se passe très bien chez eux. Sa femme, Manon, ne ressent aucune difficulté liée à son état apparent. Chacun sa réaction… Moi je comprends très bien que Paula ait du mal à se retrouver mariée à un môme de huit ans. Je ne sais vraiment pas comment je réagirais si d'un coup j'étais marié à une gamine de huit ans…

Tous deux se regardèrent en souriant et Paula pressa tendrement la petite cuisse de Philippe.

Ensuite la petite famille de Philippe prit congé de nous. J'étais un peu rassuré pour lui, avant j'étais très pessimiste pour son couple, mais j'avais vu que même s'il existait des problèmes, ils en étaient conscients et ces problèmes n'étaient pas insurmontables.

On resta encore un peu à discuter, Léa, Nicolas, Marie et moi. Aucun de nous n'avait vraiment envie de se coucher, apparemment, et on parla un peu de tout, mais surtout de Philippe et Paula, à vrai dire. Nicolas prenait beaucoup la défense de Philippe et trouvait que Laura n'était pas assez compréhensive. Sa mère lui répondit que ce n'était pas si simple :

-En d'autres circonstances, on pourrait presque parler de pédophilie.

Marie haussa les épaules :

- Quand même, c'est totalement différent. La société a tellement évolué que plus rien n'est comme avant. Tout doit être repensé, réévalué à l'aune des nouvelles donnes technologiques et sociétales. Il est important de bien réfléchir, maintenant, avant de juger quelqu'un pour ses actes. Tout a changé. Elle avait pris l'air grave en disant cela, cessant d'enrouler ses boucles autour de son doigt. Elle regardait mon fils avec gravité.

J'essayais de détendre l'atmosphère que je jugeais soudain refroidie sans bien comprendre pourquoi :

-C'est vrai ça, Léa et moi, on a l'air super jeunes, mais au fond, personne ne doit nous jeter la pierre parce qu'on va se coucher. C'est qu'au fond, on a quand même un certain âge, et on travaille demain. Alors bonne nuit, dis-je en prenant Léa par la main et en tirant pour l'obliger à se lever elle aussi.

Elle se laissa faire en souriant, mais Marie continua un moment à fixer Nicolas avec gravité, avant de retrouver son sourire malicieux encadré de boucles brunes et de nous lancer un « Bonne nuit » plein de vitalité.

- Elle est bien, hein, cette Marie, me dit Léa alors que nous étions couchés.

-Oui, je suis content de le voir heureux avec elle.

Le week-end passa trop vite, c'était formidable d'avoir ce jeune couple plein d'entrain à la maison, c'était formidable de voir Nicolas étincelant de bonheur, dévorant des yeux en permanence l'objet de son amour. Marie était vraiment très à l'aise, bien qu'elle soit plus jeune que lui, elle était la plus mûre dans le couple et exerçait une sorte d'autorité discrète sur Nicolas. De ce point de vue, Nicolas m'étonnait un peu, il avait été tellement jaloux de sa liberté par le passé, ce qui expliquait peut-être qu'il n'avait pas eu de relation sérieuse jusqu'ici, à ma connaissance. Mais Marie avait trouvé la formule magique, subtil mélange de douceur et de maturité, pour l'apprivoiser.

Une après-midi où je rentrais du boulot un peu plus tôt, flânant dans la rue, je passai devant une librairie. La vitrine était très joliment décorée, elle présentait des livres pour enfants essentiellement, tous plus colorés les uns que les autres, mis en valeur par des animaux en peluche qui semblaient les feuilleter et des jouets en bois qui soulignaient les couleurs des couvertures par effet de contraste. Je m'arrêtai un instant pour admirer cette mise en scène et l'idée me vint de chercher un des ouvrages illustrés par Marie pour l'offrir à Léa, je savais que cela lui ferait plaisir. J'eus un peu de mal à me souvenir de son nom, Nicolas l'avait mentionné en passant. Quand cela me revint, j'entrai et demandai à la vendeuse qui me dirigea vers le bon rayon. En m'en approchant, je me dis que Léa allait adorer demander une dédicace à Marie la prochaine fois que nous la verrions. Je me réjouissais à l'avance du plaisir qu'elle allait en concevoir. Découvrant les ouvrages sur leur étagère, je fus surpris de voir la quantité de livres dont elle signait les illustrations.
Pour essayer de les voir dans l'ordre, je me mis à comparer les dates de parution…
Bizarre.
Elle avait dû commencer très très jeune. Après tout, certains sont très doués et peuvent commencer à dessiner dès la primaire, et pourquoi pas, se faire remarquer, et connaître le succès alors qu'ils sont encore au collège…
Je choisis celui qui me plaisait le plus, une histoire d'enfants perdus dans une forêt qui était assez banale, mais dont les dessins me paraissaient plus aboutis.
Je demandai un emballage cadeau.
Léa fut assez surprise de me voir lui tendre ce présent en dehors de toute fête ou anniversaire. Je dois avouer que ce n'est pas trop dans mes habitudes.
Elle déchira le papier, et me sauta au cou en voyant le nom de Marie.
« Oh merci, c'est une très bonne idée ! »
Elle feuilleta rapidement le bouquin en s'extasiant sur les dessins. D'après elle, c'était génial, c'était du grand art, cela reflétait totalement la magnifique personnalité de la fille qui était amoureuse de son fils. C'est vrai que les illustrations étaient très belles et d'un style très personnel. Je ne dis rien à Léa des dates des premiers ouvrages, j'avais sciemment choisi un ouvrage très récent.
Le soir au lit pendant que je terminais le polar commencé la veille - une vraie boucherie - Léa lut son bouquin pour gamins, tournant les pages avec précaution comme s'il s'agissait d'une relique. À la fin elle le déposa doucement sur sa table de nuit, me dit « Merci » en m'embrassant sur la joue et s'endormit à mes côtés avec un sourire de béatitude sur les lèvres, pendant que je finissais ma lecture noire noire noire où même les bons s'avéraient finalement être des salauds.

Je ne sais pas si c'est parce qu'ils avaient eu peur pour moi lorsque j'avais disparu pendant que j'étais prisonnier dans les geôles de Baroult, mais Chloé et Nicolas venaient beaucoup plus souvent à la maison ces derniers temps. Presque un week-end sur deux au moins l'un d'eux étaient chez nous. Pour notre plus grand plaisir. Le samedi suivant, tous les deux étaient à la maison, Marie n'avait pas pu venir avec Nicolas, mais il semblait toujours aussi heureux. Quand on sortait maintenant, on avait vraiment l'air de quatre frères et sœurs. Deux jumelles et leurs deux frères. Nicolas et moi nous nous ressemblions beaucoup, mais pas autant que Chloé et sa mère, qu'il m'arrivait même de confondre de dos ou d'une certaine distance. Cela les faisait beaucoup rire quand j'appelais Léa Chloé ou Chloé Léa. Nos enfants ne semblaient plus du tout gênés désormais par notre nouvel aspect juvénile, comme je l'avais prédit à Léa pour la rassurer et la consoler, même si j'y croyais à peine : on finit par s'habituer à tout.

Dubois nous fit la surprise d'une visite, à l'improviste, justement quand les enfants étaient là. Chloé ne l'avait jamais rencontré mais m'avait tellement souvent fait raconter les histoires d'évasions de Youngagain qu'elle le reconnut immédiatement. Elle le regardait avec curiosité. Comme je lui demandais ce qui l'amenait, il me répondit qu'il avait simplement envie de nous voir, de bavarder un peu. Cela me surprit un peu, il n'était pas du genre à bavarder, justement. Je proposai de sortir boire un pot, à toute la famille, avec lui. Nicolas s'empressa d'appeler Philippe, qui nous rejoignit au pub, près du parc des sports.

Quand Philippe entra, il dévisagea Dubois, qu'il ne s'attendait pas à voir avec nous quatre. Ses sentiments envers lui étaient toujours ambigus. Il lui en voulait encore pour sa première trahison, et en même temps lui était reconnaissant de son aide lors de la libération des derniers gamins.
-Salut gamin, viens t'asseoir avec nous, le salua Dubois.
Dubois était la seule personne à pouvoir l'appeler gamin sans se faire foudroyer du regard. Philippe n'arborait plus un badge à son effigie passée, mais carrément un T-shirt, son visage d'adulte s'étalant en grand sur sa poitrine. Apparemment tous les vieux-enfants faisaient de même et la plupart des gens le savaient, ce qui lui avait permis d'entrer dans le pub sans problème. De la même façon, il put commander une Guinness de sa petite voix fluette sans avoir à justifier de quoi que ce soit. La société s'adapte rapidement à certains faits.

Dubois nous raconta les derniers potins concernant Youngagain : Baroult en liberté surveillée, astreint à travailler sous contrôle pour pouvoir continuer à bénéficier de cette liberté surveillée. L'autorisation pour la société de recommencer à commercialiser son traitement suspendue à la résolution du cas des vieux-enfants. Apparemment, il en savait beaucoup sur tous les anciens prisonniers. Il nous donna des nouvelles de Jack, de Juliette, de Tom, de Léo. Certains d'entre eux allaient bien, ils avaient retrouvé leur place au sein de leur famille et de leur boulot. Mais d'autres galéraient méchamment. Béatrice, dont à vrai dire je ne me souvenais pas, s'était suicidée. Philippe parut affecté en l'apprenant.

-Tom et Juliette ont divorcé de leurs conjoints respectifs, et maintenant ils sont ensemble...

-Ça ne m'étonne pas, seule une personne dans notre cas peut réellement nous comprendre, laissa tomber Philippe d'un ton vaguement amer.

- Le problème, ajouta Dubois, c'est qu'on ne les autorise pas à se marier. Ils sont adultes, mais ce sont des enfants, il y a une vraie bataille judiciaire à ce sujet entre eux et les autorités compétentes.

-Et dites-moi, Monsieur Dubois, qu'est-ce que vous faites maintenant, vous travaillez toujours pour Youngagain ?

Ma question parut le choquer :

-Tu rigoles gamin ? Je ne suis plus vraiment le copain du professeur Baroult, il estime que je l'ai trahi. De toute façon, toutes les installations sont fermées, en attendant que la boîte ait à nouveau le droit de commercialiser son traitement. Seuls les labos de recherche sont ouverts, sous étroite surveillance, pour tenter de rendre leur vie d'adultes à ceux qui étaient prisonniers. Non, je suis à la retraite.

-Mais alors, si vous n'y travaillez plus, comment avez-vous des nouvelles des autres ?

-Hum, c'est un peu compliqué. Enfin, compliqué, non, plutôt délicat... Voilà... euh, vous savez qu'un procès doit avoir lieu, mais... c'est long, l'instruction est très longue. En fait, il y aura deux procès. D'abord ceux qui étaient au courant des effets indésirables du traitement, seront poursuivis pour empoisonnement. Encore faut-il savoir qui était au courant et continuait d'appliquer le protocole. Apparemment, les hôtesses et les infirmières sont hors de cause. Certains médecins savaient, d'autres non. C'est ce que l'instruction tente de déterminer.

L'autre versant de l'affaire, c'est l'enlèvement et la séquestration. Là, il y a moins de gens concernés. Baroult, ses hommes de main, et certains médecins, mais peu d'entre eux, finalement.

C'est, heu...pour ça que je suis venu vous voir, en fait.

Il marqua une pause et nous regarda longuement, Philippe et moi :

-Comme Baroult m'en veut énormément, il essaye de m'impliquer. Il m'accuse de savoir depuis le début. D'après lui, je serais un de ses hommes de main. Leur leader même, au niveau du laboratoire.

Je ne pus m'empêcher de marquer ma surprise :

-Vous, Monsieur Dubois ? Mais c'est ridicule ! Tous les ex-prisonniers pourront en témoigner.

-C'est là que le bât blesse. Tous ces gamins ne veulent qu'une chose, c'est que Baroult arrive à les soigner. S'ils sentent que lui veut me faire plonger, alors ils témoigneront dans ce sens. Ils sont prêts à tout pour lui donner satisfaction. Je les ai vus, un à un, pour leur demander de témoigner pour moi, et ils m'ont tous fait la même réponse. Ils ne contrediront pas Baroult, pour garder leur chance d'être guéris par le grand sorcier.

Je me souvins alors de ce que Baroult m'avait dit lors de notre entretien dans son bureau-laboratoire :

« Ils me mangeront dans la main », avait-il assuré en parlant des « gamins » alors dans leur geôle. Eh bien, il avait raison. Maintenant, ils étaient libres, et venaient librement dans son labo se soumettre à ses travaux dans l'espoir qu'il puisse leur rendre leur âge adulte. Et ils faisaient ce qu'il leur disait de faire. Et ils disaient ce qu'il leur disait de dire.

J'en étais là dans mes pensées quand Dubois laissa encore tomber :

- Alors je voulais savoir si vous deux accepteriez de témoigner en ma faveur ?

En un instant, je vis défiler devant moi toutes les scènes où Monsieur Dubois avait joué un rôle dans ma vie.

Je me sentis à nouveau petit garçon dans les bureaux et les ateliers où mon père m'amenait parfois. Monsieur Dubois me prenait sous son aile, m'expliquait le fonctionnement des machines, s'assurant qu'il ne m'arrive rien lors de mes jeux dans des lieux potentiellement dangereux. Plus tard, ma surprise de le voir chez Youngagain, puis la confiance aveugle que je misais sur lui, née pendant mon enfance, dans notre entreprise de libération des « gamins ». La terrible sensation d'avoir été trahi, quand je le vis s'éloigner avec Baroult pendant que les verrous de la geôle claquaient sinistrement en m'emprisonnant.

La nouvelle surprise quand il sonna à la porte, mon incrédulité quand il nous proposa d'aller à nouveau délivrer les « gamins ». Ma reconnaissance quand tous furent libérés. Mais l'image qui s'imposait le plus, était celle de Dubois pointant un pistolet sur moi. Un vrai traumatisme.

C'est à cause de cette image que je répondis « Oui » d'un hochement de tête quand Philippe m'interrogea du regard pour savoir si j'allais accepter de témoigner en faveur de Dubois.

Parce que derrière la gueule noire du canon de l'arme pointée sur moi, il y avait le regard de Monsieur Dubois. Un regard profondément tourmenté, demandant silencieusement pardon.

Philippe eut l'air un peu surpris, mais après une seconde d'hésitation, fut le premier à dire :

- Oui, bien sûr, pas de problème. Vous avez sauvé tous ces gamins.
J'entendais Dubois pousser un soupir de soulagement, puis il se tourna vers moi, me posant une question muette. Je le fixai longuement, laissant toutes les images continuer à défiler devant mes yeux. Mais c'était toujours son regard désespéré alors qu'il me menaçait qui s'imposait.
- Oui, vous pouvez compter sur moi.
Dubois sourit un instant, visiblement soulagé, puis il se recomposa un visage et reprit son apparence habituelle, c'est-à-dire un sourire vaguement moqueur et ironique.
C'est d'un ton faussement détaché qu'il dit du bout des lèvres :
-Merci. Le mieux, ce serait que vous écriviez une lettre au commissaire, une sorte de témoignage racontant ce que vous savez, que je n'ai jamais rien eu à voir avec les enlèvements et les coups tordus. Que si effectivement j'ai stoppé la première évasion, c'est parce que Baroult me faisait chanter. Vous pouvez écrire ça, oui ?
Il y avait un drôle de contraste entre sa demande presque désespérée et le ton blasé avec lequel il la faisait. Mais c'était tout Dubois, ça. Je me souvenais que même quand il me mettait en garde contre le danger que représentaient les machines dans l'usine de mon paternel, il le faisait sur un ton blagueur. Je ne savais jamais s'il se moquait de moi, de la machine, ou de la situation. Je pense qu'au fond, il se moquait de tout, et surtout de lui-même.
Je voyais que Philippe, même s'il avait donné son accord, continuait à se tortiller sur sa chaise. Il était toujours pris entre reconnaissance et ressentiment.
Dubois, soulagé, prit congé de nous, il avait à faire. Il nous fit encore promettre de contacter rapidement le commissaire pour le dédouaner.
Nicolas demanda à Philippe :
-Tu n'as pas peur que maintenant que tu prends parti contre Baroult, s'il trouve un moyen de rendre leur âge aux vieux enfants, il refusera de t'en faire profiter ?
-Je ne pense pas, non. S'il trouve, il sera bien obligé de livrer le traitement à tous ceux qui en ont besoin. Ce n'est pas Dieu quand même.
-Ouh, je crois qu'il ne serait pas d'accord avec cette assertion s'il était là…, me crus-je obligé d'ajouter.
-C'est vraiment à ce point-là ? demanda Chloé.
-C'est encore pire que ce que tu peux imaginer, je lui dis. En fait, tu vois, c'est un homme très intelligent, très capable, sûrement un des tout meilleurs dans ce qu'il fait. Mais je pense que ce genre de type a l'habitude d'être toujours le plus intelligent, partout où il est, depuis son enfance peut-être. Alors ça lui monte à la tête, et il devient mégalo.

Comme nous allions nous séparer en sortant du pub, je profitais d'un instant où j'étais un peu seul avec Philippe pour lui demander :
-Ça va chez toi, tout se passe bien à la maison ?
-Bof, tu sais, il y a des hauts et des bas. Avec Paula, y a des jours où c'est super, comme avant, comme si je mesurais un mètre quatre-vingt-dix. Et puis des jours où j'ai l'impression de n'être qu'un sale mioche qui l'emmerde. Avec mon fils, ça va, il est plutôt cool dans l'ensemble. Y a aussi les journalistes, tu sais finalement on n'est pas si nombreux que ça dans mon cas. Alors parfois je me sens un peu harcelé. Ils veulent absolument interviewer un de ces adultes à l'apparence de gamin. Interroger sa famille, mettre en lumière tous les problèmes suscités dans un couple, au boulot aussi. Je pense que Paula n'a pas besoin qu'on lui souligne les problèmes, qu'on les lui mette en lumière. Alors je les envoie tous chier. Je ne sais pas si tu as vu le reportage qu'ils ont fait sur Jack et sa femme ?
-Non, je ne savais pas.
- Bien, ils ont totalement déformé le truc, ils ont plus ou moins fait passer sa femme, là, je ne sais plus comment elle s'appelle, pour une tordue, une folle de pouvoir. Une nana qui s'éclaterait grâce au fait que son mari soit devenu un gamin, parce qu'elle adore commander.
-N'importe quoi. Ça n'a rien à voir avec la réalité.
-Je sais bien, mais tu sais, dans un reportage, tu peux présenter les choses comme tu veux. Et ils ont balancé ça sur internet. Ça a été vu des centaines de milliers de fois. T'imagine même pas les commentaires.
Alors moi, j'ai pas besoin de ça, Paula encore moins. Les journalistes, ils sont pas près de s'approcher de moi.

On partit chacun de son côté, et en arrivant à la maison, on découvrit Marie qui nous attendait devant la porte, avec sa valise.
Nicolas s'empressa de la rejoindre :
-Mais qu'est-ce que tu fais là ?
-Finalement j'ai pu me libérer, alors j'ai voulu te faire une surprise.
-Mais tu attends depuis longtemps là dehors ? Tu aurais dû m'appeler, on était au pub en famille, je serais venu plus vite pour que tu n'attendes pas devant la porte.
-Ça n'aurait plus été une surprise. De toute façon je viens d'arriver, c'est pas bien grave. Bonjour Monsieur, bonjour Madame, salut Chloé. Je m'impose…

-Penses-tu, ça nous fait plaisir. Regarde comme Nicolas est transfiguré depuis qu'il t'a vu. Avant, au pub, il était comme éteint, s'empressa de lui répondre Léa.

Le soir, après le repas, on joua tous au tarot, Marie s'avéra très forte. Moi qui pensais que cette génération ne savait plus jouer à ce genre de jeu démodé… je pensais que mes enfants étaient les seuls parce qu'on les avait pratiquement obligés, Léa et moi.

Je lançai à Marie :

-Eh bien, vous nous avez tous laminés. C'est Nicolas qui vous a initiée ?

Elle s'étrangla presque de rire :

-Lui ? Pensez-vous ! Ça fait très longtemps que je sais jouer.

-Très longtemps ? Vous deviez être une gamine alors. Moi je pensais que les jeunes d'aujourd'hui ne jouaient qu'à des trucs électroniques, avec des hologrammes, de la réalité virtuelle, ce genre de truc.

-Ben, j'aime bien ça aussi, mais… on peut jouer à tout. L'un n'empêche pas l'autre.

- C'est vrai…

À la fin du jeu, Léa se leva avec des airs de conspiratrice, elle disparut quelques instants, puis réapparut en tenant religieusement le livre illustré par Marie que je lui avais offert.

-Ça me ferait plaisir que vous me fassiez une dédicace, dit-elle en lui tendant le bouquin.

-Bien sûr, pas de problème. Si j'avais su que cela vous intéressait, je vous en aurais apporté quelques-uns. Vous n'auriez pas eu besoin de l'acheter.

Elle avait l'air un peu surprise qu'on ait acheté son livre et que Léa lui demande une dédicace. Peut-être parce qu'il n'y avait pas d'enfant à la maison.

Elle monta avec le livre, et le lendemain matin quand Léa descendit préparer le petit-déjeuner, ce qu'elle adorait faire le week-end pour faire plaisir à ses enfants, elle trouva son livre sur le plan de travail de la cuisine.

Elle l'ouvrit délicatement, toute la première page était couverte par des dessins, on y reconnaissait notre petite famille, Léa, Chloé, moi, et Nicolas et Marie enlacés, c'était vraiment charmant. Je m'attendais à quelques mots, mais ce dessin en disait tellement plus. On formait tous ensemble une famille, et Marie en faisait partie. Léa était extrêmement touchée, elle en avait les larmes aux yeux.

-Regarde comme c'est beau, dit-elle. En plus c'est le même style d'illustration que le livre lui-même. C'est comme si on faisait partie de l'histoire. On est la préface. Et Marie fait partie de la famille.

Quand Nicolas et Marie descendirent prendre le petit-déjeuner, enlacés et se bécotant même en descendant l'escalier, Léa serrait le livre contre sa poitrine.

Elle fit une bise vigoureuse à Marie :

-Merci. C'est tellement charmant. Merci, vraiment, c'est magnifique. Vous êtes vraiment douée. On reconnaît tellement bien chacun d'entre nous, vous avez su saisir la… la quintessence de chacun d'entre nous. Sur ces dessins, on est des personnages de livre pour enfants, mais en même temps… c'est nous.

-De rien, vraiment, ça m'a fait plaisir. Mais… on pourrait se tutoyer, non ?

-Bien sûr, merci Marie pour cette dédicace, tu m'as vraiment fait plaisir. Tu as beaucoup de talent.

-Merci, c'est gentil, fit-elle en secouant ses boucles.

Ses yeux brillaient autant que ses dents étincelaient.

Nicolas semblait à la fois ravi que tout colle bien entre sa copine et ses parents, et un peu mal à l'aise devant tant de débordements affectifs.

Les enfants étaient partis depuis quelques jours déjà, quand je décidai d'appeler Philippe, je voulais lui demander s'il avait déjà écrit au commissaire, en soutien à Dubois. J'avais un peu de mal à trouver le ton juste, et je voulais lui demander où il en était. Peut-être pourrait-il m'inspirer. Pour dire vraiment la vérité, j'avais un peu peur qu'il ait changé d'avis et refuse d'écrire cette lettre. Or, je pensais qu'il était important que nous l'écrivions. Pour aider Dubois. Pour contrer Baroult.

-Allo. Salut Philippe, c'est moi, Paul. Comment ça va ?

-Salut, ça va, ça va. Bien sûr que ça va. Comment ça pourrait ne pas aller ? J'ai dix ans, alors que le monde entier rêve de rajeunir et ne peut plus le faire. Comment pourrais-je me plaindre ? Ma femme me regarde avec les mêmes yeux qu'elle regardait notre fils quand il allait à la maternelle. Et lui, il m'aide à porter les trucs lourds, il accourt pour me chercher le pot de confiture que ma femme a mis trop haut sur l'étagère sans que j'aie besoin d'utiliser l'escabeau. Alors tu vois, tout baigne.

-Euh super… super. Écoute, je voulais te demander, j'ai du mal à écrire la lettre pour blanchir Dubois, tu l'as fait, toi ?

-Oui, bien sûr, je l'ai déjà envoyée au commissaire. Qu'est-ce qui te bloque ? T'as plus envie de l'écrire ?

Dès que j'appris qu'il l'avait déjà écrite, je compris que je n'éprouverai plus aucune difficulté à écrire la mienne, immédiatement après avoir raccroché.

-Hein ? Si, tu parles ! Moi, dès lors qu'il s'agit de contrer Baroult, je suis partant. Non, j'sais pas, c'est le style que je ne trouvais pas.

-Le style, quel style ? C'est pas un putain de roman, tu écris ce qui s'est passé, c'est tout.

-Oui, tu as raison, c'est simple.

-T'es sûr que t'as vraiment envie de contrer Baroult ?

-Bien sûr, pourquoi tu demandes ?

-Et bien, devant les mecs comme lui, très brillants, j'ai remarqué que beaucoup de gens ne peuvent pas s'empêcher de vouloir lui plaire, même s'ils considèrent que c'est un salaud.

-Lui plaire ?

-Faire bonne impression. Les gens ont besoin de briller devant celui qu'ils considèrent comme intelligent. Ils ont besoin de se sentir appréciés par lui. T'es sûr que c'est pas ce qui t'arrive ?

-Tu rigoles ? Tout ce que j'espère, c'est qu'il aille en prison. J'espère qu'il trouvera un remède pour te rendre ton apparence, et qu'après il ira en prison.

-Tu sais, moi je le vois presque tous les jours, et je vois pleins de gens tomber comme en fascination devant lui. Même les deux flics qui le surveillent lui mangeraient dans la main.

Curieux, il avait utilisé la même expression que Baroult lui-même avait utilisé pour décrire le comportement futur de ses victimes. Ils me mangeront dans la main. Décidément, les mégalos sont bien aidés par leurs admirateurs. Je me demandais si moi aussi j'éprouvais cette fascination morbide pour l'intelligence néfaste. Non...

Philippe poursuivait :

- Parmi tous les gamins qui sont là tous les jours, j'en vois plein qui sont béats devant lui. Comme hypnotisés par son éclat. Presque amoureux.

-Tu exagères !

-Non, faut les voir.

-Quand même, il est responsable de leurs malheurs, c'est de sa faute s'ils ont l'apparence de mioches. C'est lui qui les a fait enlever et maintenir prisonniers.

-Je sais bien. C'est un peu schizophrène. C'est peut-être pour ça que Laurent est en hôpital psychiatrique.

-Laurent ? Interné ? Je ne savais pas.

-Oui, depuis une ou deux semaines déjà. Délire mystique, d'après ce que j'ai entendu. Moi, il me semblait normal, pour le peu que je parlais avec lui. Tiens d'ailleurs, j'avais l'intention de lui rendre une petite visite. Faut qu'on se soutienne entre vieux-enfants. Ça te dit de venir avec moi ?

-Une visite ? T'es sûr qu'on peut visiter les patients dans un hôpital psychiatrique ?

-Ben oui, il est pas en prison.

-Ok, si tu le dis. Faut qu'on se soutienne, comme tu dis.

-Ok. Alors j'organise ça. Je te rappelle. Bye.

-Bye.

Je ne m'y attendais pas si vite, mais le lendemain Philippe passa me prendre pour aller voir Laurent.

-Déjà ? je lui demandais en démarrant ma voiture. Comment tu as fait pour obtenir une autorisation si rapidement ?

-Mais qu'est-ce que tu crois ? Il n'est pas en prison. C'est un hôpital. J'ai appelé, laissé mon nom et mon téléphone, ils lui ont demandé s'il était d'accord pour me recevoir, apparemment c'était oui, parce qu'ils m'ont très rapidement rappelé pour me dire que je pouvais passer quand je voulais. Enfin pendant les heures de visites.

On arriva rapidement et après avoir garé ma voiture dans un beau parc arboré, on se dirigea vers l'entrée. Les bâtiments n'étaient pas aussi beaux que le parc. J'avais l'impression d'être dans un film des années mille neuf cent soixante. Les choses n'étaient quand même pas aussi simples que ce qu'avait laissé entendre Philippe, parce qu'avant de rencontrer Laurent, on dut passer un grand oral avec un médecin.

-Pourquoi voulez-vous rencontrer Monsieur Debosse ?

Un instant je me demandais de qui il voulait parler, avant de réaliser que cela devait être le nom de famille de Laurent.

- Et bien comme vous pouvez le constater, dit Philippe qui arborait un de ces T-shirt de vieil-enfant, avec son portrait d'adulte en grand sur la poitrine, je suis un compagnon d'infortune de Laurent. Nous avons été séquestrés ensemble par le professeur Baroult, soumis ensemble à des expériences illégales. Je pense que seuls ceux qui ont régressé comme lui peuvent comprendre. On est une poignée, et on pense qu'on doit se soutenir.

-Vous avez raison. Si vous évitez les sujets qui l'agitent, je pense que votre visite lui fera du bien.

Par contre vous, Monsieur, vous ne faites visiblement pas partie de ce... club, dit-il en se tournant vers moi ?

-Non, pas vraiment, même si j'ai aussi subi le traitement, je n'en ai fort heureusement pas souffert les effets néfastes. Mais je fais partie du club, comme vous dites, quand même d'une certaine façon, parce que j'ai aidé à la... l'évasion des vieux enfants. Et j'ai été séquestré avec eux, même si ce fut très brièvement.

Je me tus, et il ne répondit pas immédiatement. Il nous scruta longuement. Finalement il laissa tomber :

-Je vais vous laisser rencontrer Monsieur Debosse. Évitez juste de l'exciter en abordant certains sujets.

-C'est-à-dire ?

-Vous verrez. Tout ce qui le rend agité. Principalement la religion.

Une infirmière nous conduisit à travers des couloirs hors d'âge jusqu'à une grande pièce où plusieurs patients regardaient une vieille télé, un grand écran mural incurvé, même pas 3D.

Certains jouaient au ping-pong sur une table qui paraissait plus petite que la norme, d'autres faisaient cercle autour d'un guéridon où se disputait une partie de dominos. Personne ne semblait agité, ne bavait ou ne paraissait abruti par les médicaments. J'étais surpris de constater que j'aurais pu rencontrer n'importe lequel de ces patients dans la rue sans être le moins du monde choqué. Ils ne correspondaient pas à l'image que je me faisais de *malades*.

Laurent était tranquillement assis devant une table, il semblait nous attendre. À vrai dire, je n'étais même pas très sûr de savoir qui était Laurent. Certainement un des gamins que j'avais libéré deux fois avec Dubois, mais lequel ? Je reconnus vaguement un gamin qui paraissait avoir huit ans à peu près, un peu grassouillet, la lèvre inférieure un peu boudeuse, les cheveux un peu gras. Rien de très particulier. Je ne me souvenais pas avoir échangé quelque propos que ce soit avec lui lors de nos rencontres antérieures.

Il se leva quand il nous vit entrer. L'infirmière nous laissa.

-Ah, salut Philippe. Bonjour Paul.

Au moins il me remettait.

-C'est gentil de passer me voir. Je me fais un peu chier ici. J'espère qu'on va bientôt me relâcher. J'ai rien à faire ici. Ils vont bien finir par s'en rendre compte.

Il nous prit à partie :

-Avec ce qu'on a vécu, c'est quand même normal de se réfugier dans la foi, non ? J'ai quand même le droit de trouver un peu de réconfort en Dieu, non ?

Philippe et moi fîmes oui de la tête. Pourquoi pas, en effet ?

Philippe et lui se mirent à discuter de tout et de rien, à évoquer des souvenirs communs de leur période de détention. Laurent demanda où en étaient les travaux pour la mise au point d'un traitement avec Baroult. Il dit regretter de ne pas pouvoir continuer de participer à ces recherches depuis qu'on l'avait interné ici.

- Et comment ça se passe ? demanda Philippe. On te traite bien ?

-Ça va. La bouffe est correcte. On ne me bourre pas de médicaments, si c'est ce que tu veux savoir. Et comme vous pouvez le constater, les autres patients sont… agréables. Ils bavent pas, crient pas, menacent pas. Ça va. C'est juste que je suis pas libre.

Je commençais vraiment à le trouver très normal ce Laurent. Il semblait insinuer qu'on l'avait interné abusivement. Il me paraissait s'exprimer de manière très logique, raisonnable.

Peut-être avait-il raison, après tout, une erreur médicale est toujours possible non ?

Je ne pus m'empêcher de lui demander :

-Mais c'est à la demande de quelqu'un, une plainte ou quelque chose comme ça, qu'on vous a … mis ici ?

-C'est le professeur Baroult. J'assistais aux séances de recherche, comme la plupart d'entre nous, et un jour je me suis laissé aller devant lui à dire que j'avais trouvé du réconfort en Dieu. C'est pas facile de se retrouver dans la peau d'un petit garçon. Moi c'est Dieu qui m'aide à supporter la situation. J'ai immédiatement été taxé de délirant mystique. Si tous ceux qui croient en Dieu délirent, il n'y aura bientôt plus de place dans les hôpitaux psychiatriques.

Il me racontait tout ça d'un ton très normal, logique, et j'avais plutôt tendance à être d'accord avec lui.

La conversation continua, il avait même pas mal de sens de l'humour et tournait en dérision sa présence dans ce service.

Un moment donné, un des patients qui regardait un film à la télé augmenta le volume, et on entendit des détonations, des coups de feu et des cris. Rien de bien extraordinaire, un bon vieux film de gangsters.

Laurent leva la tête vers l'écran :

-Le cinéma, la télé, le rap, sont responsables de la violence de la société, ils mettent des idées dangereuses dans la tête des jeunes depuis toujours toujours il y a la lutte entre les gentils et les méchants, la télé et le cinéma ne mettent l'accent que sur la violence, ils sont du côté des méchants, ils ne servent pas Dieu mais le diable, depuis des millions et des millions d'années les extraterrestres sont là, maintenant ils me font rire ils pensent voir des soucoupes volantes mais ils sont là à nous surveiller depuis la nuit des temps et personne ne les a vus depuis la nuit des temps et s'ils sont là depuis la nuit des temps sans qu'on les voit c'est que personne ne peut les voir s'ils ne veulent pas qu'on les voit depuis la nuit des temps et toutes les religions depuis toujours ne sont là que pour prendre le contrôle sur les gens, les Chrétiens et les Catholiques, ne servent que la religion et pas du tout la parole de Dieu, les Musulmans ne cherchent qu'à asseoir leur pouvoir sur les femmes et les petites filles, les religions ne sont que l'instrument qu'utilisent les pervers pour installer leur autorité depuis la nuit des temps, seul Dieu est le maître de l'univers et sait depuis des millions et des millions d'années tout ce qui se fait et les religions se servent de son nom pour leur propre intérêt, mais ne servent absolument pas Dieu, elles ne cherchent qu'à utiliser ce prétexte pour dominer s'enrichir et asservir les femmes mais depuis des millions et des millions d'années c'est la même chose et les extraterrestres sont là qui nous surveillent et personne ne peut les voir ils sont là depuis toujours dans le ciel tout en haut et ceux qui disent voir des soucoupes volantes me font bien rire s'ils ne veulent pas qu'on les voit et tout ça pour le pouvoir et l'autorité et l'argent et les femmes et toutes les religions c'est pareil seul Dieu connaît les réponses et ces fausses religions ne servent pas Dieu elles ne servent qu'elles même.

Il marqua enfin une courte pause et Philippe et moi nous nous regardions avec de grands yeux.

Dire qu'une minute avant je mettais sa présence dans ce service sur le compte d'une regrettable erreur…

Et il remit ça, je ne sais pas ce qui déclencha sa nouvelle tirade, mais il recommença, toujours sur ce ton monocorde, une longue litanie sur les extraterrestres, Dieu et les religions. C'était assez flippant, surtout de la part de quelqu'un qui tenait un discours assez sensé, ou du moins apparemment crédible, quelques instants auparavant. Juste avant, il parlait normalement, nous regardant, regardant autour de lui, normal, quoi. Et là, d'un coup, quand il commençait à… délirer, son regard devenait fixe, il regardait droit devant lui, dans le vide, sans rien fixer.

On prit assez rapidement congé de lui et on se retrouva dans les vieux couloirs, Philippe et moi. On garda le silence assez longtemps, je crois qu'on était trop interloqués pour dire quoi que ce soit. Arrivés dans le jardin, Philippe éclata soudain de rire :

- Putain il a vraiment pété un câble. Ça le prend comme ça d'un coup.

Il essaya d'imiter le ton monocorde de Laurent pendant son délire, mais il n'était pas vraiment doué pour les imitations. À moins que ce ne soit trop difficile quand on est 'normal' d'imiter une personne psychiquement atteinte. Leur seul point commun était leur petite voix flûtée de gamins.

-Écoute, je lui répondis, ne te moque pas, c'est pas drôle, tu sais, il doit énormément souffrir d'être dans cet état.

-Eh, je te signale que je suis dans le même état, fit-il en montrant son corps de môme du revers de la main. Alors question empathie, euh, désolé mais je suis mieux placé. Et je crois que j'ai le droit de rire et de me moquer, moi…

Sous-entendu, moi, non.

-Ok, mais moi je trouve pas ça drôle.

-Vraiment ? Même si les extraterrestres sont là depuis des millions et des millions d'années et qu'ils te surveillent et que la religion c'est du caca ?

Là il avait réussi à l'imiter un peu mieux et j'éclatais de rire avec lui. Ça faisait du bien de rire, parce qu'à l'intérieur j'étais un peu flippé…

-Tu sais, je lui dis, j'étais prêt encore une fois à casser du sucre sur le dos de Baroult, quand Laurent nous a dit que c'est lui qui était à l'origine de son internement. Je pensais accusation calomnieuse, manipulation des médecins,

mise à l'écart de quelqu'un qui s'opposait à lui, qui sait ? Mais là, je suis bien obligé d'admettre qu'il a raison. Ce type est complètement cinglé.
-Ouaip, fut sa seule réponse.

Les semaines filaient à toute vitesse, Léa et moi profitions à fond de notre nouvelle jeunesse, notre fils filait le parfait amour avec une fille adorable, notre fille semblait avoir oublié ses velléités de maternité. La seule ombre au tableau était que les vieux enfants paraissaient toujours âgés de huit ans et que Baroult ne semblait pas près de leur rendre leur vie d'adulte. Ça me gênait pour vraiment apprécier ma seconde jeunesse. Je me sentais un peu coupable, c'était comme si ma jeunesse se faisait au détriment de leur maturité perdue. Comme si je n'avais pas le droit d'apprécier pleinement les fruits du processus de Youngagain, alors qu'eux devaient en subir les effets négatifs. Je restais toujours en contact avec eux, surtout Philippe, parfois Jack et Manon, plus rarement encore le curieux couple formé par Juliette et Tom.
Nicolas venait très souvent à la maison, seul ou avec Marie. Il était toujours pote avec Philippe, ils se voyaient chez nous ou sortaient ensemble.
Un week-end où il était venu avec Marie, Léa était comme d'habitude aux petits soins pour eux, sous le charme de Marie et apparemment prête à tout pour lui plaire. C'est-à-dire prête à tout pour s'assurer qu'elle resterait auprès de son fils adoré.
Nous étions assis au salon, autour d'un de ces apéritifs bio concoctés par Léa, sans alcool. Philippe que Nicolas venait d'inviter ne disait rien, mais il aurait volontiers versé quelques gouttes de rhum dans son jus de fruits exotiques. Marie venait de monter dans la chambre de Nicolas pour se refaire une beauté, quand son portable sonna dans son sac resté posé au pied du fauteuil. Nicolas se précipita :
-Il faut que je réponde, elle attend un appel important de son éditeur, elle ne doit pas perdre cet appel.
Dans sa précipitation, en ramassant le sac et en l'ouvrant, il le laissa tomber et tout le contenu se répandit par terre.
Nicolas était à genoux, en train de ramasser tout ce qui était par terre, quand Marie redescendit. Le portable sonnait encore, Nicolas l'attrapa enfin et le lui tendit. Pendant qu'elle lui souriait pour le remercier et commençait à répondre, écartant ses boucles brunes d'un geste gracieux de la tête pour appliquer le portable à son oreille, il entreprit de ramasser le monceau d'objets, documents, papiers et trucs répandus sur le sol. Il saisissait chaque objet et le posait délicatement dans le sac. Un miroir. Un tube de rouge à lèvres. Un chéquier. Quelques pièces de monnaie. Une brochure. Une clef. Un

trousseau de clefs. Un peigne. Un permis de conduire. Un coupe-ongle. Un ticket de métro ou de bus. Une pince à cheveux.

Marie écoutait son interlocuteur en souriant à Nicolas. Ses lèvres brillantes découvraient ses petites dents étincelantes de blancheur.

Je vis soudain Nicolas se figer en regardant ce qu'il tenait à la main. Il commença à blêmir. Marie fronça les sourcils en observant la réaction de Nicolas. Son regard se porta sur ce que Nicolas tenait à la main. Elle blêmit à son tour.

Nicolas, immobile, regardait toujours ce qu'il tenait entre ses doigts. Ses lèvres commencèrent à bouger, comme s'il calculait quelque chose, en silence.

Marie, immobile elle aussi, se mordait les lèvres.

Tout le monde se taisait dans la pièce.

Nicolas finit par redresser la tête, regarda Marie et en brandissant la carte d'identité qu'il venait de ramasser, lui demanda d'une voix qu'il essayait de contenir mais où perçait la colère et l'incrédulité :

-C'est… C'est ta carte d'identité, ça ?

Elle fit Oui de la tête.

-Mais putain quel âge tu as ?

Comme elle ne répondait pas, il poursuivit :

-Tu as soixante-quinze ans, c'est ça, si je calcule bien ?

Les yeux pleins de larmes, Marie fit Oui, sans un mot.

-Soixante-quinze ans ! Putain, soixante-quinze ans ! Non mais sans déconner ! Tu t'es bien foutue de ma gueule !

Le silence s'installa à nouveau dans la pièce, on ne savait plus où se mettre. Je regardais Léa, elle était encore plus blanche que les deux acteurs du drame qui était en train de se jouer devant nous. Sa mâchoire était tombée et elle n'arrivait plus à la refermer.

On entendit l'interlocuteur de Marie parler dans le vide, petite voix lointaine et ridicule, insouciante de la situation.

Marie porta machinalement le portable à son oreille, murmura :

-Je te rappelle, et raccrocha.

-Putain soixante-quinze ans, répéta encore une fois Nicolas, comme s'il n'arrivait pas à y croire et tentait de se convaincre.

-Écoute, ce n'est qu'un nombre, on est bien ensemble, non ? tenta timidement Marie.

-Tu m'as menti, tu m'as menti, tout ce temps.

-Oui, mais… on est bien ensemble, non ? Si je te l'avais dit depuis le début tu n'aurais jamais accepté de sortir avec moi, tu ne m'aurais même pas parlé.

-Mais tu pourrais être ma grand-mère !

-Et alors ? Ce qui compte, c'est ce qu'il y a entre nous, non ?

-Ce qu'il y a entre nous, c'est un grand mensonge !
-Mais regarde autour de toi, tout change aujourd'hui. Regarde, tes parents eux aussi l'ont fait et sont plus jeunes que ce que dit leur carte d'identité. Regarde Philippe, ton meilleur copain, il a l'âge de ton père et semble être ton fils.
-Mais ça n'a rien à voir, mes parents ne se mentent pas, ils savent parfaitement à quoi s'en tenir. Philippe, c'est une victime d'un accident industriel, il voulait avoir vingt ans, pas huit. Et maintenant, à choisir, il préfèrerait avoir cinquante ans que huit.
-Mais ce que je veux dire, c'est que tout cela change aujourd'hui, ça ne veut plus rien dire. Ça ne compte plus, l'âge. Je comprends ta réaction, c'est pour ça que j'hésitais tellement à te dire la vérité. Mais je t'assure, dans le futur tu ne comprendras même plus ta réaction actuelle. Ces histoires d'âge ne compteront plus. Plus du tout. Bientôt, tout le monde aura un aspect différent de son âge réel, et seul comptera cet aspect. On s'en fout d'une date de naissance.
-Toi tu t'en fous peut-être, mais pas moi. D'ailleurs si tu t'en foutais, tu ne me la cacherais pas.
-Désolée de te l'avoir caché. Mais tu n'étais pas prêt.
-Non, je confirme, je n'étais pas prêt, laissa-t-il tomber d'un ton amer. Et je ne suis pas près d'être prêt.
Non mais soixante-quinze ans, répéta-t-il encore en me regardant, comme pour me prendre à partie. Tu t'imagines ?
Je ne répondis rien.
Marie essaya encore de l'amadouer.
-Enfin Nicolas, ouvre les yeux, on est faits l'un pour l'autre, tu me le disais encore ce matin, et là maintenant pour une histoire de date, tu vas tout faire foirer ? C'est fini ces histoires d'âge. FI NI. Vis avec ton temps, maintenant ça ne compte plus. Ça Ne Compte Plus, martela-t-elle.
-Je ne peux pas en faire abstraction. Je ne peux pas. Désolé.
Il fit demi-tour et regagna sa chambre.
Marie demeura interdite, le regardant disparaître. Elle se tourna vers nous.
Personne ne dit rien.
-On s'en fout de l'âge, maintenant, non ?
Personne ne répondit.
-On était bien ensemble, si bien, je vous assure.
Les larmes coulaient enfin sur ses joues lisses et sans rides.
-On était bien. Je lui convenais parfaitement. Il était heureux avec moi. Il s'en foutait de mon âge. Qu'est-ce que ça peut bien foutre, un chiffre. Ce n'est qu'un nombre. Ce qui compte, c'est la personne, non ?

Tournée vers Léa qui avait toujours été son alliée, elle tentait de la convaincre de rejoindre son camp, de l'aider à raisonner Nicolas peut-être :

-Léa, Léa, tu le sais bien toi, qu'un nombre ça ne veut rien dire. Tu le sais bien que je suis parfaite pour lui. On est tellement bien ensemble.

Léa ne répondait rien. Elle en était bien incapable. Elle était en état de choc, la bouche toujours ouverte, l'air ébahi.

Marie sentait que la partie était perdue. Elle faisait Non Non Non de la tête.

Ramassant son sac et ce qui traînait encore par terre, elle continuait comme une litanie, pour elle toute seule maintenant :

-Ça ne devrait pas compter. Je suis jeune, super jeune maintenant. Je me sens jeune. Ce qui est écrit sur une connerie de document ne compte pas. Ce qui compte, c'est qui je suis.

Elle disparut dans l'escalier.

Personne ne disait rien dans le salon, on était sous le choc.

On commença à les entendre discuter en-haut, la petite voix de Marie qui essayait d'être convaincante, la voix plus grave de Nicolas qui essayait de se maîtriser pour ne pas crier.

Philippe et moi on essaya de parler d'autre chose, mais c'était difficile, la tension persistait dans la pièce. Léa était toujours tétanisée par le choc.

Au bout d'un moment, Marie redescendit l'escalier avec sa petite valise, elle sortit de la maison sans un adieu.

Léa éclata enfin en sanglots.

Nicolas descendit à son tour, il avait l'air… pas en colère, pas triste, non. Dégoûté.

Il s'approcha de sa mère, avec l'intention de la consoler.

-Allez Maman, c'est pas grave, va, ça arrive que ça colle pas avec une fille…

Puis soudain, il éclata en sanglots lui aussi, ils étaient enlacés et pleuraient ensemble.

Je savais pas quoi faire, j'allais quand même pas me joindre à eux, à quoi ça aurait servi de pleurer à trois, et puis je trouve qu'à trois on n'arrive jamais à s'enlacer correctement.

Philippe me poussa du coude, faisant signe pour qu'on s'éloigne tous les deux. Une fois dans la cuisine, on trinqua avec deux canettes de bière qu'on trouva dans le frigo.

-Encore une victime de Baroult, dit Philippe en choquant ma canette.

Le professeur Baroult sortit de son petit labo, avec deux policiers sur les talons :

-Ça y est ! Ça y est ! J'ai réussi !

Il ne vous reste plus qu'à prendre ça !

Il s'adressait à tous les vieux-enfants, curieusement réunis dans la pièce où il venait d'entrer, alignés au garde à vous. Il agitait une seringue comme un étendard. Ils étaient tous là, même Laurent, buvant ses paroles comme si c'était l'évangile. Philippe paraissait un peu moins convaincu, mais se laissa quand même faire quand Baroult l'injecta à son tour. Tous les gamins reçurent leur injection en un rien de temps, les policiers qui surveillaient le professeur n'intervinrent même pas. Ils auraient probablement dû vérifier que Baroult avait le droit de faire ça, que cela faisait partie de ses prérogatives dans ces circonstances de liberté conditionnelle et surveillée. Au lieu de cela, ils faisaient la circulation entre ceux qui avaient déjà reçu leur injection et ceux qui se préparaient à la recevoir. Visiblement eux aussi mangeaient dans sa main.

Laurent psalmodiait pendant que l'aiguille pénétrait sa peau.

Philippe s'était laissé faire, mais en fixant le professeur d'un air dur.

Tom et Juliette refusèrent de se lâcher et se tenaient par la main, les yeux de l'un dans ceux de l'autre, souriant à cette promesse de nouvelle vie partagée.

Tous portaient un T-shirt arborant leur visage d'adulte, pour clamer au monde entier « Je suis un adulte ! ».

Seuls Tom et Juliette, justement, portaient un T-shirt les représentant tels qu'aujourd'hui, avec leur visage d'enfants. Peut-être pour dire qu'ils s'étaient connus comme ça, qu'ils s'étaient connus à cause de cela. Tom portait sur la poitrine le visage enfantin de Juliette, elle affichait le visage poupin de Tom. Même Béatrice était là, elle me regardait d'un air étrange, comme s'il était anormal que nous soyons là.

Baroult brandissait toujours sa seringue. Il n'y avait même pas d'infirmière pour exécuter cette basse besogne. Je n'avais jamais remarqué qu'il était si grand, c'est bizarre comme soudain il me semblait très grand.

Ensuite Philippe et moi rentrâmes chez moi, apparemment il vivait sous mon toit maintenant.

Il attendait avec impatience les effets de cette correction du traitement initial. Plus que tout, c'est sa taille d'adulte qui lui manquait et qu'il voulait retrouver. J'étais presque aussi anxieux que lui de le voir retrouver son mètre quatre-vingt-dix.

Mais les jours passaient, rapidement, très rapidement, et je ne le voyais pas grandir. Peu à peu, effectivement, ses traits mûrissaient, il retrouvait un visage d'adulte, puis d'homme mûr, mais ne dépassait toujours pas la hauteur de trois pommes.

Tous les vieux-enfants décidèrent de se retrouver, chez moi pour quelque obscure raison, et ils étaient tous dans le même cas. Certains étaient déjà plus âgés qu'avant le processus initial, Tom par exemple avait pratiquement un visage de vieillard, mais toujours une stature d'enfant.

Puis je vis avec horreur que c'était vrai pour eux tous.

Tous autour de moi mesuraient à peu près un mètre, ou guère plus, mais présentaient des visages parcheminés, creusés de rides profondes. Ils marchaient le dos courbé, leurs mains difformes tremblaient. Tom et Juliette se donnaient la main, peau fripée contre peau fripée, et tâches de vieillesse entrelacées avec crevasses et articulations difformes. Philippe, chauve, voix chevrotante, marchait sur la pointe de ses pieds pour gagner pitoyablement un ou deux centimètres et m'arriver au nombril. Jack appelait Manon d'une voix de vieillard lubrique :

« Viens ma belle, viens, je vais te faire un beau cadeau… »

La porte s'ouvrit et Marie entra. Je la reconnus à ses boucles brunes, mais son visage portait bien ses soixante-quinze ans.

-Nicolas est là, je voudrais lui parler ?

Je me demandais comment elle s'y prendrait désormais pour dessiner avec ses doigts noueux agités de tremblements séniles.

La porte s'ouvrit à nouveau et apparurent les deux types en costume qui étaient venus vérifier que Léa s'était bien stabilisée.

Je ne comprenais pas ce qu'ils faisaient là, mais ils en avaient après moi. Difficile de se cacher au milieu d'une troupe de nains. Je passais de pièce en pièce, mais ils étaient toujours sur mes talons.

J'essayais de leur échapper, mais quand je crus les avoir enfin distancés, c'est le professeur Baroult qui se précipita sur moi, armé d'une gigantesque seringue. Je lui criai que je n'en avais pas besoin, que l'antidote avait été efficace chez moi et que je m'étais stabilisé à vingt-cinq ans, mais il éclata d'un retentissant rire moqueur et commença à me poursuivre. Je le trouvais de plus en plus grand.

C'est en passant devant le miroir du salon que je vis notre reflet à tous les deux, lui immense et menaçant, impeccable dans son costume sur mesure, la seringue énorme brandie comme un poignard, le regard méprisant. Moi ridiculement petit, en culottes courtes, T-shirt affichant ma bouille d'enfant, les cheveux blancs, les yeux délavés au milieu d'un visage ravagé par les stigmates de la vieillesse.

Au moment où la seringue allait s'abattre sur moi, je me réveillai.

En sueur dans mon lit, je dus m'asseoir pour retrouver mes esprits après ce cauchemar aux accents surréalistes.

Le mouvement réveilla Léa qui avait eu beaucoup de mal à s'endormir. Marie lui manquait. Ou plutôt, le fait que son fils soit heureux avec cette fille lui manquait.

-Toi aussi tu as du mal à dormir ?

C'est terrible, hein, cette histoire avec Marie ? Dire que cette fille a l'âge de ma mère… C'est incroyable. Je ne l'aurais jamais cru… C'est dommage, elle était tellement bien…

Tu crois… tu crois que Nicolas a raison de ne plus rien vouloir savoir d'elle ? Peut-être qu'elle a raison, non ? Ce n'est qu'un chiffre, peut-être que ce qui compte c'est sa personne, ce qu'elle est maintenant ?

-Écoute, je ne sais pas, je crois qu'il n'y a pas de réponse toute faite à cette situation. C'est comme ça que Nicolas le ressent, ça ne se discute pas. Il se sent trahi, et visiblement il ne peut pas faire abstraction de son âge maintenant. C'est à lui de voir comment il ressent les choses.

Peut-être qu'une autre personne aurait dit : « Soixante-quinze ans, et alors ? Ce n'est qu'un chiffre sur un morceau de papier, ce qui compte c'est que tu me plaises comme ça et qu'on soit bien ensemble. » Mais lui visiblement ne l'entend pas comme ça. Il n'y a que lui pour prendre la décision, il l'a prise, et voilà…

-Alors tu crois que c'est vraiment fini, il ne va pas reconsidérer la situation ? me demanda-t-elle les larmes aux yeux.
Apparemment c'est ce qu'elle espérait, que Nicolas reconsidère la situation.
Je haussai les épaules :
-Je ne crois pas non. C'est lui que ça regarde, s'il veut la rappeler, il la rappellera, mais franchement, il a l'air de trouver que cette histoire de mensonge sur l'âge c'est irrémédiable...
Elle me répondit par une moue triste et se retourna pour se rendormir.

Le lendemain Nicolas partait pour la semaine, il promit de revenir pour le week-end, mais c'était un crève-cœur de le voir partir comme ça, tout seul, avec un pitoyable semblant de sourire qu'il se collait sur les lèvres pour faire croire que tout allait bien. Le contraste était tellement frappant, deux jours auparavant il était apparu avec Marie à son bras, rayonnant de bonheur.
Léa ne put s'empêcher de lui demander, alors qu'il traversait le vestibule, valise à la main :
-Tu as bien réfléchi, Nicolas, tu ne vas pas la rappeler ?
-Putain Maman, elle a soixante-quinze ans ! Elle pourrait être ta mère !
-Oui, c'est vrai, mais tout change maintenant, l'âge ne veut plus rien dire, tout le monde suit ce processus. Regarde, moi aussi je l'ai fait.
-Mais c'est pas pareil ! Tu n'as menti à personne. Tout le monde sait que tu as cinquante ans, même si tu en parais la moitié. Tu ne l'as pas fait pour tromper les gens, tu l'as fait pour toi, pour te sentir bien. Tu ne dragues pas les jeunes. Tu es restée avec Papa, qui a ton âge. Il n'y a aucune tricherie.
Tu vois, c'est pas pareil.
Elle baissa la tête, vaincue.

Enfin seul. Nicolas venait de partir. Léa, le cœur serré de le voir repartir seul et triste, avait, elle aussi, quitté la maison pour son bureau.

J'avais programmé une journée de télétravail à la maison, profitant de la tranquillité d'un foyer enfin vide.

Je m'installai devant ma table couverte de dossiers, plusieurs écrans 3D tournés vers moi. Quelques minutes pour me remettre la tête dans les affaires les plus complexes, et j'allais enfin être opérationnel.

Coup de sonnette à la porte d'entrée.

J'espérais que ce n'était pas Philippe renvoyé par sa femme qui avait à nouveau du mal à vivre avec un mari dans un corps d'enfant. Je l'aimais beaucoup, mais j'avais du boulot en retard.

J'allais à la porte en soupirant, et l'ouvris.

Une femme d'une trentaine d'années se tenait devant la porte, une valise posée par terre à sa droite, une autre à sa gauche. Elle me fit un grand sourire. Comme je ne la connaissais absolument pas, je ne lui rendis même pas son sourire.

-Oui ? dis-je donc de mon ton le plus impersonnel, et quelque peu agacé par cette interruption.

-Bonjour Paul, vous ne me faites pas entrer ?

J'ouvris grand les yeux, la voix me disait vaguement quelque chose, mais impossible de mettre un nom sur ce visage.

En fait son visage me rappelait quelqu'un, mais je ne savais même pas qui. La trentaine, relativement jolie malgré un air à la fois revêche et moqueur, une coupe de cheveux, disons… datée, et des vêtements ainsi que des bijoux démodés.

J'hésitais :

-Euh… excusez-moi… mais …

-Alors vous ne me reconnaissez pas, Paul ?

J'espérais qu'elle allait se présenter, mais visiblement elle appréciait la situation et faisait durer le plaisir.

D'un autre côté, pas question que je la fasse entrer sans savoir à qui j'avais affaire. J'étais de plus en plus certain de ne pas être face à une inconnue, sa voix m'était familière, et ses traits me rappelaient quelqu'un, mais qui ?

Comme je faisais toujours la moue d'un air dubitatif, elle ajouta, savourant la situation, radieuse de m'avoir piégé :

-Enfin Paul, vous ne reconnaissez même pas votre belle-mère ? Quel mauvais gendre vous faites ! Il est vrai que vous ne venez pas souvent me voir à la maison de retraite. Enfin, le mouroir dans lequel vous m'avez placée, Léa et vous. D'ailleurs est-elle là, ma fille, je voudrais bien la voir ?...

Elle profita de ma surprise pour m'écarter d'une main négligente et entra, désignant ses valises pour que je ne les oublie pas dehors. Je restais un bon moment stupéfait sur le perron, avant de rentrer avec les valises et de refermer la porte. C'était bizarre, mais en fait je ne me souvenais pas tellement d'elle…
-Solange ?! Mais je ne savais pas que… excusez -moi, je…
Je lui courais après dans toute la maison qu'elle parcourait à grandes enjambées, apparemment à la recherche de sa fille.
-Euh, Solange, Léa n'est pas là, mais excusez-moi, c'est une telle surprise, quand êtes-vous passée chez Youngagain ? Léa ne m'a rien dit…
Elle s'arrêta au pied de l'escalier, me fit face et me répondit avec dans la voix la joie de me choquer :
-Bien sûr, elle ne savait pas.
-Mais je ne comprends pas. Elle est allée vous voir il y a moins d'un mois, et Youngagain est fermé depuis plusieurs mois maintenant. Alors comment pouvait-elle ne pas être au courant ?
-Il n'y a pas que Youngagain, Paul, vous êtes bien naïf, me répondit-elle avec moquerie.
-Mais, mais comment ça ?
Elle m'expliqua alors avec une patience affectée, que dans certains pays on pouvait se faire appliquer Le protocole, ou du moins une copie, administré par d'anciens médecins ayant été formés par le professeur Baroult. Dans ces pays, la décision de justice ne s'appliquait pas et ils continuaient à rajeunir à tour de bras, sans s'embarrasser d'éventuels effets secondaires.
-Vous vous rendez compte, Paul, le voyage, plus le séjour dans un hôtel de luxe, plus la cure "reversage", c'est comme ça qu'ils l'appellent là-bas, me sont revenus bien moins cher que le seul traitement ici. C'est que je n'aurais pas eu les moyens de me payer le protocole Youngagain, moi…
-Ah, euh, très bien, content pour vous. Vous êtes vraiment, euh… super.
Et donc, vous avez décidé de sauter le pas ?
-Mais Paul, mon pauvre ami, vous ne lisez donc pas la presse, vous ne savez rien des changements qui affectent la société ?
Les maisons de retraite ferment les unes après les autres, faute de clients, tout le monde se faisant rajeunir. Je n'ai pas eu le choix. Me voici avec mes valises…
-Ah, euh… il faudra qu'on en discute avec Léa.
J'étais complètement pris au dépourvu.
-Vous comprenez, je n'ai nul autre endroit où aller. Mais c'est une situation provisoire, bien sûr. Le temps de me retourner, de savoir que faire.
-Mais euh… vous étiez entrée dans cet établissement parce que vous aviez perdu votre autonomie. Maintenant, je vois bien que… tout va bien de ce côté.

Votre retraite vous permet de vous louer un appartement, n'est-ce pas ? C'est même moins cher qu'une maison de retraite, ou je me trompe ?

Elle ricana bruyamment :

-Mais dans quel monde vivez-vous, mon pauvre Paul ?

Vous croyez que l'on continuera longtemps à servir des pensions à des gens en pleine forme physique, qui ont en réalité à nouveau vingt ou trente ans, même s'ils étaient déjà retraités ?

Je ne savais pas quoi répondre, j'avais bien sûr vaguement entendu des projets de lois visant à supprimer les versements de pension dans de tels cas de figure. Mais je m'étais peu intéressé à la question, ne me sentant pas directement concerné.

Elle poursuivit, avec colère :

-J'ai travaillé et cotisé près de cinquante ans. Ça suffit. Je n'ai pas l'intention de recommencer. Ça suffit. Il est hors de question pour moi de recommencer à travailler. Je n'ai pas retrouvé ma jeunesse pour recommencer à m'user, à passer mon temps au turbin. J'ai l'intention de m'amuser, de profiter, de me donner du bon temps.

-Ok, ok. Mais si vous ne touchez plus de pension, il faudra bien faire quelque chose...

-On verra, on verra.

Je trouvais soudain extrêmement urgent d'appeler Léa. Si sa mère s'installait chez nous, il serait difficile de l'en déloger par la suite. Il fallait que je parle à Léa avant que sa mère ne déballe ses valises dans la chambre de Chloé...

Mon cœur se mit à battre très fort quand Léa ne répondit pas à plusieurs appels...

Je finis par monter, pour découvrir Solange en train d'ouvrir ses valises dans la chambre de Nicolas.

-Euh... Solange, ici vous êtes dans la chambre de Nicolas. Il rentre presque tous les week-ends. Il vaudrait mieux que vous vous installiez dans celle de Chloé.

-Oui mais moi je préfère cette chambre, elle est plus lumineuse, répondit-elle sans cesser de sortir ses vêtements.

Sans répondre, j'appelais à nouveau Léa, priant pour qu'elle réponde enfin. Heureusement, sa voix retentit bientôt dans mon écouteur.

-Que se passe-t-il, Paul, je vois que tu as déjà tenté de m'appeler. Un problème ? Rien de grave, j'espère ?

-Si c'est grave. Ta mère est là, elle...

-Maman ?! Mais comment...

-Attends, attends, écoute. Elle s'est fait rajeunir et...

-Quoi, mais comment c'est possible ?

-Écoute, on verra ça par la suite. Le truc c'est qu'elle est là, je ne l'avais même pas reconnue, et là elle s'installe, elle déballe ses deux valises dans la chambre de Nicolas et…

-Quoi ? J'arrive !

  Une demi-heure plus tard, Léa arrivait et montait l'escalier en courant. En découvrant sa mère, elle eut un instant de flottement. Surprise, stupéfaction, je ne sais pas, en tout cas elle était venue à toute allure pour intervenir le plus vite possible, et là elle marqua une longue pause à observer sa mère, incrédule. J'avais envie de lui dire : "Tu vois maintenant ce que ça a fait à tes enfants quand ils sont arrivés à la maison et t'ont découverte rajeunie".

Mais ce n'était pas le moment.

Solange se retourna enfin, savourant visiblement la stupéfaction de sa fille. Elle lui fit un grand sourire, et tout en repliant un chemisier et en l'aplatissant du revers de la main avant de le déposer sur une étagère qu'elle avait débarrassée des vêtements de Nicolas, elle fit :

-Bonjour ma chérie. Merci de m'accueillir chez vous, je ne savais pas où aller.

-Maman ? Mais… je… tu… J'ai du mal à te reconnaître et…

-Ton mari lui ne m'a pas reconnue du tout.

-Il faut dire que le changement est spectaculaire.

-C'est vrai, ça te plaît ? fit-elle en minaudant et en posant, battant des paupières.

-Oui, tu es superbe. Mais… tu ne peux pas t'installer là.

-Pourquoi ? Tes enfants ne sont pas là, il y a de la place.

-Mais ils rentrent tous les week-ends.

-La dernière fois que tu es venue me voir, tu t'es plaint qu'ils ne venaient pas assez souvent.

-Euh… pour moi, ce n'est jamais assez, tous les week-ends ce n'est pas assez. Et spécialement en ce moment, Nicolas ne va pas bien, il vient de vivre une grosse déception, il vient vraiment très souvent et ce n'est pas le bon moment pour lui piquer sa chambre.

-Je suis sûre qu'il sera heureux de prêter sa chambre à sa Mamie, dit-elle avec insouciance.

Le fait que Solange parle avec légèreté de Nicolas, sans paraître affectée par le fait qu'il vive mal une déception rechargea Léa en énergie. Elle était en train de se laisser embobiner par la conviction de sa mère à s'installer, mais soudain elle retrouva la force de réagir :

-Non Maman ! Tu ne peux pas lui faire ça. C'est son refuge ici en ce moment.

Joignant le geste à la parole, elle se saisit des vêtements que Solange avait ordonnés dans l'armoire et les déposa dans la valise restée ouverte.

Solange prit l'air outrée :

-Tu ne vas quand même pas me mettre dehors ?

Léa hésita un instant.

-Non, non bien sûr. Tu peux t'installer chez Chloé. Elle vient un peu moins souvent. Tu peux prendre sa chambre pour l'instant.

Puis, reprenant à nouveau de la force :

-Mais c'est provisoire. Il faudra que tu trouves une autre solution. Tu as de quoi louer un appart si tu ne paies plus la maison de retraite.

-Comme je l'expliquais à Paul, les pensions vont être supprimées aux personnes… euh… rajeunies… en bonne santé.

Encouragé par Léa, je pris la valise qu'elle venait de remplir et j'allais la déposer sur le lit de Chloé. Léa sortit quelques affaires de Chloé, les empila sur d'autres vêtements pour faire de la place.

-Voilà, maman, tu peux mettre tes vêtements ici.

Puis nous laissâmes Solange seule, installer son squat, et descendîmes.

-C'est incroyable, la dernière fois que je l'ai vue, elle était en fauteuil roulant, me reconnaissait à peine, n'entendait plus rien, voyait à peine… Même en connaissant les effets du processus pour l'avoir vécu moi-même, j'ai du mal à y croire…

Léa me répondit :

-Moi c'est pareil. Et je l'ai vue il n'y a pas si longtemps. Elle ne m'avait pas dit qu'elle voulait faire ce voyage pour se faire traiter chez… comment ils s'appellent déjà, les copieurs de Youngagain ?

-Reversage.

-Oui, c'est ça, Reversage. On a dû l'aider, elle n'a pas pu faire tout ça toute seule. Les contacter, prendre l'avion, tout ça…

-Tu parles, je parie qu'ils font du démarchage dans les maisons de retraites. C'est le jackpot pour eux. La clientèle idéale.

-En tout cas, je sais que c'est ma mère, là-haut, mais c'est comme si une partie de moi ne voulait pas le croire. Elle ne ressemble même pas à ma maman dans mes souvenirs de jeunesse. C'est… tellement déroutant. Savoir que c'est elle, et en même temps… elle est tellement différente. C'est elle, et c'est une autre personne.

Là, je ne pus m'empêcher de lui faire remarquer :

-Tu comprends maintenant la réaction de Chloé et Nicolas. C'était dur pour eux…

-Oui, je comprends, fit-elle avec une triste grimace, pleine de compassion pour les difficultés imposées à ses enfants quelques mois plus tôt.

Quelques minutes plus tard, Solange descendait, tout sourire, un peu théâtrale dans sa robe de soirée traînant sur les marches de l'escalier. Elle était très jeune, maintenant, mais conservait ses goûts dépassés depuis cinquante ans au moins.

-Alors, qu'est-ce qu'on mange ? lança-t-elle, toujours dans la provocation souriante. En un sens, elle me faisait penser à Dubois.

Comme il n'y avait rien de prévu pour trois à la maison, on décida d'aller au restaurant. Et puis, les retrouvailles, ça se fête, non ? Même les retrouvailles imposées.

Au restaurant, Solange commanda du champagne. Elle voulait célébrer sa nouvelle jeunesse, sa sortie du mouroir, dit-elle. Ok.

Elle regardait les hommes avec beaucoup d'intérêt, même les jeunes, ce qui agaçait Léa. Soudain, elle lui lança :

-Écoute Maman, si tu veux draguer, ce que je conçois tout à fait, je voudrais que tu… t'attaques à des gens de ton âge.

Solange éclata de rire :

-Des vieux ! Tu veux rire ? Tu crois que j'ai fait ça pour être avec des vieux, dit-elle en montrant son nouveau corps d'un large geste de la main.

-Non, je veux dire des gens de ta génération, ayant subi le processus eux aussi, paraissant jeunes, comme toi, mais… âgés sur leur carte d'identité.

-Mais pourquoi me limiter ?

-Écoute, c'est super important pour Nicolas. S'il te plaît.

Solange nous regarda sans comprendre, puis, voyant que nous avions l'air sérieux, tous les deux, elle lâcha, en soupirant :

-Ok. Mais ça va pas être facile. Faudra que je leur demande leurs papiers avant ?

-Non, pas obligée. T'as qu'à regarder leurs vêtements. Tu vois, celui-là par exemple, avec sa ceinture montée jusque sous les aisselles et son col de chemise de la taille d'un porte avion, et bien je pense qu'il est même trop vieux pour toi, même s'il semble se raser depuis quelques mois à peine.

Solange fit la grimace.

-Je préfère ceux-là, fit-elle en désignant du menton un groupe de vrais jeunes, apparemment, en train de rigoler en buvant des bières.

-Oui, mais ceux-là, non, lui répondit Léa.

Solange soupira comme une gamine à qui sa maman vient d'interdire de s'amuser.

De mon côté, je songeais en silence que le truc n'était pas infaillible. Marie était habillée vraiment dans le vent. Elle ne portait pas des trucs qui étaient à la mode quand elle vivait sa première jeunesse. Sa coiffure n'était pas datée, non plus. Faut dire qu'avec sa crinière bouclée, elle n'avait nul besoin de coiffure compliquée. Il lui suffisait de laisser tomber naturellement ses boucles sur ses épaules, encadrant ainsi parfaitement son joli visage.

Quand Nicolas arriva le week-end suivant, il fut un peu surpris de trouver une inconnue dans la chambre de sa sœur. Il n'avait pas connu sa grand-mère plus jeune, comme nous, et à vrai dire la connaissait assez peu. Il eut du mal à croire que c'était bien sa grand-mère.

Solange commença son numéro habituel, savourant le trouble de Nicolas. Puis peu à peu, elle sentit que Nicolas ne goûtait pas du tout la situation. Sans bien comprendre pourquoi, elle devina qu'il n'appréciait pas qu'une personne du troisième âge se fasse passer pour beaucoup plus jeune. Dès qu'il eut le dos tourné, elle demanda à sa fille :

-Qu'est-ce qui se passe avec ton fils, il a un problème avec moi ?

Léa fut bien obligée de lui raconter la vérité, qu'elle trouvait trop personnelle jusqu'à présent pour être divulguée à quelqu'un de pas très proche finalement.

-Il est sorti avec une fille super, puis s'est rendu compte qu'elle avait soixante-quinze ans…

Solange éclata de rire :

-Super ! C'est exactement ce que je cherche !

Léa la fusilla du regard :

-Non ! Ça lui a brisé le cœur. Il a eu un mal fou à trouver l'âme sœur, et quand il la trouve, il se rend compte qu'elle lui ment depuis le début et pourrait être sa grand-mère. Il est très très blessé, alors s'il te plaît… fais profil bas.

-Ok, je comprends pourquoi vous m'avez fait promettre de ne sortir qu'avec des nouveaux jeunes, et pas des vrais jeunes. Ok, d'accord. Je ne veux pas blesser mon petit-fils. Je vais être sage…

Léa leva les yeux au ciel quand sa mère prononça ces derniers mots sur un ton coquin.

Comme d'habitude quand il était chez nous, Nicolas appela Philippe pour lui dire de passer. Après avoir parlé un instant avec lui, il vint me voir, un peu gêné :

- Écoute Papa, je viens d'appeler Philippe…

-Oui, je sais, comme d'hab. Tu lui as demandé de passer ?

-Oui, ben justement. Il m'a répondu qu'il vient de se séparer de sa femme, et il m'a demandé s'il pouvait s'installer dans ma chambre, en attendant…

-Euh… ben ok. On va ouvrir un concours de la personne ayant perdu le plus d'années entre ta grand-mère et lui…

-Euh… il demande si on peut aller le chercher, parce que… sa femme va pas l'amener ici.

- Et il a pas de voiture, il ne peut pas venir tout seul ? Il n'a pas le permis ?

-Enfin Papa, tu sais bien qu'il est trop petit. Il touche même pas les pédales.

-Je sais, je rigole.

-Ouais, c'est ça, mais fais pas ce genre de blague devant lui, il est très susceptible pour tout ce qui concerne sa taille.

-Ah oui ? Merci, j'avais pas remarqué…

-Très drôle.

-Tiens, prends mes clefs, si tu veux tu peux aller le chercher.

-Merci, dit Nicolas, avec une expression de surprise sur le visage.

D'habitude je n'aimais pas trop lui prêter ma voiture, c'était un conducteur très novice. Je la laissais volontiers à Chloé, qui roulait beaucoup, mais trouvais toujours un prétexte pour ne pas donner mes clefs à Nicolas.

Je ne sais pas si je commençais à me foutre de l'état de ma voiture, ou si j'essayais d'éviter Paula, que j'appréciais de moins de moins.

Peut-être simplement avais-je fini par considérer que Philippe était le copain de Nicolas, plus que le mien. On avait vécu des trucs assez intenses ensemble, dont une évasion rocambolesque, il m'avait d'abord considéré comme un ennemi, puis comme un allié. Mais je sentais que le courant passait mieux avec Nicolas qu'avec moi. Je n'en concevais aucune jalousie, bien au contraire, j'étais super heureux que Nicolas ait un copain, particulièrement en ces moments difficiles pour lui. J'étais même reconnaissant à Philippe pour ça. Nicolas attrapa au vol le trousseau que je lui lançai, et une minute plus tard j'entendais mon moteur rugir comme jamais. Je ne savais même pas que ma voiture pouvait faire tant de bruit. Je haussais les épaules. Faut bien que jeunesse se passe. J'étais certainement pareil, à son âge. J'essayais de me souvenir de ma première voiture, mais je n'y arrivais pas. Impossible de m'en souvenir.

Comme je ne voulais pas avoir affaire avec Solange, je restais en bas. J'allais certainement devoir essayer de remonter le moral de Philippe. Je m'attendais à le voir détruit, psychologiquement. Heureusement, Nicolas aussi serait là pour ça. Ça me rassurait de pouvoir compter sur lui.

Rasséréné, je saisis le polar que j'avais en cours. Le temps de lire quelques pages, et les pneus de ma voiture crissèrent devant la maison. Les portières claquèrent, et j'entendis des conversations amusées et des rires.

Les deux hommes entrèrent, portant chacun deux valises, Nicolas deux très grosses, Philippe deux plus légères. C'était du sérieux, un vrai déménagement.

 -Salut, cria Philippe très jovialement en entrant.

Je les laissais monter leurs valises, et installer notre hôte.

Quelques instants plus tard, Philippe s'installait à côté de moi sur le canapé.

-Merci, c'est sympa de m'accueillir chez toi.

-De rien, ça me fait plaisir si je peux t'aider. Tu prends une bière avec moi ?

-Non merci. En fait, c'est toi qui m'as ouvert les yeux sur le fait que mon métabolisme est celui d'un gamin, alors j'ai presque entièrement arrêté. D'ailleurs, je n'en ai même plus vraiment envie. Je crois que je n'aime pas vraiment les boissons alcoolisées.

-Ah ouais, bizarre, j'avais vraiment l'impression que tu aimais beaucoup boire une bière de temps en temps.

-Tu sais ce qui est bizarre ? C'est que je n'en souvienne même pas.

-Et avec Paula, ça ne marche pas alors ? Je suis désolé que ça ne colle pas, que vous n'arriviez pas à reconstruire la famille que vous étiez avant.

-Tu sais quoi ? Je ne m'en souviens même pas tant que ça, d'avant. En fait, je me souviens vraiment bien de tout depuis mon processus, mais je me rends compte que j'ai de moins en moins de souvenirs d'avant. Je veux dire avant d'avoir commencé à rajeunir. Ma vie d'avant. Je m'en souviens de moins en moins.

Ce fut comme un voile qui se déchire. En entendant Philippe prononcer ces dernières paroles, je réalisai soudain qu'il en était exactement de même pour moi.

-Allo Paul ? Y a quelqu'un ?

Je me rendis compte que j'avais passé plusieurs secondes sans parler, le regard vague. Je regardai Philippe.

-Ça va Paul ? J'ai eu peur, tu n'étais plus là.

-C'est que… je viens de me rendre compte, en t'entendant parler, qu'il se passe exactement la même chose chez moi.

-Comment ça ?

-Et bien pareil, c'est comme si mes souvenirs de mon ancienne vie s'effaçaient progressivement. Ma mémoire de tout ce qui se passe depuis mon processus fonctionne bien, très bien, même, je crois. Mais je crois… je crois qu'on est en train de perdre peu à peu tous nos souvenirs d'avant.

Au tour de Philippe de rester atone, maintenant. Plus il réfléchissait, plus je voyais à son expression qu'il prenait cela très au sérieux. Il prit même un instant l'air paniqué :

-Putain mais c'est vrai ! C'est vrai, j'oublie peu à peu ma vie d'avant. Et tu dis que toi aussi ?

Je fis oui de la tête. J'étais presque aussi paniqué que lui. Je ne voulais pas oublier ma vie. Je ne voulais pas devenir un autre. Tout ce que je voulais, c'était me sentir plus jeune.

-Putain, cria Philippe, il faut qu'on aille voir ce fumier de Baroult ! Tout de suite !

Il se leva du canapé et sauta sur ses pieds.

-Allez quoi, lève-toi, on y va. On va voir Baroult, et on lui demande des explications. Et on lui casse la gueule.

Je réprimai une féroce envie de rire. Philippe mesurait un mètre et quelques centimètres, et ne devait pas peser beaucoup plus de vingt-cinq kilos.

-Calme toi. Tu veux aller où lui casser la gueule, à cette heure-ci il doit déjà être en prison ?

-J'sais pas moi, mais j'en ai marre de subir les conséquences des erreurs de ce type qui se prend pour un génie.

-Ok, mais maintenant c'est trop tard, il faut attendre demain, lui dis-je en espérant que durant la nuit il aurait le temps de se calmer.

J'étais aussi remonté que lui contre Baroult qui était en train de me voler ma vie, ma personne. Bon peut-être pas autant que lui, en plus de ça il ressemblait à un mioche. Mais bien remonté quand même. Seulement, je ne pensais pas que débarquer comme ça et s'en prendre physiquement à Baroult soit une bonne solution.

En attendant, je décidai d'aller parler de cette histoire de perte de mémoire à Léa. Elle m'écouta attentivement, et je la vis avoir la même réaction que moi, son visage devint blanc comme si tout le sang s'en était retiré d'un coup. Elle resta quelques secondes immobile et silencieuse, le temps de prendre la mesure de l'information, de la digérer et d'y associer ses propres expériences. Puis elle explosa :

- Putain mais c'est vrai ! Moi aussi !

Mais comment j'ai pu ne pas le réaliser avant ?

-Et bien je pense que le fait de revivre notre jeunesse est tellement grisant qu'on ne tient pas compte des autres sensations. On met les petits oublis sur le compte de la fatigue, et puis ces oublis ne pèsent pas lourd face à la nouveauté de toutes les sensations de notre nouvelle vie.

-Oui, c'est ça, on est tellement dans l'émerveillement de la nouveauté qu'on occulte la disparition progressive du passé lointain.

Il faut qu'on alerte les médias, qu'on aille demander des comptes au professeur Baroult.

Écoute, j'appelle immédiatement Jack et Manon pour voir s'ils ont le même problème. Je parie que tout comme nous, ça leur arrive aussi mais sans parvenir à leur conscience. C'est dingue ça, comment j'ai pu être aveuglée à ce point ?

-Ok, appelle-les si tu veux, mais vas-y mollo. Pas la peine de les affoler ou de leur mettre le nez dans le caca s'ils ne se rendaient compte de rien.

Une demi-heure plus tard, Léa revenait vers moi, je n'arrivais pas à interpréter l'expression bizarre de sa bouche tordue par un sourire crispé.

Elle me dit :

-Tu parles, ils sont carrément heureux de perdre leurs vieux souvenirs. C'est une nouvelle vie qui a commencé pour eux, depuis qu'ils sont à nouveau jeunes, ils disent. De toute façon ils ont tiré un trait sur leur ancienne vie et tant mieux s'ils n'en ont pas de souvenirs. Voilà ce qu'ils disent.

Je soupirai. Cela allait être difficile de lutter si la moitié de l'équipe était d'accord avec l'ennemi.

Le lendemain Philippe devait de toute façon aller au labo de Baroult qui recevait désormais les gamins par groupes réduits, chacun son tour. Il m'invita à l'accompagner, et devant ma réticence, s'énerva un peu :

-Mais putain, hier t'étais d'accord avec moi, ce tordu nous a volé notre passé. Faut quand même qu'on aille lui demander des comptes.

-Ok, mais tranquille. On va le voir, on discute. Pas de trucs genre "On va lui casser la gueule", comme tu as annoncé hier, ok ?

Il rigola doucement en ravalant sa mauvaise humeur :

-T'en fais pas. Il est toujours suivi de près par ses deux gardiens, qui dans ce cas de figure peuvent jouer le rôle de gardes du corps.

Puis il annonça, amer :

-De toute façon, tu m'as vu ? Comment tu veux qu'un pisseux de huit ans comme moi s'attaque à un homme dans la force de l'âge ?

Ah, je te jure, avant, j'en aurais cassé deux comme lui d'une seule main.

Je lui tapotais gentiment l'épaule :

-Allez viens, on y va.

À peine entré dans le labo, je remarquai qu'effectivement il était moins empli que d'habitude d'adultes hauts comme trois pommes.
Je ne reconnus que Tom et Juliette, main dans la main. On aurait vraiment dit deux charmants enfants, innocents et tendres. Mais je ne pouvais pas m'empêcher de me demander ce qui se passait physiquement entre ces deux-là. Ils avaient été adultes, avant. Alors, comment s'exprimait l'amour qui les liait maintenant qu'ils étaient emprisonnés dans des corps d'enfants ?
Je chassais cette interrogation de mon esprit. Je la trouvais bien indiscrète.
Eux parurent surpris de me voir. Qu'est-ce que je faisais là ?
Avant que j'aie le temps de m'expliquer avec ménagement, Philippe leur jeta tout à la figure.
Bien sûr ils réfléchirent un instant puis réalisèrent qu'eux aussi étaient concernés. Après une réaction de surprise puis de colère, ils se regardèrent et convinrent qu'après tout ce n'était pas si grave. Qu'importait le passé, ils avaient une vie à vivre devant eux. Dans le passé, ils ne se connaissaient pas.
-Mais enfin, j'explosai, votre personnalité, à chacun d'entre vous, celle que vous appréciez tellement chacun chez l'autre, est forgé par votre passé, votre histoire, votre vécu. Tout ça, c'est Vous.
Ils haussèrent simplement les épaules en se souriant mutuellement les yeux dans les yeux.

J'allais m'emporter devant tant d'inconséquence, mais heureusement Baroult m'offrit une diversion en entrant à ce moment. Pour une fois, il avait tombé le costume bien coupé et portait une blouse blanche, immaculée, sur sa chemise et sa cravate. Il s'arrêta sur le palier, jeta un coup d'œil circulaire sur la salle et s'adressa immédiatement à moi :

-Tiens, Monsieur Blanchard vient nous faire l'honneur d'une visite. Alors, vous venez sauver le monde ? Mais il n'y a personne à libérer aujourd'hui, ils sont tous ici de leur plein gré.

J'étais presque surpris qu'il me reconnaisse immédiatement et me remette. Il avait tellement d'autres chats à fouetter...

D'un autre côté, j'étais à l'origine de sa chute...

Pourtant, il avait parlé sans trop d'acrimonie, presque avec bonne humeur, comme s'il voulait seulement me chambrer.

Je lui souris avec défi, du moins c'est ce que j'espérais que mon attitude reflétait, mais ce n'était qu'une posture en attendant de trouver une réplique qui fasse mouche.

C'est Philippe qui me tira de l'embarras, il s'avança et lui répondit, avec aplomb du haut de son mètre et quelques :

-Oui professeur, c'est bien Monsieur Blanchard, qui nous a tous sauvés ici, ainsi que ceux qui ne sont pas là aujourd'hui. Et s'il est ici, c'est qu'il y a encore un danger dont vous êtes responsable et qui nous guette tous.

Sa petite voix claironnante était vraiment impayable quand il essayait de s'affirmer verbalement avec autorité. J'aurais esquissé un sourire si le sujet n'avait pas été si grave.

Baroult fronça un sourcil soucieux :

-Oui, je vous écoute. De quoi suis-je encore accusé ?

Je ne pus m'empêcher de l'imiter avec ironie :

-De quoi suis-je encore accusé, moi le bienfaiteur de l'humanité ?

Il me regarda, incrédule, on ne devait pas souvent se moquer de lui... Puis il éclata de rire.

Il nous fit signe de le suivre dans un petit bureau attenant au laboratoire. Un des policiers affectés à sa garde nous suivit dans le bureau. Le professeur lui demanda si c'était bien nécessaire, l'homme en uniforme répondit par l'affirmative en s'excusant. Il se tint ostensiblement à l'écart, près de la porte, pour montrer qu'il était discret et n'écoutait pas. Pour ma part, je m'en fichais royalement. Le monde entier pouvait bien entendre ce que nous avions à dire. Encore une fois, c'est Philippe qui tira le premier.

-Saviez-vous que les sujets soumis au protocole perdaient leur mémoire ancienne ? On a tous une excellente mémoire de tout ce qui se passe depuis notre rajeunissement, mais on perd peu à peu nos souvenirs plus anciens. Le pire, c'est qu'on ne s'en rend quasiment pas compte.

-Oui, bien sûr, nous avons noté ce petit inconvénient. Comme cela passe inaperçu chez la plupart des sujets, cela signifie que cela ne revêt pas une très grande importance.

-Qui ça nous ? Je vous parle à vous, là, debout devant moi. Vous êtes bien le grand professeur Baroult, le responsable de Youngagain, non ? Alors ayez le courage d'assumer et ne vous cachez pas derrière ce "Nous", cracha Philippe. Je n'avais pas le temps d'en placer une. Je me demandais pourquoi il avait insisté pour que je l'accompagne. Il poursuivit :

-De toute façon, ça n'est pas le sujet. Alors comme ça vous avez décidé que "Cela ne revêt pas une grand importance". Il essayait d'imiter Baroult en parodiant son attitude hautaine et un peu emphatique, mais son ironie tombait à l'eau à cause de sa voix de fausset.

Le professeur ne se laissait pas démonter :

-Écoutez, à l'heure qu'il est, des millions et des millions de gens ont été traités par Youngagain, et personne ne s'est plaint de cet effet. Branchez-vous sur n'importe quel support d'information, télé, média, radio, vous tomberez probablement sur une discussion ayant trait à Youngagain. Mais personne n'aborde ce sujet de la perte de mémoire, ou presque. Alors, vous croyez vraiment que c'est important ?

-Mais je n'ai pas rajeuni pour me retrouver avec la maladie d'Alzheimer !

-C'est tout le contraire, réagit le professeur. Dans la maladie d'Alzheimer, c'est la mémoire récente qui disparaît, la mémoire ancienne reste longtemps intacte. Dans notre cas, la mémoire récente est même améliorée, et c'est la mémoire ancienne qui est détériorée.

C'est logique, en fait, vous voyez, avec notre processus, tous les tissus sont remaniés, ils rajeunissent, c'est un remaniement en profondeur, les tissus retrouvent leur configuration de jeunesse. C'est le cas aussi pour les neurones, c'est comme une remise à zéro. Mais comme la configuration des neurones est détentrice d'information, cette information s'efface au fur et mesure que les neurones perdent leurs schémas au profit d'une nouvelle capacité à reformer des structures, et donc des souvenirs. Mais vous voyez bien que peu de gens s'en plaignent, pour ne pas dire personne.

-Mais c'est tout simplement parce que personne n'en prend réellement conscience. Les changements dans leur vie sont tellement importants, que le passé passe au second plan, et...

-Exactement, le passé passe au second plan. Et il devrait toujours en être ainsi. Seul compte le présent. Pourquoi toujours ressasser le passé ? m'interrompit Baroult.

Je ne savais pas quoi lui répondre. Tellement de mauvaise foi…
-Bien sûr que le présent est plus important. Mais nous sommes aussi ce que
nous sommes, qui nous sommes, à cause de, ou grâce à notre passé. Notre
personnalité en dépend.
-Ok, m'interrompit Philippe cette fois, c'est bien joli ces questions de
philosophie, mais on s'égare… Que comptez-vous faire à ce sujet ? Demanda -t-
il en se tournant vers le professeur.
Baroult éclata de rire, encore une fois. Il était de bonne humeur, aujourd'hui.
-Écoutez, dit-il, vous ne croyez pas que j'ai déjà beaucoup à faire ?
D'ailleurs, je suis en liberté conditionnelle. Liberté relative, fit-il en montrant
ses deux anges-gardiens, et conditionnelle. C'est-à-dire que j'ai l'obligation,
spécifiée par le tribunal, de ne travailler exclusivement que pour trouver un
remède permettant à ces personnes de retrouver leur apparence d'adulte.
 Maintenant il montrait les gamins occupant le laboratoire.
-Ça n'avance pas beaucoup de ce côté-là…, le provoqua immédiatement
Philippe.
-Détrompez-vous, nous avons fait de grandes avancées.
-Vous nous baladez avec ça depuis des mois, et je ne vois rien venir. On est
toujours des gamins. À part des T-shirts avec des photos, je ne vois rien qui
améliore notre image. Je crois que c'est votre meilleure idée, votre seule
réalisation.
Là, Philippe avait touché juste. Le prof ne rigola pas cette fois. Il avait vraiment
l'air vexé.
-Vous ne pouvez pas dire ça ! Je travaille comme un forcené pour vous. J'y
pense jour et nuit. Vous ne vous rendez pas compte, mais il y a des avancées. Je
viens de trouver pourquoi l'antidote ne marche pas chez vous. Vous êtes tous
porteurs d'une mutation qui vous prive de la synthèse d'une protéine
réagissant avec l'antidote. Votre organisme ne le reconnaît pas.
-Une mutation ? Mais alors c'est héréditaire. Nos parents et nos enfants
souffriront du même problème ?
-Vos enfants, sûrement, vos parents, non, car c'est une mutation de novo, nous
l'avons vérifié, chez les parents à qui nous avons eu accès, ils n'en sont pas
porteurs.
-Ok, ok, mais alors quoi, vous nous bidouillez ce gène, et hop, je redeviens
adulte ?
-Hum, l'idée c'est ça, mais c'est pas si facile.
Puis, voyant la grimace de Philippe à l'annonce que ce ne serait pas facile :
-Mais c'est déjà un pas de géant de savoir d'où vient le problème. Et ça ne vous
dit peut-être rien à vous, mais accessoirement on pourrait envisager de

rechercher cette mutation chez tous les candidats potentiels au processus, et refuser de l'appliquer à ceux qui risquent de ne pas répondre à l'antidote...

-Ah, oui, ok, et comme ça vous pouvez rouvrir Youngagain. Donc en fait vous faites plutôt des recherches pour pouvoir recommencer votre business... dites, ça ne contredit pas votre liberté conditionnelle, ça ?

Baroult sourit méchamment :

-Ce n'est pas du tout ce que je cherchais. Disons que c'est un effet secondaire de mes recherches. Une découverte avec une application collatérale...

Mais je vais continuer à travailler comme un fou pour vous rendre votre... maturité.

-Donc, pour cette perte de mémoire, il n'y a rien à faire ? revint à la charge Philippe.

- Comme je vous l'ai dit, c'est inhérent à la restructuration de votre système nerveux central. Un peu comme si en faisant un nouvel enregistrement, on effaçait ce qui était enregistré en dessous.

J'intervins à mon tour :

- Mais alors pourquoi certains anciens souvenirs restent très présents, alors que d'autres deviennent de plus en plus flous, voire disparaissent ? Il y a des choses qui restent très vivantes dans mon esprit, d'autres que j'ai l'impression de n'avoir jamais vécues. C'est très déstabilisant.

-Si au début du processus de réorganisation, de restructuration, vous avez fait appel à votre mémoire, ces anciens souvenirs sont devenus récents et ont été pérennisés par la restructuration. Tous les souvenirs que vous avez évoqués récemment, même très anciens, seront préservés lors de la création des nouveaux circuits neuronaux. Vous les avez à nouveau engrammés, simplement en les convoquant.

-Je vois, je vois. Donc, il faut que je me dépêche de me souvenir d'un maximum de choses, pour que ma nouvelle mémoire inclue tous ces vieux souvenirs ?

-Oui, c'est exactement ça.

-Mais dans ce cas, pourquoi ne recommandez-vous pas systématiquement à vos patients de passer en revue tous leurs souvenirs les plus chers ou les plus importants, pour qu'ils soient inclus lors de la restructuration de leur nouveau système neuronal ?

-Ne croyez-vous pas qu'il serait contre-productif d'attirer l'attention des gens sur la préservation de leur passé, alors qu'ils sont à la recherche d'un nouvel avenir ?

-Dites plutôt qu'il serait anti-commercial d'attirer l'attention sur un problème, accusa Philippe.

Baroult sourit pour toute réponse.

-Quoi qu'il en soit, je suis obligé de me concentrer maintenant sur le problème des très rares cas, comme le vôtre, Monsieur Juliani. Comme je vous l'ai exposé il y a quelques minutes, j'ai pu isoler le gène défectueux chez vous, qui vous empêche de réagir à l'antidote. Je pense qu'il est possible d'introduire une version effective de ce gène dans votre organisme à l'aide d'un virus. C'est de la thérapie génique. J'ai déjà sélectionné un vecteur, il me reste à introduire le gène dans son matériel génétique, vérifier qu'il n'est pas dangereux pour l'homme, et voir en testant chez un volontaire si l'organisme du receveur métabolise réellement les protéines codées par ce virus modifié. Tout cela peut prendre beaucoup de temps, mais j'espère aller très vite. Je vous assure que j'ai très très à cœur de vous rendre votre état d'adulte, Monsieur Juliani, ainsi qu'à vos camarades dans le même cas.

Il se tut et se tourna vers les deux policiers chargés de le surveiller, et qu'il considérait apparemment comme ses gardes du corps personnels. Il leur fit signe de la tête que nous allions tous regagner la salle où se trouvaient les autres.

Il semblait nous donner congé. C'est dingue, ça, il était en liberté conditionnelle, encadré par des policiers, et il nous faisait sentir que l'entrevue était terminée, en particulier à Philippe, qui avait quand même vu sa vie brisée à cause de lui. La suffisance de ce personnage était sans limite.

Quelques semaines plus tard à peine, Philippe rentra à la maison tout excité, plus joyeux qu'un gamin ayant reçu le cadeau qu'il avait commandé au Père Noël. Il revenait de sa séance bi-hebdomadaire au labo, comme il disait.

-Ça y est, ça y est ! criait-il en sautant dans l'entrée comme un bambin qu'il paraissait vraiment être.

Nicolas et moi sommes descendus pour voir ce qui se passait.

-Qu'est-ce qui y est ? demandai-je.

-Ça y est quoi ? renchérit mon fils.

Philippe exultait de joie, plus que jamais on aurait dit un gamin.

-Ça y est, le professeur Baroult a trouvé, il va nous injecter le nouveau traitement demain ! Je vais à nouveau être un homme !

Je vais à nouveau être un homme !

Il dansait, il me saisit les mains et commença une sorte de ronde avec moi. Comme Chloé descendait pour voir quelle était la cause de tout ce remue-ménage, il l'incorpora, ainsi que Nicolas, à son espèce de gigue, et nous voilà à tourner tous les quatre, Philippe chantant à tue-tête :

-Je vais être un homme, je vais être un homme !

Il me faisait penser à Louie, l'orang-outan du Livre de la jungle.

Bien sûr je ne lui dis pas…

Lorsqu'il se fut calmé, je lui demandais de me raconter lentement ce qui s'était passé. J'étais très surpris, et sceptique, car les délais me paraissaient très courts au vu de ce que le professeur nous avait annoncé quelques semaines auparavant.

Philippe m'apprit alors que Baroult leur avait annoncé qu'il avait mis au point le vecteur permettant de leur inoculer le gène qui était défectueux chez eux. Il manquait de recul, ainsi que toute une batterie de tests et vérifications plus administratives que réellement médicales. D'après Philippe, il leur avait plus ou moins dit :

-Voilà, le traitement est là, j'en suis garant. Maintenant il faudrait des mois, peut-être des années pour obtenir les autorisations pour vous en faire bénéficier. Moi, personnellement, j'en ai plus qu'assez de dormir en prison et d'être surveillé par les deux Dupont, là. (Il avait réussi à les éloigner pour s'adresser aux gamins). Je suis convaincu que ce traitement marche, et que devant cette réussite, je serai réhabilité et retrouverai ma liberté. Alors je suis prêt à prendre le risque.

Quant à vous, je suis persuadé que vous êtes aussi pressés que moi. Vous voulez attendre des années encore qu'un rond de cuir daigne apposer un coup de tampon sur un Cerfa pour avoir enfin le droit d'être à nouveau des adultes ? Non, n'est-ce pas ?

Chaque jour qui passe voit s'éloigner de vous vos conjoints et vos enfants.

Alors on est tous dans le même bateau.

Réfléchissez cette nuit, et demain que ceux qui veulent retrouver leur vie d'avant reviennent. Je vous attends, le pulvérisateur nasal à la main, pour vous rendre votre dignité.

J'avais mille questions et plus de remarques encore à faire à Philippe, mais sur son nuage, il était totalement inaccessible.

-Tu es vraiment prêt à faire confiance à ce charlatan qui t'a déjà empoisonné une fois, emprisonné, séquestré, soumis à des prélèvements et des traitements contre ton gré ?

-Que l'on soit bien clairs, je déteste toujours le personnage. Je lui en veux toujours terriblement pour m'avoir mis en prison. Mais il reste le meilleur scientifique du monde dans son domaine, et oui, je lui fais confiance pour la partie scientifique.

-Le meilleur ? Mais putain il s'est bien planté avec toi et les autres gamins. Désolé. Regarde-toi. Tu es malheureux comme les pierres depuis des mois parce qu'on dirait que tu as dix ans. Et c'est lui le seul responsable.

-On est quelques dizaines dans ce cas sur combien ? Des dizaines de millions de gens traités sans problème, comme toi. Quel est le pourcentage ? C'est infime. Il a créé un traitement révolutionnaire, qui a changé la face du monde, et on est juste un très petit nombre pour qui ça a foiré. Il va réparer ça, et on n'en parle plus. Mais rassure-toi, j'oublie pas qu'il m'a enlevé et séquestré. Une fois redevenu moi, je ne serai pas de ceux qui demanderont la levée de sa peine.

-Pourquoi, les autres sont prêts à faire ça ?

-Tu parles, ils voudraient lui faire ériger une statue.

J'essayai encore de le dissuader, on a discuté une bonne partie de la nuit, mais le lendemain matin il est parti le cœur gonflé d'espoir vers le labo du professeur Baroult.

II

Six mois ont passé depuis que Philippe et ses compagnons ont inhalé leur dose de traitement correctif. Maintenant qu'on a à peu près la même taille, il s'est apaisé. Paula n'a pas encore tout à fait tout digéré, mais ils se voient de plus en plus souvent, et là aussi le fait qu'il ne lui arrive plus au nombril facilite bien des choses.

Pour l'instant du moins, il habite encore chez nous. Paula et leur fils nous y rejoignent souvent, mais même avec eux, Solange, Nicolas et Chloé les week-ends, la maison me semble trop grande en un sens.

J'ai de plus en plus de mal à me souvenir comment c'était avant, mais je ne suis pas le seul, loin s'en faut…

Léa a eu beaucoup de mal à accepter la situation, au début. Elle était réellement attachée à sa vie d'avant…. Mais tellement de gens sont impliqués, qu'elle a fini sinon par accepter, du moins à faire avec.

C'est drôle, mais quand on a un problème, le fait de savoir que tous les autres gens connaissent la même situation, cela relativise beaucoup. Du coup, on accepte plus facilement que si on était le seul à vivre avec cette difficulté.

Hier, Nicolas est venu à la maison avec Marie. Ils ne sortent pas ensemble, apparemment, mais ils recommencent à se voir comme amis. Lui a dormi dans sa chambre, qu'il partage toujours avec Philippe, comme deux frères. Marie a dormi dans la chambre de Chloé, avec Solange.

Comme Marie l'avait prédit, les différences d'âge n'ont plus grande importance, maintenant moins que jamais.

En tout cas, Léa était aux anges lorsque Nicolas a annoncé qu'il venait avec Marie. Elles passent leur temps à rigoler ensemble, comme deux copines. Je crois que Solange est jalouse de Marie.

Quand la sonnette retentit, je ne m'attends certainement pas à voir celui qui se tient devant la porte. Tout d'abord, je ne le reconnais pas.

C'est quand il me lance :

-Alors, tu ne me fais pas entrer, gamin ? que je le reconnais. De nos jours, plus personne n'ose appeler quelqu'un gamin. Tout le monde est tellement à cran sur ce sujet...Il n'y a que lui pour s'aventurer à ça.
Je reconnais aussi sa voix, traînante, moqueuse. Enfin, pas sa voix, forcément, plutôt son intonation.
-Bien sûr que si, Monsieur Dubois. Je ne vous avais pas du tout reconnu, comme ça. Ceci dit, ça vous va très bien. Vous faites un très beau gamin.
-Ça va, ça va, qu'il dit en entrant et en bougonnant.
Je le fais entrer et on s'assied au salon, Léa vient nous rejoindre, puis Philippe. Nos pieds touchent à peine le sol.
Je suis obligé de préciser :
-Monsieur Dubois nous fait une petite visite.
Philippe écarquille les yeux, puis éclate de rire.
-Alors vous aussi, Monsieur Dubois. Vous étiez tellement contre...
-C'est pas comme si j'avais eu le choix, gamin, qu'il répond avec humeur.
Philippe éclate à nouveau de rire.
Dubois, le petit Dubois, hausse les épaules et décide d'ignorer, ou du moins d'en prendre son parti.
Il se racle la gorge, puis déclare d'une voix fluette :
- Je ne vois pas ce qu'il y a de drôle. Après tout, en un sens, c'est à cause de vous.
-De moi, s'étonne Philippe ?
-Ben oui, c'est pour vous soigner vous et les premiers gamins, que ce maudit Baroult a mis au point ce virus qui a contaminé tout le monde.
-Drôle de façon de voir les choses.
-Enfin, je ne suis pas ici pour ça. Je suis venu pour vous donner des nouvelles de Baroult.
-Ah, voilà qui est intéressant !
On a dit ça presque tous les trois en même temps, en se rapprochant simultanément de lui, comme pour mieux l'écouter.
Dubois sent qu'il captive son auditoire, il se redresse, prend son temps, sourit, réajuste sa chemise. Je n'avais pas remarqué, mais il porte les mêmes vêtements qu'il portait toujours, en version enfant cependant, bien sûr. Ça doit pas être facile à trouver. Peut-être qu'il les fait faire.
Énormément de gens dans le monde portent des T-shirts à leur ancienne effigie, par nostalgie ou pour afficher "J'ai été adulte, moi Monsieur", mais beaucoup s'y refusent, parce qu'ils savent que c'est une idée du professeur Baroult. Le personnage le plus honni sur Terre.

-Vous savez qu'il est recherché par la justice, dans la plupart des pays du monde. On peut même dire qu'il est recherché par la plupart des habitants de cette planète, qui ne pensent qu'à lui faire la peau.
-Beaucoup pensent qu'il s'est suicidé. Pas facile d'être l'ennemi public numéro un au niveau mondial. Personnellement, je crois que c'est probable. Le monde entier veut le trucider. Comment se cacher de tous les habitants du globe ?
-Moi, je ne pense pas, interviens-je.
Il a une trop haute opinion de lui-même, malgré tout ce qui s'est passé.
-Oui, mais comment se cacher du monde entier ? demande Léa.
-La plupart des gens sont méconnaissables, après avoir subi leur régression. Regardez, vous avez reconnu notre ami Dubois ? je demande en le désignant d'un mouvement de la tête.
-Non, sont-ils obligés d'admettre.
-Et encore, je suis sûr que Monsieur Dubois fait tout pour se ressembler à lui-même. Je veux dire ressembler à celui qu'il était avant la grande épidémie.
Dubois confirme en dodelinant de la tête. Philippe et Léa font signe que c'est vrai.
Je poursuis :
-Alors, imaginez, quelqu'un qui veut faire oublier son ancienne apparence…
Avec de bonnes notions de médecine et de biologie. À mon avis, personne ne peut le reconnaître.
Encore une fois, Philippe et Léa acquiescent.
Mais c'est là que Dubois intervient, précipitamment :
-Justement, quelqu'un l'aurait reconnu. C'est pour ça que je suis là.
-Qui ça, où ça ? nous demandons tous les trois simultanément.
Le petit Dubois, que finalement je finis par trouver ressemblant à l'original, à force de le regarder, mais peut-être est-ce à cause des mimiques, des tics de langage, de la gestuelle, prend son temps pour répondre.
-Eh bien, bien sûr, vous vous en doutez, il y a tous les jours quelqu'un qui pense l'avoir identifié quelque part. Il y a tellement de bruits qui courent sur lui…
tiens, vous avez entendu celui qui consiste à dire qu'il avait prévu un antidote et qu'il est la dernière personne sur terre à être adulte ?
Il y a aussi la théorie selon laquelle il allait demander - à qui ? - des milliards pour distribuer un antidote à ce virus qui s'est propagé et a réduit le monde entier à l'état d'enfants.
Toutes théories plus fumeuses les unes que les autres.
Mais là, ça semble sérieux. On a de sérieuses raisons de croire que c'est bien de lui qu'il s'agit. Regardez.
Il sort son portable, et projette un hologramme sur le mur du fond du salon.

On y voit un gamin, en culottes courtes. Puis le champ s'élargit, on distingue d'autres enfants, visiblement on est dans une cour d'école. Tous portent le même uniforme, short bleu et chemisette blanche bordée de bleu. Pas de cravate, mais de longues chaussettes bleues liserées de blanc, remontant jusque sous le genou.

À l'arrière-plan, des palmiers, les longues palmes épaisses sont paresseusement balancées par la brise.

L'image revient en zoom sur l'enfant de la première scène, il joue avec ses camarades, visiblement c'est lui qui mène la danse, il semble être en train de leur apprendre un jeu, peut-être les gendarmes et les voleurs. Les autres gamins paraissent subjugués par son charisme. Leurs portables pour une fois soudain inutiles pendent inconfortablement au bout de leurs mains.

Au milieu de ses explications, le petit relève la tête. Il remarque qu'il est en train d'être filmé. Sa première réaction est de sourire comme une star habituée à donner toujours son meilleur profil et son plus beau sourire. Puis, dans la demi-seconde, il détourne la tête et jette sa main en avant pour faire obstacle à la prise de vue. L'hologramme devient flou puis on ne voit plus qu'une lumière fantomatique dansant sur le mur de mon salon, donnant à la pièce un aspect fantastique. Dubois éteint son portable.

On se regarde tous.

Je commence :

-C'est vrai que le visage de ce gamin rappelle vaguement Baroult, surtout le regard. Et la posture, la gestuelle, pleine d'aplomb, on dirait bien la morgue de notre vieil ami.

-Ouais, m'appuie Philippe. C'est où, ça ?

-Les Bahamas, répond Dubois.

-Qu'est-ce qu'il foutrait là-bas ? demande Philippe.

-Il se planque, répond Dubois.

-D'où vient cette vidéo ? je relance.

-Je l'ai trouvée sur le net.

-Et comment vous l'avez trouvée ?

C'est curieux, depuis que tout le monde paraît avoir dix ans, la plupart des gens se tutoient, mais Dubois, même un Dubois de dix ans, je continue à le vouvoyer.

-C'est là que ça devient intéressant. Vous savez que toutes les polices du monde le recherchent, mais je pense qu'elles s'y prennent mal. Moi je me suis dit que ce type, s'il avait dix ans, il voudrait sûrement reprendre son boulot, en reprenant tout depuis le début. C'est-à-dire retourner à l'école, suivre tout le cursus, depuis la primaire, pour légitimer ses futures études, pour que personne ne le soupçonne.

-Dans le monde entier, pour protéger les vrais enfants, on exige un test pour écarter les vieux-enfants comme nous, rétorque Léa.

-Bien sûr, je suis au courant. Mais sincèrement, qui est mieux à même que Baroult de trafiquer ces tests ? C'est un jeu d'enfant, c'est le cas de le dire, pour lui, de se fabriquer un faux négatif pour le gène FK, et un faux positif pour le TK.

-Mais pourquoi refaire l'école depuis la primaire ?

-On le recherche dans le monde entier ! On cherche un vieil-enfant, pas un vrai. Personne ne va aller voir dans une école, puisqu'en théorie, il y a ces tests. C'est la planque parfaite.

-Mouais, dit Philippe. Mais pourquoi cette vidéo ?

Dubois exulte en donnant son explication :

-Il n'a pas pu fermer sa grande gueule. C'est plus fort que lui. Super malin pour tricher, trafiquer, mais quand il s'agit de se cacher en étant modeste, ça lui était tout bonnement impossible. Je m'y attendais. Alors depuis des mois j'épluche les articles du monde entier concernant les enfants prodiges. Les gamins de dix ans épatant tout leur entourage par leurs connaissances hors du commun pour leur âge. Et là, Padam ! Il n'a pas pu s'empêcher de frimer et de la ramener.

J'ai lu plusieurs articles sur un petit prodige, qui parle couramment plusieurs langues, et est déjà un vrai crack dans toutes les matières, mais particulièrement en sciences. D'après ces articles, il apprécie spécialement de corriger ses professeurs. Rien qu'en lisant ça, je savais que c'était lui. Alors j'ai fait des recherches sur cette école, puisque le nom du gamin n'apparaissait pas, pas plus que sa photo, il a dû y veiller. Mais il n'a pas pu empêcher quelqu'un de publier cette petite vidéo.

-Vous croyez vraiment que c'est lui, demande Léa à la cantonade ?

-J'en suis sûr ! affirme le petit Dubois.

-Ok, alors on alerte la police. Interpol ?

-Sûrement pas, rétorque-t-il, avec beaucoup d'autorité.

Là, c'est moi qui suis surpris :

-Pourquoi pas ? C'est pas ce que vous vouliez, le faire arrêter ?

-C'est ce que j'ai déjà fait, et qu'est-ce qui lui est arrivé ? On lui a donné l'opportunité d'empoisonner le monde entier, sous prétexte de corriger sa première erreur. Ils sont capables de considérer qu'il est le seul capable de corriger cette nouvelle "erreur".

Dubois fait "Oups", le bout des doigts devant la bouche, pour se moquer de la légèreté avec laquelle on a jugé jusqu'à présent les ratés de Baroult. Il poursuit :

-Ils vont le remettre en selle pour guérir cette épidémie mondiale.

-Ben tant mieux, non ? J'aimerais bien redevenir adulte, intervient Léa.

-Mais tu vois pas qu'à chaque tentative de correction, il aggrave encore le truc ? Si on le laisse faire, il va nous transformer tous en chimpanzés, ou carrément anéantir l'humanité.

-Alors, qu'est-ce que vous proposez, demandé-je à Dubois ?

En fait, j'ai déjà ma petite idée de ce qu'il va dire. Je le vois venir, le Dubois qui en a encore gros sur la patate envers l'homme qui l'a fait chanter en promettant de guérir son petit-fils, pour finalement lui avouer que c'était impossible.

J'ai appris entre-temps que le pauvre gosse était mort. Je crois que ça n'est pas pour rien dans l'acharnement que Dubois met à retrouver le professeur. Alors je lui dis :

-Vous n'allez quand même pas aller le débusquer pour le tuer ?

Je ne supporte pas ma voix. Philippe, ce qui lui manque le plus, c'est sa taille. Moi, mesurer un mètre dix, bien sûr ça me dérange, c'est pas très pratique, mais bon, on s'y fait. Il faut dire que lui, il mesurait cette taille alors que le reste des adultes avait conservé leur taille. Moi, quand ça m'est arrivé, c'était en même temps que tous les autres. De plus, Philippe était grand, avant, je suppose qu'il avait passé sa vie à être fier de sa haute taille, alors que moi j'étais de taille normale, ni grand, ni petit. C'est comme un type avec de très beaux cheveux, que l'on complimente tout le temps pour ses belles boucles. Quand il devient chauve, ça doit faire mal.

C'est pas que j'avais une voix particulièrement grave et virile, avant, non, juste une voix d'homme, quelconque. Mais maintenant, quand je m'entends parler avec cette voix de castrat, ça m'énerve. J'ai envie de me dire "Tu peux pas parler avec une voix de mec, au lieu de parler comme une fillette ?".

Donc, quand je demande à Dubois s'il a l'intention d'aller buter le professeur, je m'énerve moi-même, avec ma voix de petite fille. Je voulais poser cette question avec autorité et un peu de dérision, seulement pour lui faire comprendre combien c'était ridicule, et ceci juste grâce à mon intonation. Et au lieu de ça, c'est mon intervention qui est ridicule. On aurait dit une fillette s'indignant devant un petit garçon maltraitant un hanneton ou une limace.

Dubois se retourne vers moi, et avec les mêmes mimiques que le Dubois adulte, mais dans un visage de petit garçon, me répond :

-Ça, on verra…

-Mais… qu'est-ce que vous attendez de nous ? Pourquoi vous êtes venu nous voir ? Vous …vous croyez qu'on va vous aider à aller le buter ?

-Non, répond Dubois en trainant la voix, comme avec réticence.

C'est pas que j'en n'ai pas envie, je vous jure, ça me démange, et je crois que ça serait rendre service à l'humanité.

Mais Bon Dieu je suis pas un tueur. Je suis pas une ordure comme lui.
Et aucun de vous ici n'est un tueur. Non, ce que je veux, c'est le débusquer,
aller lui dire ce que je pense de lui, et après, j'sais pas, le livrer quand même à
la police, qu'est-ce que vous voulez faire d'autre ?
Philippe intervient :
-Ok, je comprends, mais tout cela ne nous dit pas ce qu'on a à voir avec ça ?
Pourquoi, pourquoi vous êtes ici ?
-Vous n'avez pas envie vous aussi d'aller lui dire que vous l'avez reconnu, et
qu'il va être arrêté dans quelques instants ? Rien que pour voir sa tête quand il
se rendra compte qu'il n'a pas été plus malin que nous ?
-Sincèrement, Monsieur Dubois (c'est tellement bizarre de dire Monsieur à un
gamin de dix ans), je serais ravi de faire arrêter le professeur Baroult, et même
de lui casser la gueule avant, mais je ne vais pas faire ce voyage rien que pour
ça. Rien que le prix du billet...
-Justement, les gamins, moi j'ai vraiment pas les moyens. C'est aussi une des
raisons pour lesquelles je suis venu vous voir...
Comme personne ne répond, il continue :
-Allez quoi, vous n'allez quand même pas le laisser s'en tirer comme ça ?
-Non bien sûr, mais on peut simplement donner le renseignement aux autorités
compétentes, répond Léa.
-Tu parles, il a sûrement déjà arrosé les gens autour de lui. C'est le roi de la
corruption.
Après un instant de silence, pendant lequel tout le monde regarde ses pieds, je
reprends la parole :
-Écoutez, Monsieur Dubois, je crois me faire l'interprète de tous ici, en disant
que si l'on comprend votre préoccupation au sujet de l'impunité de Baroult,
nous ne sommes néanmoins pas prêts à monter une expédition comme celle
que vous proposez... Quant à financer votre voyage... sincèrement, on n'est
même pas sûr qu'il s'agisse bien de lui, et puis, qu'est-ce vous allez faire, vous,
tout seul là-bas ? Non, vraiment, vous feriez mieux de communiquer vos
informations à Interpol, et les laisser faire le boulot.
Je regarde les autres autour de moi, ils hochent tous la tête en signe
d'acquiescement, pendant que Dubois, lui, émet un profond soupir
désapprobateur qui en dit long sur ce qu'il pense de la réussite d'Interpol avec
ses informations.
Personne ne rajoute rien, et Dubois s'en va, la tête basse, sans nous accabler
pour notre lâcheté, mais je sais qu'il nous en accuse intérieurement.

Cette nuit-là, je n'arrive pas à dormir. L'image du jeune Baroult étalant sa science avec morgue devant ses camarades et ses professeurs, alors qu'il a effacé la mémoire du monde entier, me torture. Je me tourne et me retourne.

-Tu ne peux pas dormir ? me demande Léa.

-Non, désolé, excuse-moi, je n'arrive pas à m'empêcher de penser à ce gamin là-bas. Je ne supporte pas qu'il s'en tire comme ça.

-Moi c'est pareil. On ne peut pas le laisser s'en tirer.

J'allume et me tourne vers elle, appuyé sur mon coude qui s'enfonce un peu dans le matelas :

-Alors, qu'est-ce que tu crois qu'on devrait faire ?

-Je sais pas moi… essayer de dormir, on verra demain. T'as qu'à en parler à Philippe dès que tu te réveilles, voir ensemble ce que vous pouvez faire.

-T'as raison. Bonne nuit.

Le lendemain, je me réveille, après ma douche je décide d'aller voir Philippe. Je frappe à la porte de la chambre de Nicolas. Mon fils m'ouvre lui-même la porte, en pyjama.

-Salut Papa, qu'est-ce qui se passe ?

-Je voudrais voir Philippe, il est réveillé ?

-Non, je crois qu'il est parti rejoindre sa famille, regarde, sa valise n'est pas là et il y a un mot sur le lit.

Je me saisis de la note griffonnée sur une carte de visite datant de l'ancienne vie de Philippe :

« Salut Nicolas, remercie ton père de ma part pour son hospitalité. Merci à toi aussi pour partager ta chambre comme un pote. Je crois avoir une chance maintenant pour que ça remarche avec Paula. À bientôt. »

Alors il est parti. C'est sûr, il a des trucs plus urgents à régler que le sort de Dubois.

Tant pis.

Le lendemain, je me rends compte que je n'arrive quand même pas à digérer l'impunité de Dubois. Je décide d'appeler Philippe, au risque de le déranger dans sa tentative de réconciliation.

Je saisis mon portable, au moment où je le sens bien calé dans ma main, il vibre et sonne. C'est justement Philippe qui m'appelle.

-Allo, Philippe, ça alors, j'allais justement t'appeler.

-Ouais, écoute, on peut pas laisser tomber Dubois comme ça et laisser l'autre dans la nature continuer ses magouilles. Si on le laisse, il est capable d'inventer encore je ne sais quoi, et on va se retrouver avec une pandémie mortelle.

Il ne m'a même pas salué ni rien, droit au but.

-Oui ben c'est exactement pour cette raison que je voulais t'appeler aussi. On n'en dort plus, Léa et moi.

-Alors qu'est-ce qu'on fait ?

-J'sais pas… On pourrait commencer par revoir Dubois, lui faire préciser ce qu'il propose.

-Ok. Écoute, Paul, ça t'embête si je lui propose qu'on se revoie chez toi ? Ici, chez moi… c'est pas top.

-Non, bien sûr, pas de problème. Alors tu l'appelles ?

-Ouais, je m'en charge.

Je raconte à Léa ce qui vient de se passer. Nicolas qui nous entend réagit :

-J'aimerais bien assister à vos complots, là. Après tout, on est tous concernés, maintenant. Il n'y a pas que les premiers vieux enfants. Tout le monde est vieil enfant, maintenant.

-Non, ce n'est pas vrai. Il y a aussi des vrais enfants, n'oublions pas. On n'en parle jamais, mais comment vont grandir ces gamins, avec comme seule figure parentale des gens de leur taille, qui veulent les gronder avec une voix de fillette ?

-Tu sais très bien ce que je veux dire. En plus, j'ai lu qu'apparemment ils ne dépassent pas eux non plus l'âge apparent d'une dizaine d'année. Le virus bloque le processus naturel de vieillesse, ou de maturation, si tu préfères. D'après certains, l'humanité tout entière est bloquée à cet âge.

-Ouais, j'ai lu ça aussi. Mais il est trop tôt pour être sûr. Laissons-leur le temps de grandir. En tout cas, pas de problème, tu sais, c'est pas un club des premières victimes de Baroult. Tout le monde en est victime et tu pourras assister à la réunion si Dubois accepte de nous revoir.

Justement à ce moment mon téléphone sonne et je vois que c'est Philippe.

-Salut Paul, c'est moi, il est d'accord. Tu peux venir me chercher, j'ai pas encore fait poser mon kit de conduite sur la voiture ?

Je suis fier d'avoir été un des premiers à faire adapter ma voiture. Difficile de conduire quand on ne touche pas les pédales et qu'on ne voit pas par-dessus le volant…

J'arrive chez Philippe, je m'attends à le voir devant la porte, mais non, il est à l'intérieur avec Paula. Ça n'a pas l'air de se passer aussi mal que ça entre ces deux-là.

Il fait la bise à sa femme et monte avec moi, du côté passager. Rien que pour le faire enrager, je le fixe droit dans les yeux quand j'appuie sur le bouton qui déclenche la montée de mon siège. Peu à peu je me retrouve nettement plus haut que lui.

Il éclate de rire :

-Ça te plaît, ça, hein avoue, de me regarder de haut ?

-Ouais, j'avoue, c'est assez jouissif.

En même temps que ce siège surélevé, on m'a posé des prolongateurs de pédales pour que mes pieds puissent les actionner.

C'est cool, les routes sont très peu encombrées, peu de gens ont fait équiper leur véhicule de ce kit jusqu'à présent. Mais je sais que dans pas longtemps, il y aura à nouveau des voitures partout, sur les routes, au bord des routes, sur les places et les parkings. Alors je profite.

-À quelle heure le petit Dubois est censé nous rejoindre ?

-Dans une heure. Ça te fait plaisir de l'appeler petit Dubois, c'est parce que t'es en haut de ton siège ?

-Ouais, je lui fais avec un grand sourire.

J'ajoute quand même :

-Après Baroult, c'est quand même la seconde personne pour qui je sois content qu'il ait rétréci.

-Rétréci ! Philippe éclate de rire. C'est la première fois que j'entends ce mot pour désigner ce rajeunissement pathologique dont nous avons tous souffert. Baroult, je comprends, j'aurais même voulu qu'il devienne minuscule.

Il me montre l'espace entre son pouce et son index, puis poursuit :

-Mais Dubois, pourquoi ?

-Non, j'sais pas, je disais ça comme ça. Parce qu'il nous appelait tous gamins, depuis toujours. Mais je l'aime bien au fond. Même s'il est énervant parfois.

-Tu sais quoi, tu me fais penser à la scène du Dictateur, quand Hitler et Mussolini essaient chacun d'être plus haut que l'autre sur leurs fauteuils chez le coiffeur. C'est pas bon pour toi d'être là-haut sur ton siège, avec ton passager là en bas. Tu devrais aussi aménager le siège passager.

-C'est aussi ce que dit Léa, c'est drôle, non ?

Arrivés chez nous, j'avertis Léa que Dubois va bientôt arriver, et Philippe monte saluer Nicolas, qu'il a vu hier soir pourtant. Je pense qu'il éprouve le besoin de s'excuser pour être parti en laissant un mot sur une carte de visite sur le lit. Je ne comprends pas ce qui s'est passé. Pourquoi a-t-il soudain éprouvé le besoin de partir, et pourquoi soudain quelques heures plus tard revient- il comme si de rien n'était ?

La sonnette de la porte d'entrée ne me laisse pas le temps de continuer à m'interroger.

J'ouvre et me retrouve devant Dubois. Il n'est pas seul. Laurent l'accompagne.

Je vois bien que Dubois note à mon expression que je suis très surpris de voir Laurent ici. Peut-être même un peu plus que surpris. Disons… désapprobateur. Laurent est la dernière personne que j'aurais conviée à cette réunion. Nous allons quand même potentiellement décider d'une action extrêmement importante, et Laurent… Eh bien disons que Laurent n'a plus vraiment toute sa tête.

Je les fais entrer, Léa les conduit au salon et commence la conversation, je vais à la cuisine chercher de quoi boire et grignoter. Pendant que je sors une bouteille de jus d'orange et une de jus de goyave, je me fais la réflexion que l'immense majorité des gens a intégré le fait de ne plus supporter l'alcool. Pour certains, c'était difficile, parce que c'était une des façons d'affirmer qu'ils étaient des adultes, malgré leur apparence. Mais même si nous sommes des adultes, nous avons quand même des organes d'enfants.

Dubois m'a rejoint dans la cuisine.

-Quand même, Monsieur Dubois, Laurent !...

-Ouais, je sais gamin. Mais… vous m'avez pas laissé le choix.

-Comment ça ?

-Ben ouais, vous m'avez laissé tomber, et moi je peux pas financer et organiser ça tout seul. Alors je suis allé voir les autres. Mais y a que Laurent qu'a bien voulu m'écouter. Tom et Juliette vivent leur amour, je ne suis même pas sûr qu'ils préfèreraient être adultes pour…consommer, tu vois. Ils se sont connus comme ça. Peut-être qu'ils ne s'apprécieraient pas adultes…

Et quant à Jack et Manon, ben c'est un peu pareil. Ils s'en foutent maintenant. Ils sont ensemble, c'est tout ce qui importe pour eux.

Donc, en dernier recours, je me suis tourné vers Laurent. Je lui ai raconté, et il était tout de suite partant. Il en veut à Baroult non pas pour l'avoir réduit à l'état de gamin, mais parce qu'il l'a fait interner.

-On se demande bien pourquoi, dis-je perfidement.

-Eh, même ça, n'oublie pas que c'est la faute de Baroult. Laurent a pété un câble, c'est vrai (il baisse la voix pour dire ça, Laurent n'est pas très loin…), mais c'est en réaction au fait d'avoir été réduit à l'état de gamin. C'est juste un marqueur de sa souffrance psychologique. Souffrance imputable à Baroult. Alors ne te moque pas de lui, gamin. C'est juste une victime de plus de Baroult, et à plusieurs titres.

-Oui, désolé, vous avez raison. N'empêche que… ce que l'on va peut-être décider est délicat, et Laurent… n'est pas… très équilibré pour gérer une situation délicate.

-Ok, d'accord. Mais j'étais chez lui quand vous m'avez rappelé, et maintenant il me suit partout. Il veut buter Baroult. On est tous dans le même bateau, maintenant.

Bordel, j'avais vraiment pas envie d'être dans le même bateau que Laurent.

On retourne dans le salon, où Laurent est en pleine conversation avec Philippe, Léa et Nicolas. Dubois entre avec moi, me faisant un sourire en coin en le désignant du regard.

Laurent est à l'aise, au fond du canapé, les jambes croisées. Il tient son auditoire en haleine, faisant rire Léa et Nicolas avec ses trouvailles, je ne sais même pas de quoi il parle. Il est là, sur mon canapé, dans son jean et son T-shirt le représentant lorsqu'il était adulte, en tout cas c'est ce que je devine, il a un blouson de jean par-dessus.

Je pose les boissons sur la table basse, et Dubois et moi on s'installe sur des fauteuils restés libres. Léa vient me rejoindre, elle s'assied sur l'accoudoir, je lui propose d'échanger nos places, mais elle refuse, me faisant signe de me taire, elle écoute Laurent.

Apparemment, il est en train de raconter des blagues. Moi qui pensais qu'il était lancé dans une diatribe contre Baroult…

Il a un répertoire phénoménal. Même moi je me surprends à rire. Puis je me reprends, mon problème c'est que je me vois mal avec lui dans une expédition contre Baroult.

Attirée par les rires, Marie et Solange nous rejoignent. C'est-à-dire que Marie descend pour s'installer près de Nicolas, lui demandant discrètement qui est ce type qui fait le clown. Je me rends compte que Léa les observe, sûrement à la recherche du moindre signe de tendresse entre eux. Mais pour l'instant, ils s'en tiennent à leurs rôles d'amis. J'espère que Léa ne sera pas trop déçue.

Et quelques instants plus tard, c'est Solange qui rapplique, en fait elle marque Marie à la culotte, ne supportant pas que sa propre fille lui préfère cette pimbêche.

Si Marie rit, Solange rit plus fort.

Si Marie fait une réflexion à l'intention de Léa, ma belle-mère prend le bras de Sa fille pour capter son attention et lui lance une phrase, n'importe laquelle, un demi-ton plus fort.

Ça en devient vite gênant, Philippe me fait un sourire en coin.

-Va te faire foutre, je lui lance du regard.

Je ne sais même pas s'il a aussi une belle-mère …

Il me répond d'un rire silencieux.

Je suis de plus en plus mal à l'aise, mais soudain ce n'est plus Solange la plus gênante.

Laurent vient de se lever au milieu de sa représentation.

-Ouh, il fait chaud ici, dit-il en enlevant son blouson.

Tu parles, t'es en train de donner un vrai show, y a pas les projecteurs, mais y a de quoi transpirer comme un pro du one-man-show.

Et puis je vois le T-shirt. C'était bien son portrait adulte, comme presque tout le monde en arbore. Le problème, c'est qu'il est sur une croix. Il s'est représenté en Jésus, sur une croix.

Le mec porte un T-shirt où on voit sa tête barbue, sur un corps du Christ, décharné, saignant du flanc et du front, les pieds osseux transpercés d'un gros clou, les mains pathétiquement crispées autour de leurs clous. Le pagne ridicule roulé comme un vieux lange anachronique.

Je reste sans voix, le temps qu'il s'assoie, sans cesser de raconter son histoire de génie qui sort de la lampe et accorde trois vœux, tout le monde a vu le T-shirt. Ils sont tous consternés.

Dubois est bouche-bée, Léa les yeux grands ouverts, genre "J'y crois pas", Marie nous regarde tous pour être sûre d'avoir bien vu, Solange a l'air outrée. Philippe a les larmes aux yeux. Il a visiblement toutes les peines du monde à ne pas éclater de rire. Il me regarde, faisant de gros efforts pour ne pas partir dans un gros éclat de rire.

Comme je reste impavide -Laurent est chez moi, c'est donc mon invité et il doit être traité comme tel – il se tourne vers Nicolas. Mon fils, interloqué, voit les efforts de Philippe pour ne pas rire, les yeux pleins de larmes, les joues rouges. Bientôt Nicolas est dans le même état, ils font un concours du premier qui éclatera de rire.

-Euh, je ne savais pas que tu portais la barbe, avant, dit Philippe très pince sans rire.

Je ne sais pas comment il fait pour parler sans exploser.

Laurent se tourne vers lui :

-Juste quand j'avais une vingtaine d'années. Je viens de retrouver cette photo, dit-il abaissant le menton pour regarder l'image sur sa poitrine.

-C'est euh… très joli, dit Nicolas en regardant Philippe. Chacun essaie de faire rire l'autre en gardant son sérieux soi-même.

-Ah bon, vous trouvez ? fait Solange, pas loin d'être scandalisée.

Je crois qu'elle est la seule parmi nous pour qui le mot blasphème a un sens.

-Oui, dit Philippe. C'est très… tétrique.

Personne ne semble connaître ce mot, alors personne ne réagit. Laurent fait une moue, signifiant qu'il accepte le commentaire.

-Particulier, ajoute Nicolas, regardant Philippe droit dans les yeux.

-Symbolisme puissant, laisse tomber Philippe relevant le défi.

-Tiens, y a presque plus de chips, fait Nicolas en tendant à Laurent le charmant plat chiné par Léa dans une autre vie. Tu pourrais pas les multiplier ?

Laurent ne réagit pas, il continue sa blague, à propos d'un type qui marche seul dans le désert et rencontre un lion.

-Dis Laurent, tu as un succès incroyable avec tes histoires. Toutes les femmes ici présentes boivent les paroles à tes lèvres. Ça doit faire un effet dingue d'avoir un tel succès. Tu dois marcher sur l'eau, non ? relance Philippe.

Philippe regarde sa montre :

-Bon, je peux rester encore un peu avec vous, j'ai pas trop de chemin à faire pour rentrer chez moi. Et toi, Laurent, tu crèches où ?

Laurent continue imperturbablement son spectacle.

Dès qu'il finit une blague, il enchaine avec la suivante. Nicolas a juste le temps de se précipiter :

-Vas-y, encore une parabole, s'il te plaît. Une blague, une blague, je veux dire.

Ils vont continuer longtemps, mais Monsieur Dubois intervient.

Il se lève, fait un geste impératif de la main, et les interrompt d'une voix très autoritaire, même si c'est celle d'un gamin d'une dizaine d'années :

-Philippe et Paul, vous pouvez me suivre dans la cuisine ? Vous aussi, dit-il à Nicolas, dont il ne semble pas connaître le nom.

-Laurent se fera un plaisir de continuer à faire rire ces dames, ajoute-t-il.

Nous le suivons tous, un peu contrits parce qu'il a l'air de celui qui va passer un savon à des chenapans. Il n'a pas sa photo d'adulte sur la poitrine, mais nous nous souvenons tous de lui adulte, nous savons qu'il est de loin notre aîné, même si ça ne se voit plus.

Laurent ne semble même pas se rendre compte de l'interruption.

Nous entrons tous trois dans la cuisine à la suite de Dubois.

Dubois nous regarde, l'air sévère, avec tout de même cette petite lueur ironique dans le regard. Comment fait-il pour concilier les deux, je n'en ai aucune idée, c'est son secret.

-Gamins, commence-t-il, vous me décevez. Laurent est malade. Malade, vous comprenez ce que ça veut dire ?

On baisse la tête comme des gamins pris en faute. Il continue :

-Philippe, c'est un de tes camarades de la première heure. Tu sais mieux que quiconque comme c'était dur pour vous d'être prisonniers, loin de vos familles, soumis contre votre gré à des expériences sans savoir ce que vous alliez devenir.

-Ouais, ouais, désolé, vous avez raison.

-Son état mental n'est que la résultante d'une grande souffrance, d'un stress intense. Tu le sais bien, non ?

-Ouais, ok, désolé, excusez-moi, on devrait pas se moquer.

-Qu'est-ce qu'il fait de mal ? Il raconte des histoires drôles ! Quel mal y a-t-il à ça ?

Dubois se tourne vers moi.

-Vraiment, gamin, je pensais pas que tu tomberais aussi bas.

Je ne suis pas très fier, mais je réponds quand même :

-Oh, ça va Dubois, on vous a présenté nos excuses, c'est bon maintenant. N'oubliez pas que c'est vous qui l'avez amené ici. Qu'est-ce qu'on va faire de lui maintenant ?

-Comment, qu'est-ce qu'on va faire de lui ?

-Je vous rappelle qu'on est ici pour discuter d'une éventuelle action contre Baroult…

-Et alors ?

-Et alors ? Vous ne pensez quand même pas sérieusement qu'on va l'emmener avec nous – au cas où on décidait de faire quelque chose dans ce genre- ?

-Pourquoi pas ?

-Pourquoi pas ? Vous n'êtes pas sérieux, Monsieur Dubois. Ce type est sérieusement atteint. C'est un déséquilibré. Il a peut-être toutes les circonstances atténuantes, mais il n'empêche qu'il n'est pas sérieux d'envisager de mêler une personne euh… mentalement dérangée, à nos projets. D'ailleurs je crois que cela serait lui rendre service que de le faire interner.

-Pourquoi, il représente un danger pour lui-même ou pour autrui ? Tu t'es senti menacé par lui ? Tu as laissé ton épouse et ta belle-fille seules en sa compagnie, j'en déduis que tu ne dois pas le juger très dangereux…

-La question n'est pas là. Je pense que pour lui, ce serait mieux. Il a besoin de soins.

-Qui es-tu pour en juger ?

-Bordel, Dubois, ouvrez les yeux, ce type est frappadingue, intervient Philippe.

Dubois se tourne vers lui :

-Peut-être. En tout cas, cessez de rire de lui.

Nous regardons nos chaussures, charmantes chaussures pointure trente, en moyenne…

Nous retournons tous rejoindre les autres. J'ai hâte d'entendre la suite des histoires drôles.

Mais apparemment, le temps des blagues est révolu.

Laurent est reparti dans un soliloque délirant :

-Dieu est le seul à tout savoir, à détenir le vrai pouvoir, les réalisations humaines dont nous sommes tellement fiers sont dérisoires, le temps n'a pas de secret pour lui, il est infini alors que nous ne vivons qu'un temps ridiculement court, Dieu trouve toujours la solution à tout, nous ne pouvons pas comprendre, il a toujours une solution à tout, d'une manière qui nous dépasse, toute notre agitation, nos préoccupations, ce qui nous semble important, n'est qu'un soubresaut dans les plans infinis de Dieu, nous ne sommes même pas en mesure de comprendre l'infime fraction de sa volonté et de sa puissance, nous nous perdons dans nos misérables problèmes qui nous

semblent insolubles et importants, alors qu'ils sont simplissimes et anodins, et par exemple nous polluons cette planète et anéantissons la nature et provoquons l'extinction des espèces et le bouleversement climatique parce que nous sommes trop nombreux sur Terre, et Dieu a trouvé la solution, toute simple, il a fait de nous tous des enfants à nouveau et comme ça plus personne ne peut se reproduire, et comme ça sans tuer personne, il fait en sorte que nous soyons la dernière génération, et après nous il n'y en aura plus d'autres, et tous les problèmes de la planète seront réglés, et comme ça il règle les problèmes sans avoir à provoquer d'épidémie ou de famine ou de guerre, et tout le monde est content et après nous c'est fini et la Terre redevient un paradis, parce que nous les humains on peut plus se reproduire et alors la nature redevient propre, et tout ça sans catastrophe et sans massacre, et juste en donnant aux hommes ce qu'ils voulaient, la jeunesse éternelle, et faut toujours se méfier de ce qu'on veut parce que ça peut se révéler à double tranchant et Dieu lui sait ce qui est bon pour nous, mais nous on croit vouloir une chose mais on ne se rend pas compte que ce n'est pas ce qui est bon pour nous, mais là on voulait tous être jeunes, et Dieu il a bien rigolé, parce que c'est en nous donnant ce que l'on voulait qu'il a réglé le problème et maintenant on est tous jeunes, on est tous des gamins et plus personne peut se reproduire et le problème est réglé et après nous la Nature reprendra ses droits et c'est l'ironie parce que c'est ce que l'on croyait que l'on voulait, mais pas du tout et c'est comme ça qu'il règle le problème, et c'est bien fait pour nous, et depuis la mythologie, c'était toujours comme ça, les humains se battent et se débattent, mais Dieu fait ce qu'il veut et parfois il se moque de nous et là c'est comme ça, il nous donne ce qu'on veut, mais c'est pour nous punir et pour régler le problème de la surpopulation et des ravages causés par l'homme à la nature, et c'est une solution très élégante, et...
Les filles restées avec Laurent pendant que nous allions débattre dans la cuisine sont immobiles à l'écouter, se regardant entre elles pour voir si les autres comprennent ce qui se passe. Visiblement ce n'est le cas d'aucune d'entre elles.
Nous quatre, on recule en silence et on retourne dans la cuisine.
-Ah oui, dit Dubois, je n'avais pas encore assisté à une de ses... discussions.
-Crise, tu peux dire, le corrige Philippe.
-Vous voyez maintenant pourquoi nous pensons qu'on ne peut pas l'inclure dans un plan d'action, quel qu'il soit ?
-Oui, ok, ok, je vois maintenant. Je crois qu'il va falloir trouver un moyen de l'écarter avant de continuer.
Mais ça ne veut pas dire pour autant qu'il soit légitime de se moquer de lui ou de l'humilier, ajoute-t-il en nous fixant d'un regard sévère.

-Ok, ok, on répond les trois presque à l'unisson.

-Bon, reprend Dubois, je m'occupe de ça. Après tout, c'est moi qui l'ai amené ici, c'est à moi de… de le ramener chez lui.

Je crois qu'il allait dire c'est à moi de nous en débarrasser, mais il s'est repris, et a préféré la formule "C'est à moi de le ramener chez lui".

Philippe intervient :

-Vous ne croyez pas qu'il serait mieux dans un milieu spécialisé ?

Dubois le regarde gravement :

-Encore une fois, croyez-vous qu'il représente un danger pour lui ou pour autrui ? Je ne pense pas, personnellement, même après avoir vu ce que je viens de voir. Je le ramène chez lui.

Après un silence, il poursuit :

Je crois qu'on est tous un peu fatigués et sur les nerfs. Assez pour ce soir. Si vous permettez, après l'avoir déposé, je rentre chez moi. On se voit demain ici, même heure ?

Philippe et moi acquiesçons de la tête. Trop contents de ne pas avoir à nous occuper de Laurent.

Nous restons dans la cuisine, je ne sais pas comment Dubois se débrouille, mais deux minutes après il sort de la maison avec Laurent. Même dans la peau de ses dix ans, Dubois garde l'autorité que lui conférait l'âge.

On rejoint les filles.

Au début, elles ne disent rien, se regardant entre elles.

Puis Solange se lance :

-Dites, il est pas un peu bizarre votre copain, là ?

Philippe fait l'innocent :

-Qui ça, le Noir ?

-Non, l'autre, avec qui vous nous avez laissées.

D'abord il y a cette chemise, où il se représente sur une croix. C'est d'un goût…

Et ensuite, il raconte ses blagues, puis d'un seul coup, il commence une espèce de… litanie, sans aucun rapport avec ce qu'on disait juste avant.

Des mots sans queue ni tête, sans pause, tout débité d'une voix monocorde. Je dois dire que ça m'a un peu effrayée.

Comme ma belle-mère m'insupporte un peu, je décide de la faire danser un peu :

-Ah bon, mais quand nous sommes sortis, il était en train de raconter des blagues, cela semblait très bien se passer, qu'est-ce qui s'est passé ?

-Mais rien, d'un seul coup, il s'est mis à… délirer sur Dieu et je ne sais quoi.

-Vous êtes sûre, vous n'avez rien dit qui ait déclenché ça ?

-Mais non, je vous assure, personne n'a rien dit, il n'y a que lui qui parlait, il racontait ses histoires, nous riions, et d'un seul coup il a commencé à réciter ses… âneries, là, sur Dieu et les hommes et le péché.
-Vous êtes bien sûre, vous n'avez rien dit qui ait pu le… provoquer ?
-Mais non, enfin Paul, je n'ai rien dit.
Elle se tourne vers les autres :
-N'est-ce pas qu'aucune de nous n'a rien dit ?
Je me tourne aussi vers les autres :
-C'est vrai, elle n'a rien dit qui ait pu le provoquer ?
Léa qui a compris mon petit jeu et que l'animosité de sa mère envers Marie agace un peu, sourit gentiment en répondant :
-Non Paul, personne n'a rien dit. Rien dans le comportement d'aucune d'entre nous n'a pu provoquer de changement dans l'attitude de ton ami. Ça l'a pris d'un coup.
-Ok, dis-je.
Je ne vais pas embêter plus sa maman.
Quand Philippe me demande de le ramener chez lui, j'accepte avec joie. Sortir un peu d'ici me fera du bien.
Dès que nous sommes sortis, je lui lance les clefs de la voiture. Il sourit pendant que le siège monte.
-Finalement, c'est pas plus mal que le siège passager reste en bas, qu'il me dit de toute sa hauteur. Je lui réponds d'un sourire, ramassé au fond de mon siège d'où je peux à peine voir par la fenêtre latérale.
-Profites-en, parce que demain je reprends le volant et tu reprends ta place là où je suis aujourd'hui.

    Le lendemain, on se retrouve les mêmes, sans Laurent. Solange non plus ne nous fait pas l'honneur de se joindre à nous, sans doute un peu vexée par mon insistance de la veille…
Dubois arrive seul.
-Tout d'abord, je voudrais rassurer ceux qui seraient inquiets pour Laurent. Je l'ai ramené chez lui hier, il va très bien. Il était un peu exalté, hier, mais il s'est calmé. Il va bien.
Sinon, on est là pour décider de ce que l'on va faire au sujet du professeur Baroult, que l'on pense avoir retrouvé.
Il s'adresse à Léa et Marie, au cas où elles ne seraient pas totalement au courant, mais ce n'est pas le cas, elles savent pourquoi nous sommes là.
Elles hochent la tête pour confirmer qu'elles savent et qu'elles sont d'accord.
Léa a déjà participé à la libération des premiers vieux-enfants, elle fait partie de l'équipe, dorénavant. Quant à Nicolas et Marie, eh bien… ils sont là, et ils sont

victimes de Baroult, comme tout le monde, alors… Dubois ne trouve rien à redire.

Curieusement, il n'y a pas de discussion. On est tous d'accord pour prendre l'avion, aller voir ce gamin, lui dire qu'on l'a démasqué, et agir en fonction de sa réaction. On ne prend pas de décision sur son sort, c'est déjà bien assez de décider d'y aller. On verra selon ce qu'il dit.

Aucune sentence capitale n'est prononcée, et je ne sais pas si cela me soulage ou me frustre. Un peu des deux, sans doute.

Dans l'avion, je me dis que ça a aussi du bon d'être petit. Toutes les compagnies n'ont pas encore changé leurs sièges pour les remplacer par d'autres, plus petits et plus nombreux, bien sûr. On a énormément de place pour nos jambes.

Par contre, impossible d'atteindre les compartiments à bagages. Les hôtesses font passer des escabeaux à roulettes, l'embarquement prend de ce fait un peu plus de temps, puis les escabeaux sont fixés et arrimés, et l'avion peut enfin décoller.

Mine de rien, les Bahamas, c'est loin. Léa et moi, on s'endort tête contre tête et on passe la majeure partie du vol endormis.

Quand on sort de l'avion, ce qui m'impressionne le plus, c'est la lumière. Je n'avais jamais voyagé sous les tropiques. Je trouve que tout est baigné d'une lumière plus crue que chez nous. Le jour est plus... blanc. C'est comme si tout était éclairé par un intense projecteur de lumière blanche. Et puis il y a la chaleur, bien sûr, mais ça je m'y attendais...

Un taxi nous emmène à l'hôtel que Dubois a réservé. Ici, pas de kit, le mec a dû bricoler lui-même. Un gros gros coussin sous son siège, et des espèces de cales en bois sur les pédales. C'est sûr que les règles et les habitudes de circulation ne sont pas les mêmes que chez nous, mais je suppose que c'est encore pire avec des petits chauffeurs qui peinent à voir à travers leurs volants. Vu du taxi, on n'arrive pas à distinguer s'il y a quelqu'un au volant des camions qui nous croisent et nous dépassent bruyamment de tous côtés. En fait, ces camions semblent rouler tout seuls.

Je ne suis pas mécontent lorsqu'on arrive à l'hôtel. Dubois a choisi un bel établissement, en bord de plage. Ça doit pas être donné. Facile pour lui, avec notre argent, ne puis-je m'empêcher de penser mesquinement.

On descend de voiture, et je suis à nouveau frappé par l'éclat blanc de la lumière.

Des grooms pas plus hauts que trois mangues – Comme moi, maintenant – accourent pour se charger de nos bagages. Le hall est majestueux, il respire le luxe. Il y règne une douce atmosphère, feutrée et fraîche après la chaleur de l'extérieur. J'ai presque honte de mes vêtements quelconques et défraîchis par le voyage. Je regrette de ne pas avoir de chaussures de marque pour fouler le splendide marbre qui mène au comptoir. Dubois a tout bien arrangé, en deux minutes nous sommes dans nos chambres, toutes contiguës. Léa et moi nous asseyons sur un des lits jumeaux. D'habitude, nous détestons arriver dans un hôtel et découvrir qu'il n'y a pas de grand lit, mais deux lits jumeaux. Cependant, nous sommes fatigués par le voyage, et depuis que nous sommes petits, ce genre de lit est bien assez grand. Surtout, depuis que nous sommes des gamins pré-pubères disons que c'est moins gênant... Bien que nous aimions encore dormir dans les bras l'un de l'autre. Je me souviens comment c'était avant. Je m'en souviens très bien. C'est la preuve que j'y ai pensé beaucoup pendant la réorganisation de mon système nerveux central. Ces souvenirs-là n'ont pas été effacés parce que je les ai ré-engrammés. Léa non plus n'a pas oublié… Nous nous câlinons un peu, puis nous nous douchons et dormons un peu, Dubois nous a affirmé que nous avions le temps. Au début, j'avais un peu honte de m'exhiber devant Léa tout nu avec ce corps de petit garçon. Puis j'ai compris qu'elle avait honte elle aussi de son corps de gamine. Alors j'ai été très gentil avec elle, la caressant, lui montrant que je l'aimais même ainsi. Nous nous sommes apprivoisés mutuellement dans nos nouvelles enveloppes, nous avons accepté l'autre et nous sommes acceptés nous-mêmes. Je ne dis pas qu'il n'y a pas de frustration. Nous savons ce que nous avons perdu. Mais… pas d'hormones, pas de désir. Comme l'avait dit je ne sais plus qui quand on les a délivrés du souterrain, on a juste envie d'avoir envie.

On frappe à notre porte, c'est le petit Dubois, visiblement il a pris une douche lui aussi, mais il doit avoir tout un jeu des mêmes vêtements, il est toujours vêtu de la même façon, et ses effets sont toujours propres. C'est peut-être pour ressembler au Dubois d'avant, le Dubois adulte, qu'il est fidèle à ce code vestimentaire. J'ai remarqué qu'ici aussi, les gens arboraient leur ancien visage, d'adulte, sur leurs vêtements. Ceux qui faisaient de la gonflette et étaient fiers de leur corps musclé se représentent en entier, du genre "Hé, t'as vu un peu comme j'étais balaise, avant."

On le suit dans le couloir à l'épaisse moquette, il frappe à la porte de Philippe, qui sort immédiatement. Il a revêtu un bermuda, et une chemise à fleurs.

Dubois le regarde et laisse tomber, avec plus d'ironie que de reproche :

-On n'est pas en vacances.

Sans le regarder, Philippe passe devant lui, vers l'ascenseur, en répondant dans un sourire :

-Non, on est à la chasse. Mais d'abord, faut se restaurer.

Le restaurant de l'hôtel se trouve côté mer, il est bordé de grandes baies coulissantes et se prolonge, lorsque celles-ci sont ouvertes, par une terrasse où l'on peut manger dehors, pratiquement sur la plage.

Aujourd'hui il y a du vent, les baies sont fermées, mais même ainsi la vue est grandiose. Nous prenons tous des fruits de mer, j'avais rarement vu d'aussi gros crustacés.

Quand nous en sommes à nous lécher les doigts, Philippe demande :

-Alors, quel est le plan de bataille ?

-Demain matin, après le petit déjeuner, on va à l'école privée où Baroult trompe son monde. On l'intercepte à la sortie des classes, à onze heures

trente. On lui demande gentiment de nous suivre dans notre voiture, et là on a
une petite conversation.

-Ah bon, parce qu'on a une voiture ?

-Demain, on en aura une.

-Et s'il refuse de monter avec nous ?

-Il montera.

Moi, je ne sais pas, mais le Dubois, il a l'air vachement sûr de lui. Je me
demande s'il ne nous cache pas quelque chose.

En attendant, il nous reste une soirée à passer, Dubois rentre dans sa chambre,
Léa et moi on a bien l'intention de sortir pour apprécier la vie nocturne de
Nassau. Je propose à Philippe de se joindre à nous, il a l'air tout content
d'accepter.

Nous longeons d'abord la mer, avec ses marinas. Des yachts plus luxueux les
uns que les autres sont arrimés, se balançant mollement au rythme d'une
houle paresseuse. La nuit est tombée, chaude et sucrée. L'iode et le sel
chatouillent mes narines. Les quais et les rues adjacentes sont pleins de
touristes et d'autochtones se promenant ou tentant de vendre des souvenirs,
le plus souvent faits de paille, apparemment.

J'emplis mes yeux de toutes ces nouveautés, Léa et Philippe marchent devant
moi, j'entends ma femme poser des questions à Philippe, qui a fini par devenir
un ami de la famille. Tout à mes découvertes, je ne prête qu'une oreille
discrète à leur bavardage.

-Paula ne voulait pas venir ?

-Non, pas vraiment.

-Et toi, tu n'aurais pas voulu qu'elle vienne ?

-Tu sais, c'est compliqué. Elle n'est pas vraiment partie prenante dans cette
histoire. Elle n'a pas participé à l'évasion, comme toi tu l'as fait.

-Oui mais maintenant, tout le monde est partie prenante, comme tu dis. Le
monde entier est impliqué.

-Oui… disons qu'entre elle et moi, c'est compliqué.

Je sens que Léa prend des pincettes :

-Excuse-moi si je vais trop loin, mais, c'était déjà compliqué avant… ces
histoires de Youngagain ?

- Non, non. En fait, tout allait très bien entre nous. Je pense que …je pense
qu'on formait un couple de la vieille école. Je travaillais, elle était à la maison.
J'étais grand, fort, viril, je commandais. Elle était belle, très belle, féminine, elle
était ma compagne, point. Et puis quand je suis revenu à la maison comme ça –
il montre tout son petit corps – eh bien, les choses n'allaient plus. Notre façon
de fonctionner jusque-là n'était plus possible. Et, à vrai dire, on est encore en
train de chercher une nouvelle façon de fonctionner. Un nouvel équilibre.

-Je vois. Et… tu as vraiment envie que ça marche ?

-Oui !

-Tu l'aimes ?

À ce stade-là, je devrais intervenir, normalement, pour ne pas laisser Léa mettre mon pote dans une situation désagréable. Nous les mecs, on n'aime pas trop ce genre de discussion, de vocabulaire. "Tu l'aimes ?" Non mais quoi encore ?

Mais je suis loin d'eux, je suis dans les ruelles pavés qui semblent monter vers la vieille ville, vers des histoires de boucaniers et de pirates. Je suis dans l'air empli de la force de l'océan qui fait palpiter mes narines. Je suis dans les lumières qui dansent en haut des mâts des bateaux qui montent et qui descendent avec la houle légère. Je suis dans les rires des jeunes gens qui vivent leur jeunesse dans la nuit qui s'éveille, même s'ils ont besoin d'un T-shirt proclamant qu'ils n'ont plus dix ans.

Je suis juste dans les pas de Léa et Philippe, mais je suis à mille lieues d'eux. D'ailleurs, il a tout de suite répondu, sans gêne apparente :

-Oui, je l'aime. C'est pour ça que j'en veux tellement à Baroult. C'est ce qu'il m'a volé. Tant que je n'aurai plus ma taille, ma carrure, ma… personnalité, ça ne pourra pas fonctionner avec Paula.

Décidément, Léa aurait beaucoup à m'apprendre. Jamais je ne pourrais parler comme ça à un mec. Et pourtant…

Elle continue :

-Et elle, elle t'aime ?

Sans une hésitation, il répond :

-Oui ! Mais… elle ne sait pas comment faire. Pas dans cette configuration.

Léa reprend, d'une voix très douce :

-Tu sais, il faut prendre son parti maintenant de cette situation. Je ne dis pas que c'est définitif. Mais ça risque de durer. Alors il faut s'y faire. Si vous vous aimez, c'est le plus important. Je sais qu'il y a déjà eu des hauts et des bas dans votre relation, mais vous tenez l'un à l'autre. C'est le plus important. Tu sais, c'est pour tout le monde pareil, maintenant. Tu crois que c'est facile pour moi de me retrouver avec un mari incapable de soulever une valise, ou de desserrer un écrou, ou que sais-je, moi ? Et lui, tu crois que c'est facile pour lui d'avoir soudain une femme qui n'a plus besoin de soutien-gorge, qui n'a plus un poil sur le corps, comme une petite fille.

En disant cela, elle m'adresse un sourire malicieux par-dessus l'épaule.

-Non, ce n'est facile pour personne, poursuit-elle. Mais il faut t'accrocher. Montre-lui que tu tiens à elle, même comme ça.

Je sais pas moi, prenez ça comme un jeu. Tu as changé, elle a changé, vous avez changés, eh bien à vous de vous redécouvrir et d'inventer les nouvelles règles.

Les yachts ont laissé la place aux immenses paquebots qui semblent bloquer l'entrée du port, comme des villes flottantes qu'ils sont. Mon imagination s'enflamme moins à leur contact, ils recèlent moins de mystères du passé, ils n'ont pas de passé.

Nous quittons les quais, et suivons des plages de sable qui semble clair dans la nuit. Le sable et les cocotiers bruissants me rappellent à l'exotisme. D'autant que nous arrivons en vue de Fort Charlotte. Sa masse sombre se découpe sur le ciel bleu nuit. Je suis flibustier pendant que Léa et Philippe continuent à discuter de sa vie sentimentale.

J'ai l'impression que ça lui fait du bien et qu'il est heureux de cette discussion, même si j'aurais parié le contraire une demi-heure auparavant.

Je dévore des yeux les vieilles pierres, et m'imbibe de l'atmosphère de l'époque coloniale.

J'entends à peine Philippe répondre que Léa a raison, que jusqu'à présent il campait sur sa position, tentant d'assumer le même rôle qu'auparavant, malgré sa transformation physique. Paula louvoyait entre le fait de lui laisser elle aussi le même rôle qu'avant, pourtant inadéquat vu son changement, et le fait de le traiter en petit garçon.

La silhouette d'un canon se distingue par une ouverture du mur d'enceinte. Je peux imaginer ceux qui en allumaient la mèche, à l'aide d'une torche, casqués et revêtus d'une armure, visant la flotte ennemie, sans doute espagnole, qui vient d'être aperçue et s'apprête à prendre l'île d'assaut.

Philippe précise :

- Tu as raison, il faut tout changer. Tout est différent maintenant. Il faut que l'on se traite comme on est maintenant, pas comme on était avant.

Il relève la tête, souriant, et poursuit :

- Merci Léa, tu m'as ouvert les yeux. Je suis sûr que ça va marcher maintenant.

Un instant, je crois qu'il se moque d'elle, que toute cette conversation l'a gonflé et qu'il la remet à sa place. Mais non, il est vraiment enthousiaste à l'idée d'essayer ces nouveaux points de vue avec Paula.

Tout en marchant derrière eux et en absorbant goulûment par tous les sens l'exotisme dans lequel nous sommes plongés, je me demande si Léa et moi nous avons mis en pratique ce qu'elle vient de professer à mon ami.

Avons-nous réellement révisé notre relation à l'aune des changements physiques que nous avons soufferts ?

Je n'en suis pas sûr. Peut-être que notre relation antérieure était moins dissymétrique que celle de Philippe et Paula. Léa ne passait pas son temps à la maison, à attendre que son viril époux rentre du travail. En ce sens le changement qui nous a affectés a moins bouleversé l'équilibre de notre couple que du leur.

En tout cas, si Philippe peut améliorer les choses avec Paula, j'en serai heureux pour lui.

On s'arrête devant un bar, animé, coloré, plein de musique.

Philippe se tourne vers moi :

-On prend un verre ?

-Demain on a du boulot. Un truc important, délicat. Tu te souviens ?

-Allez, quoi, un verre. On va quand même pas passer du temps sur une île tropicale sans prendre un malheureux cocktail ?

-Je te rappelle que ton foie, comme le mien, comme celui de Léa, a dix ans...

-Oui, oui, je sais. Un petit cocktail, on leur demande de pas y mettre trop de rhum, et après on va se coucher pour être en forme demain.

Il regarde Léa, suppliant :

-Allez quoi.

Elle sourit et on entre. C'est plein de gamins qui dansent. Ils se trémoussent, se frottent, en rythme, c'est très suggestif. C'est à se demander s'ils ont le même problème de manque d'hormones que nous. Pourtant, ils sont comme nous, âgés de dix ans, garçons imberbes et filles plates. Ça doit être le soleil et la musique...

On prend une piña colada puis on va se coucher.

Allongé dans mon lit, je devrais être préoccupé par ce que nous allons faire demain. Au lieu de ça, mes pensées sont pleines de fillettes qui dansent lascivement avec des gamins, reins cambrés et regards de braise. La dernière chanson entendue dans le bar tourne en boucle dans ma tête, elle m'accompagne jusque dans mes rêves de vieilles pierres et de végétation luxuriante.

Le lendemain matin quand Léa me réveille, j'ai mal à la tête et de grandes difficultés à émerger. Comme elle voit que je me retourne dans le lit après qu'elle m'a secoué trois fois, elle ouvre en grand les épais rideaux qui occultaient les larges baies avec vue sur la mer. La lumière crue entre d'un coup dans la chambre et illumine tout d'une blancheur aveuglante. J'ai l'impression qu'on me braque une lampe-torche dans les yeux.

La douche me fait un bien fou.

On prend le petit-déjeuner tous ensemble, le café après la douche me remet d'aplomb. Assis dans le restaurant, sachant que dans quelques heures nous allons passer à l'action, la vue sublime sur la plage me laisse indifférent. Je ne suis plus du tout dans le même état d'esprit qu'hier. Aujourd'hui est Le jour.

Je suis nerveux, et à vrai dire même angoissé.

-Alors, quel est le plan ? demandé-je à Dubois ?

Il sourit et prend son temps pour répondre. Comme moi, Léa et Philippe sont suspendus à ses lèvres.

-On va à l'école, on demande à Baroult de monter dans notre voiture, et on a une petite discussion. Après... ça dépend de ce que vous déciderez... mais vous m'avez déjà demandé ça hier...

-Oui, mais c'est que... on voudrait savoir dans les détails.

-Les détails ? Les détails c'est que... il est l'heure de louer une voiture.

Il est comme ça Dubois, il aime bien faire son petit effet et laisser un peu de mystère. Je ne sais pas si j'ai envie d'en savoir plus. J'ai vraiment une boule au ventre.

En le suivant vers le bureau d'Avis qui se trouve dans le hall de l'hôtel, je réalise que c'est la troisième fois que je m'en remets à Dubois pour débusquer Baroult et ses plans. Ça devient une habitude.

-C'est toi gamin qui conduira, me dit-il lorsque nous sommes accoudés à l'étroit comptoir.

-Pourquoi moi, je demande par pure formalité ?

-C'est toi qui a le plus l'habitude. Tu as souvent été en Angleterre, tu as l'habitude de rouler à gauche.

C'est vrai, mais je ne me souviens pas lui avoir dit que j'ai beaucoup travaillé avec l'Angleterre, à une époque.

-Tu préfères une automatique ?

-Euh, oui, pourquoi pas. Surtout une voiture avec un bon kit d'agrandissement. Je ne veux pas avoir à chercher les pédales du bout des pieds...

Quand l'employée, l'air d'une petite fille toute sage dans son uniforme, nous propose plusieurs véhicules, Dubois insiste pour avoir celui dont le GPS est le plus performant.

Elle nous conseille une américaine dont le GPS projette un hologramme sur le pare-brise.

Dubois prend ce véhicule, nous expliquant que ne connaissant pas la ville, il est important de pouvoir facilement aller où nous voulons, rapidement, sans tâtonner. Il ne le dit pas, mais je comprends "Pour fuir rapidement au cas ou ça tourne au vinaigre".

Une fois dehors, il nous emmène directement prendre possession du véhicule.

-Ça n'est pas encore l'heure, mais tu vas rouler un peu pour l'avoir bien en main.

Rassurant...

On monte tous dans la voiture, je suis rassuré par le kit, j'ai rapidement les commandes bien au bout des pieds. Par contre, je suis un peu dérouté parce que le volant est à gauche, alors qu'on roule à gauche. J'ai un peu l'habitude de rouler à gauche, effectivement, mais avec un véhicule aux commandes

inversées. Ici, c'est curieux, on roule à gauche avec des commandes classiques.
Classiques pour nous. Ce n'est pas évident. Je me trouve très loin du centre de
la voie. Finalement, ce n'est pas le véhicule que j'essaie de prendre en main,
mais les conditions de circulation auxquelles je tente de m'acclimater.
Pendant ce temps, Dubois fait joujou avec le GPS.
-Je m'habitue à lui, comme toi à la conduite, gamin. Je ne fais pas confiance aux
commandes vocales, surtout pas s'il faut parler anglais… Et puis j'entre en
mémoire certaines adresses. Parfois, tout se joue à quelques secondes près.
Mieux vaut ne pas tâtonner.
L'adresse de l'hôtel. Celle de notre ambassade. L'aéroport.
Encore plus rassurant…
Puis Dubois nous donne congé. Rendez-vous devant la voiture, dans le parking
de l'hôtel, dans une heure.

Nous voici à nouveau devant la voiture. Nous montons. Je suis tellement
nerveux que je cale.
 J'ai essayé de dormir un peu avant le rendez-vous, mais c'était peine perdue,
je suis bien trop nerveux.
Dubois, assis à côté de moi, semble plus cool que jamais. Il me regarde avec
son perpétuel sourire sur les lèvres. Il ne dit rien quand je cale et redémarre.
Juste un éclair un peu plus ironique dans les yeux. Au fond ça me tranquillise,
s'il trouve marrant que je cale à ce moment, c'est que le moment ne doit pas
être aussi crucial que je me l'imaginais.
On sort du parking, et Dubois actionne le GPS.
Une voix synthétique me dit de prendre la première à droite. C'est parti !
Conduire en étant assis du côté du trottoir et non du côté du milieu de la route
requiert toute mon attention et du coup j'en oublie mon stress.
On quitte le centre-ville, on traverse une espèce de zone commerciale, avec les
mêmes enseignes que dans le monde entier, j'imagine. Pas de dépaysement,
pas d'exotisme, par ici. On arrive dans une zone un peu plus résidentielle. Je
distingue de jolies maisons derrière les hauts murs et les grilles. Je devine de
beaux jardins et des piscines.
-Vous êtes arrivé à votre destination.
Je suis surpris quand la voix m'invite à stopper.
D'un seul coup le stress s'empare à nouveau de moi.
Dubois me montre une place libre, sous un bougainvillier. Je dois m'y reprendre
à trois fois pour garer la voiture dans l'espace pourtant largement suffisant.
Dubois ne dit toujours rien mais son regard éclate de rire.
Nous sortons tous, j'aurais voulu que Léa reste à l'hôtel, mais elle a
catégoriquement refusé. Au moment de claquer ma portière, j'aperçois un

objet glissé dans le pantalon de Dubois, dans son dos, caché par sa veste qui s'est juste légèrement écartée pendant qu'il sortait de la voiture.

Putain ce con est allé s'acheter un pistolet pendant que j'essayais vainement de dormir ! Voilà pourquoi il nous a donné quartier libre.

Je n'ai jamais été aussi nerveux de ma vie.

Léa me rejoint, je vois bien qu'elle a perçu mon trouble, elle me sourit pour me calmer et me presse tendrement le bras.

J'inspire lentement et profondément. Il faut que je me calme, Léa est là et je ne veux pas risquer de merder à cause de ma nervosité. Sa main sur mon bras, son sourire, et les exercices de respiration arrivent à me calmer un peu. Dubois nous regarde tous les trois, plus moqueur que jamais, et nous fait signe de le suivre.

-Ne ferme pas la voiture à clef, gamin, c'est toujours une seconde de gagnée.

Chaque fois qu'il me dit un truc comme ça, ça me fait repartir le cœur dans les tours, et je prends une inspiration lente et profonde suivie d'un soupir.

Mais pourquoi est-il de plus en plus souriant et moqueur ? L'espace d'un instant, je me demande s'il ne joue pas double-jeu et ne nous tend pas un piège… Mais non, c'est de la paranoïa.

Soudain l'explication saute à mes yeux.

C'est sa façon à lui de gérer le stress, c'est tout.

Dubois est aussi nerveux que moi, peut-être plus. Simplement chez lui, ça se traduit par un sourire ironique. Il cache sa frousse en se moquant de tout.

Je regarde Léa pour voir comment elle gère le stress, elle. Eh bien elle le gère en essayant de m'aider moi à combattre ma nervosité. Elle me sourit avec bienveillance et pose sa main sur moi avec légèreté. Je me tourne vers Philippe. Il est livide, les mâchoires serrées. Ça jure avec son bermuda et sa chemise fleurie. Une chemise pareille, ça doit être sur le dos d'une personne toujours décontractée.

J'essaye de me rassurer en me demandant pourquoi on est tous si stressés, après tout on va juste voir un écolier, un gamin de dix ans. Il n'y a pas de quoi se faire un ulcère.

Bizarrement, cette idée me rassure. On va juste voir un gamin. On va lui voler son sac de billes. Je rigole, peut-être à voix haute parce que Philippe me regarde bizarrement.

Ça y est, j'ai vu l'école, c'est écrit École internationale, les grilles de fer forgées couleur bronze s'ouvrent justement comme nous nous approchons. Il y a plein de voitures plutôt luxueuses qui attendent les enfants, et des micro-bus. Les enfants commencent à sortir. Ils se dirigent vers les véhicules qui les attendent, je suppose que ces véhicules sont conduits par des chauffeurs plutôt que par des parents, il n'y a ni embrassades, ni bises, ni aucune chaleur dans les retrouvailles. En quelques minutes, le flot se tarit. Aucun de nous n'a reconnu le petit Baroult.

Quelques enfants continuent sporadiquement de sortir. Certains partent à pied, d'autres attendent un chauffeur qui n'est pas encore là. Quelques voitures attendent des retardataires. En nous approchant, nous croisons trois gamins grands et corpulents que je n'avais pas vu sortir de l'école. Ils discutent entre eux et semblent se désintéresser de nous et de la grille de l'école. Peut-être des enfants du quartier, qui ne sont pas scolarisés dans cet établissement huppé.

Il n'y a plus personne maintenant, plus de véhicule non plus. Je demande à Dubois :

-Vous croyez qu'on l'a loupé ? Qu'est-ce qu'on fait ?

Il répond laconiquement :

-On attend.

Au bout d'une minute qui semble interminable, un dernier gamin en uniforme d'élève traverse la cour, accompagné d'un personnage de la même taille, mais qui semble plutôt vêtu comme un adulte. Un professeur sans doute.

Curieusement, c'est l'élève qui semble être en train d'expliquer quelque chose au prof, lequel écoute attentivement.

Puis le prof salue l'élève, avec une certaine déférence, et il fait demi-tour, retournant vers les bâtiments.

Le gamin continue vers la grille, il arrive à notre hauteur sans nous prêter attention. Il porte le même uniforme que tous ceux qui viennent de sortir, mais l'uniforme tombe mieux. Il semble sortir de l'atelier d'un grand couturier.

Dubois fait un pas en avant, se portant à sa hauteur :

-Bonjour.

Le gamin ralentit, dévisage Dubois. Comme il ne le reconnaît pas, il passe au visage suivant, le mien, puis s'attarde sur Léa, toujours sans aucun signe de reconnaissance. C'est normal, il ne nous a jamais vus jeunes. Quand son regard tombe sur Philippe, le gamin s'arrête, comme stupéfait. Immédiatement après, il se recompose une attitude.

-Bonjour professeur Baroult, lui lance Dubois.

-Vous faites erreur, je ne sais pas de quoi vous voulez parler.

Il est fort, le type, il vient d'avoir la surprise de sa vie et en une seconde il reprend le contrôle.

Dubois ricane.

-Ça aurait pu marcher si on n'avait pas vu votre visage se décomposer en voyant Monsieur Juliani.

Baroult garde quelques instants son attitude de celui qui ne comprend pas, je vois qu'il calcule à toute vitesse, qu'il s'apprête à nier, que nous nous trompons, qu'il n'est pas celui que nous croyons, que c'est une méprise… Puis, il décide qu'effectivement il est trop tard pour nier.

-Ok, ok, jouons franc jeu. Vous êtes Dubois, je suppose ?

-Correct, réduit à l'état de morveux, grâce à vous.

-Question de point de vue, d'aucuns diraient rendu à sa jeunesse. Et vous, laissez-moi deviner, Monsieur Blanchard, n'est-ce pas, et Madame ?

Comme nous acquiesçons d'un mouvement de tête, il persiffle :

-Alors, vous n'avez pas résisté à l'envie de traverser l'océan pour sauver le monde et imposer la justice ?

Nous l'entourons et sans le toucher nous nous dirigeons vers notre véhicule. Le parfum de son eau de toilette de luxe frappe mes narines, incongru chez un enfant sortant de son école.

-Qu'est-ce que vous me voulez ?

-Juste une petite discussion, veuillez nous accompagner à notre voiture, professeur.

Il s'arrête net.

-Et si je refuse ?

-Nous sommes quatre, vous n'avez pas le choix, ne nous obligez pas à faire usage de la force.

Il semble hésiter, porte la main à sa poitrine, sort une petite chaîne qu'il porte autour du cou, à laquelle pend un long cylindre très fin. Avant que nous n'ayons le temps d'intervenir, il porte le cylindre à ses lèvres et souffle dedans. Un sifflement strident déchire l'air moite.

Immédiatement, un bruit de pas précipités se fait entendre, je me retourne, les trois enfants balaises qui zonaient aux alentours de l'école arrivent en courant, ils sont encore plus impressionnants au pas de course. Je comprends dans l'instant que ce sont des gardes du corps, le salaud a dû engager les gamins les plus costauds de l'île.

Les gamins géants arrivent, ils nous bousculent et dégagent le professeur puis s'interposent entre lui et nous, l'air menaçants.

Le professeur, large sourire ironique sur le visage, écarte le plus proche de ses gardes et nous nargue :

-Vous croyiez vraiment que vous alliez arriver comme ça, m'enlever et me faire disparaître ? Que comptiez-vous faire de moi, hein ?

Mais d'abord, comment m'avez-vous retrouvé ?

-Je surveillais inter…commence Dubois, avant d'être interrompu par Léa qui fait un pas en avant :

-J'ai payé un détective privé. Parce que je veux que Paul et moi on redevienne adultes.

-Un détective privé, vraiment ?

-Oui, et il m'a dit qu'il vous avait retrouvé sur cette île.

-Ah oui ? Et comment a-t-il retrouvé ma trace ?

-Simple. Il a passé des annonces proposant une récompense dans toutes les écoles privées, car on savait que vous vous feriez passer pour un véritable enfant. Et John et José, ici présents, ont très vite répondu. Apparemment, ils ont besoin d'argent.

Elle désigne deux des gamins colossaux.

Je ne sais pas si c'est Baroult ou nous trois qui sommes les plus surpris.

Après un instant d'hésitation, Baroult commence à engueuler et insulter les deux gamins que Léa vient de désigner. Visiblement, ils n'y comprennent rien, mais Léa s'approche d'eux et les congratule en leur tapant l'épaule. Cela semble les satisfaire, et comme Baroult continue de les abreuver d'injures, ils la suivent quand elle leur fait signe. Le troisième semble très indécis, puis finit par s'éloigner lui aussi.

On se retrouve seuls avec Baroult, après un instant de flottement car on n'y comprend rien non plus, on le pousse vers la voiture.

À peine y est-on montés, que Léa arrive en courant :

-Démarre, démarre, vite, me jette-t-elle en montant à son tour.

J'obéis et on s'éloigne à toute allure, sans savoir où on va.

-Tu m'expliques ce qui se passe, je lui demande ?

-Vous... vous avez vraiment payé un détective et retourné ces deux colosses lui demande Dubois, incrédule ?

Elle part d'un grand éclat de rire :

- Bien sûr que non. C'est vous qui l'avez débusqué.

-Mais alors ?

-Rien, j'ai bluffé, c'est tout. Pendant qu'on s'approchait, en croisant les trois mastars, je les ai entendus se parler, et par hasard ils se sont appelés par leurs noms. J'ai enregistré ces noms. Quand ils sont arrivés, j'ai sorti mon bobard à notre invité, ici présent, il m'a cru parce que je paraissais connaître leurs noms, il les a salement engueulés, ils ont été vexés et peut-être même se sont crus renvoyés, moi j'ai été sympa avec eux et je suis allée les payer un peu plus loin. Je ne sais pas combien de temps ils mettront à se rendre compte de la situation...alors fonce.

Je regarde dans le rétroviseur, et Baroult, assis entre Léa et Philippe, a l'air furieux de s'être fait avoir aussi facilement.

On roule encore un peu, dès que l'on trouve un coin un peu tranquille, Dubois me demande de me garer à l'ombre d'un haut mur, bordant vraisemblablement la propriété d'un riche insulaire. On est à l'ombre, en plus de ça la végétation dépassant du mur nous fait comme un toit et redescend même un peu sur le bord de notre véhicule, côté route. Notre véhicule est pratiquement à l'abri des regards, presque comme dans un garage. Sans compter les vitres teintées.

Nous voilà bien tranquilles.

Dubois se tourne vers Baroult, bien coincé au milieu de la banquette arrière.

-Alors professeur, comment on se sent en tant que gamin ?

Le professeur le fusille du regard et ne répond pas.

-Moi je trouve que vous faites un très joli petit garçon, poursuit Dubois. Par contre, vos trois copains, là, ils font un peu mauvais genre, genre malabar, vous voyez ? Vous devriez mieux choisir vos amis.

-Relâchez-moi ! aboie Baroult.

-Pourquoi, on vient juste de se retrouver, entre vieilles connaissances, je suis sûr qu'ici vous n'êtes entouré que de gens qui vous connaissent depuis peu, qui ne vous connaissent pas, finalement. Nous devrions peut-être leur expliquer qui vous êtes vraiment ?

L'espace d'un instant, la panique se lit dans le regard de Baroult, puis il se ressaisit.

-On ne vous croira pas.

-Vous croyez ? Et si on leur demande de refaire les tests Fake Kid et True Kid, pour voir si le premier est bien négatif et le second positif, comme vous avez réussi à le faire croire ? Peut-être qu'en les faisant avec plus de rigueur, les résultats seraient différents, vous ne croyez pas ? Ou simplement en ne soudoyant pas ceux qui font le prélèvement, c'est ça, j'ai raison ?

-Relâchez-moi !

Soudain, alors que personne ne s'y attend, Philippe lui met un grand coup de coude dans le côté.

On est tous un peu surpris, jusqu'à présent il n'y avait pas eu de violence entre nous.

On regarde tous Philippe avec surprise et réprobation, pendant que le jeune professeur peine à reprendre son souffle, bruyamment. Quand il parvient enfin à se redresser, il regarde Philippe avec un mélange de crainte et de reproche, à travers les larmes qu'il ne peut contenir. Dans le rétroviseur, je lis aussi de la dignité blessée dans ses yeux. Il ne doit pas avoir l'habitude qu'on le traite ainsi, le prof. Il ouvre la bouche pour protester, mais Philippe le devance :

-Ça suffit maintenant. Arrête tes grands airs, petit con. Arrête de te prendre pour un génie et de prendre les autres pour des cons. Tu n'es pas un génie, tu es le pire scientifique de l'histoire de l'humanité. Tu es le pire cauchemar de l'histoire de l'humanité. Tu as merdé comme personne jamais n'avait merdé dans toute l'Histoire. Il faut que tu t'en rendes compte. Que tu perdes tes grands airs.

Regarde, ouvre les yeux. Le monde entier souffre à cause de toi.

Philippe a parlé très calmement, posément, en détachant bien ses mots, et c'est peut-être ce qui terrorise le plus Baroult.

Philippe se penche, applique son front contre le front du professeur et ajoute, articulant chaque syllabe :

-Arrête de te prendre pour un génie. T'es qu'une merde.

Puis il se rassied au fond de son siège, le visage fermé.

Dubois prend la suite :

-Sachez que je désapprouve la violence, ce n'était pas ce qui était prévu, mais vous l'avez cherché. Et Philippe n'a pas tort. Regardez, sans même aller chercher toute l'humanité, regardez, juste nous cinq, là, dans cette voiture, regardez comme on est arrangés...

Baroult se racle la gorge, puis jette un coup d'œil furtif vers Philippe, pour voir s'il peut parler. Philippe semble se désintéresser de lui, il est tourné vers sa portière. Baroult est tourné vers Léa, il semble chercher de tout son être à éviter le contact avec Philippe, pourtant imposé par l'exiguïté du véhicule. Heureusement qu'ils ont tous des gabarits d'enfants.

-Écoutez, commence prudemment Baroult, je sais que... je sais que j'ai sans doute commis des erreurs.

Philippe hausse les épaules et Baroult tente encore un peu plus de se détacher de lui. Il continue néanmoins :

-C'est vrai, j'aurais sans doute dû me livrer à plus de tests et vérifications avant d'inoculer le traitement correctif aux premiers vieux-enfants. Mais souvenez-vous comme vous étiez pressés, vous aussi, ajoute-t-il à l'adresse de Philippe, lui décochant un rapide coup d'œil.

-Ça va être de ma faute, maintenant, dit celui-ci sans cesser de fixer l'extérieur par sa fenêtre. Comme sa voix semble très calme, Baroult s'enhardit :

-Non, non, bien sûr que non, j'en assume toute la responsabilité. Mais... je crois qu'il y a autre chose.

En fait, vous voyez, j'ai beaucoup réfléchi, et je crois que... il y a quelque chose d'indicible dans ce qui s'est passé. Quelque chose qui nous dépasse tous, vous, et moi aussi.

-Indicible, je dis sur un ton railleur ?

- Non, ce n'est pas vraiment ce que je voulais dire.

-Alors essayez mieux.

-Quelque chose d'inéluctable, de... fatidique.

-Qu'est-ce que vous êtes en train de chercher là, vous avez merdé, comme il a dit, je l'interromps en montrant Philippe. Rien de fatidique. Vous n'aviez pas à diffuser un traitement sans l'avoir soumis à toutes les vérifications, c'est tout.

-Oui, sans doute, mais je suis persuadé qu'il y a autre chose.

-Autre chose ? Quoi donc, à part votre cupidité et votre suffisance ?

-Et bien, j'en suis arrivé à penser que… la nature trouve toujours un moyen.
Là, il se dépêche, s'emballe, pour qu'on le laisse développer sa démonstration jusqu'au bout sans l'interrompre :
-On était arrivés à une impasse, avec l'humanité. On est trop nombreux sur Terre, on pollue trop, on consomme trop, on exerce trop de pression sur les autres espèces, on change le climat, on salit tout, on dégrade tout. Et moi j'arrive avec mon processus, pour répondre au désir de jeunesse éternelle de tout un chacun depuis la nuit des temps, sans me rendre compte que par là même, je rajoute un problème au problème, j'augmente encore la pression démographique de l'espèce humaine sur l'écosystème.
Mais la nature est forte, elle trouve toujours un chemin, une solution. Je pense que c'était le moment, on était arrivé à un tournant, et le Processus, même si je n'en étais pas conscient à l'époque, était la dernière goutte qui allait faire déborder le vase. Le coup de grâce. Alors la nature s'est défendue, elle a retourné l'arme qui était pointée contre elle. Et de menace, l'arme est devenue moyen salvateur. Il s'est passé quelque chose dans la correction du traitement, la nature a trouvé le moyen de s'en servir pour régler le problème. Et le problème de la surpopulation est réglé, regardez : plus d'adultes, plus de reproduction. En l'espace de quelques années, le problème sera réglé. Définitivement.
Je suis un peu sonné par ce que vient de nous raconter le professeur. Il reconnaît être à l'origine de la disparition prochaine de l'humanité. Et il en est fier.
-Vous savez, je lui dis en me tournant pour le regarder par-dessus mon dossier, on a vu Laurent avant de venir ici, et il nous a tenu les mêmes propos.
Baroult a l'air choqué qu'on ait tenté de mêler Laurent à notre intervention, et encore plus que j'ai l'outrecuidance de comparer leurs discours.
-Comment, comment, comment ça ?
-Eh bien, remplacez le mot nature par le mot Dieu, et l'idée est la même.
-Oui, non, ça n'a rien à voir. Je ne parle pas de mysticisme, mais de mutation, d'évolution, …
-Non, non, l'évolution n'a aucun but, pas d'idée directrice comme vous semblez le prétendre. En fait, vous êtes d'une arrogance sans nom. Maintenant, voilà que vous vous prenez pour l'instrument de Dieu.
-Je n'ai jamais parlé de Dieu !
-Mais c'est pareil, de la façon dont vous présentez les choses.
Appelez-la Gaia, si vous voulez, mais ça revient au même. Vous ne pouvez pas vous empêcher de vous donner le rôle central, le beau rôle même.
D'une part, ce n'est pas de votre faute, puisque c'est la nature qui l'a voulu…
Et en plus, c'est magnifique, c'est la solution à tous les problèmes de la Terre…

Vous êtes vraiment doué pour tourner les choses à votre avantage. À un tel point, je pense que c'est pathologique. Vous êtes incapable de reconnaître vos torts. Vous arrivez à présenter une connerie, comme il n'y en a pas eu d'autre dans l'histoire de l'humanité, comme étant un exploit, une performance.

Vous savez quoi, professeur ? Je pense que vous devriez vous faire soigner. Voir un bon psy.

Il a l'air un peu vexé, le petit professeur.

Mais avec Philippe juste contre lui, sur sa droite, il ne proteste pas plus que ça, juste une vague grimace sur son jeune visage.

Puis il reprend une contenance :

-Bien. C'est pour me dire ça que vous avez pris l'avion et que vous m'avez fait monter dans cette voiture ? Ok, j'irai voir un psy...

C'est Dubois qui s'y colle. Il se tourne à son tour vers l'arrière de la voiture, le bras passé par-dessus le siège. C'est difficile, parce que les dossiers sont hauts pour nos petits corps. Il doit étirer le menton pour voir par-dessus le siège :

-En fait, ce que l'on va faire de vous dépend de votre attitude. On s'était dit que si vous faisiez amende honorable, on pourrait en rester là, mais que si vous gardiez votre détestable arrogance, on se verrait obligés de vous corriger et de vous empêcher de nuire à l'avenir.

Autant vous dire que vous êtes mal parti...

Baroult déglutit. Il a compris la menace.

-Écoutez, bon, ok, j'ai compris, comme je vous l'ai dit, je reconnais avoir commis des erreurs. Ok. Mais je veux vraiment corriger cela. Écoutez, je vais vous confier un secret, je suis en train de monter un laboratoire à l'école...

Aucun de nous n'en croit ses oreilles. Ce que l'on craignait, il est en train de nous le révéler sans que l'on ait à insister. On est ici pour s'assurer qu'il ne va pas aggraver encore la situation en voulant l'améliorer, et il nous avoue spontanément que c'est justement ce qu'il est en train de faire. Qui plus est, on pensait qu'il allait suivre son cursus, faire ses études pour se fabriquer un alibi, mais non, il est déjà à pied d'œuvre. On pensait avoir une vingtaine d'années devant nous, mais il est déjà en plein dedans.

-Comment, déjà, un laboratoire ?

-Oui !!!

En plus, il est fier, il jubile :

-Vous avez vu, je suis sorti de l'école en discutant avec le professeur Atkins, c'est le prof de bio de l'école. C'est un parfait idiot, mais j'arrive à lui faire croire que les idées viennent de lui, et il fait ce que je veux...

Le labo est déjà pas mal équipé, vous savez ils ont des moyens dans cette école. C'est une des raisons qui m'ont fait choisir ce pays. Ça et le climat.

Dans quelques semaines, on aura tout le matériel nécessaire, j'espère, et alors je pourrai travailler pleinement, sous couvert de travaux pratiques avec le professeur Atkins, bien sûr. Je ne veux pas m'avancer, mais dans moins d'un an je devrai disposer d'un traitement permettant de contrer les effets indésirables du dernier traitement correctif. Pour parler clairement, on sera en mesure de retrouver notre apparence physique d'adultes. Peut-être pas comme ça, d'un claquement de doigts, mais au moins un vieillissement un peu accéléré, que l'on contrôlera bien sûr pour s'arrêter à l'âge voulu.

Il parle, il parle, fier de lui, sans se rendre compte qu'on est tous atterrés.

Je me racle la gorge et l'interromps :

-Euh…professeur ? Vous savez ce qui nous a réellement décidés à venir ici ? En fait, nous avions peur que vous ne repreniez vos travaux et tentiez de corriger vos erreurs. Nous avons peur que vous commettiez une nouvelle erreur, que vous aggraviez encore la situation.

Il prend l'air indigné :

-Mais non, enfin, ok, on est allés trop vite, on aurait dû vérifier et revérifier, mais c'est une erreur isolée et cela n'a pas de raison de se reproduire.

Philippe l'interrompt :

-Ce n'est pas une erreur isolée. Vous avez d'abord créé Le processus, et je me suis retrouvé, avec quelques dizaines d'autres, dans le corps d'un gamin de dix ans. Vous avez alors voulu corriger cela, et l'humanité tout entière s'est retrouvée dans le même cas. Si on vous laisse faire, que va-t-il se passer ?

On va tous être transformés en nourrissons, en chimpanzés, ou en vieillards incontinents, ou que sais-je moi ?

Ce que je dis, c'est que c'est trop risqué. On ne peut pas prendre le risque de vous laisser encore faire une connerie. Voilà pourquoi on est là.

Le professeur veut répondre, mais Dubois prend la parole, assez véhément, il agite le doigt sous son nez :

-On avait peur de ça, des conséquences d'une nouvelle tentative de votre part. On est venus pour prévenir cela, moi perso j'étais sûr que vous alliez nier, jurer vos grands dieux que jamais on ne vous y reprendrait, que ce genre de traitement c'était fini pour vous.

Et qu'est-ce que vous nous dites ? Que vous avez pratiquement déjà commencé.

Il regarde Baroult en secouant la tête.

Après un long silence, Baroult reprend la parole :

-Mais alors quoi, vous voulez laisser les choses en l'état ? Vous voulez rester comme ça, toute votre vie ? Vous voulez que le genre humain s'éteigne avec nous, faute de descendance ?

Nouveau silence. Puis il ajoute, d'un ton très calme, presque à voix basse :

-C'est vrai, il y a un risque. Quelle que soit l'activité humaine entreprise, on encourt un risque. Il s'agit juste de s'entourer d'un maximum de précautions pour le minimiser. C'est vrai, j'ai commis une lourde erreur en ne m'entourant pas de toutes les précautions avant de diffuser la correction pour les premiers vieux-enfants. Mais on apprend de ses erreurs, et cette fois j'effectuerai tous les tests requis, toutes les vérifications.

Je ne vous promets pas un résultat à cent pour cent sûr, sans risque. Cela n'existe pas. Mais je vous promets de prendre mon temps, de m'entourer d'un luxe de précautions et vérifications, qui même à vous vous sembleront superflues.

De toutes façons, on n'a pas le choix. Il est hors de question de laisser les choses comme ça. Vous voulez rester comme ça, Monsieur Blanchard ? Et vous, Madame Blanchard, vous voulez qu'il reste comme ça ? Vous voulez rester comme ça vous-même ?

Personne ne répond.

Je suis juste en train de penser qu'il est fort, le mec. On est venu de l'autre côté du monde pour l'empêcher de recommencer, on l'a pratiquement enlevé, séquestré, menacé, et en deux minutes il nous a presque convaincus.

Il reprend :

-Vous voyez bien qu'il n'y a pas d'alternative. Si, en fait, il y en a, il y a d'autres équipes dans le monde en train de travailler sur le sujet, vous pensez bien. Je suis de très près leurs travaux, je suis abonné à toutes les revues scientifiques spécialisées, enfin le professeur Atkins l'est. Permettez-moi de vous dire que ces équipes sont très loin d'obtenir des résultats, sans parler de résoudre le problème. Mais c'est une alternative, et si vous ne me faites pas confiance, vous pouvez toujours espérer qu'elles trouveront avant moi. Mais ne m'empêchez pas de chercher de mon côté, parce que vous vous priveriez de vos meilleures chances de... de guérir, je crois qu'on peut le dire comme ça, non ?

Nouveau silence, on se regarde tous, gênés.

C'est Philippe qui reprend la parole, pour contredire Baroult, mais d'une voix hésitante :

-Le problème, c'est qu'on ne vous fait plus confiance. Vous avez trahi ma confiance deux fois déjà. Il faudrait être fou pour mettre encore une fois notre santé entre vos mains.

Baroult réfléchit, on sent qu'il pèse ce qu'il va répondre :

-Je vous comprends. En un sens, vous avez raison. Mais vous n'avez pas le choix. Je suis le seul à même de corriger mes erreurs. Je suis sûr que vous avez suivi tout ce que disent les autres scientifiques. Il y a des dizaines d'équipes qui

travaillent là-dessus, dans le monde entier. En avez-vous entendu une seule annoncer qu'elle entrevoyait un résultat ne serait-ce qu'à moyenne échéance ?
Philippe fait Non de la tête, à contrecœur.
Le professeur fait ' Vous voyez', sans parler, juste d'une mimique.
-Je sais que je n'ai pas le droit de vous demander de me faire confiance, mais… je vais essayer de vous démontrer que les choses ont changé. Moi je vous fais confiance, regardez.
Il sort son portable de la poche intérieure du blazer de son uniforme. Philippe réagit, il veut le lui arracher. Baroult lui fait signe de rester calme, que tout va bien.
-Regardez, dit-il, je l'éteins.
Il joint le geste à la parole.
Il poursuit :
-Tant qu'il était allumé, on pouvait me tracer, et mon équipe n'allait pas tarder à me retrouver. D'ailleurs, là-bas, regardez, les voilà.
Il désigne deux beaux gamins de soixante kilos au moins, sur des scooters, qui viennent d'apparaître au coin de la rue. L'un d'eux a les yeux rivés sur son écran, l'autre fouille les environs du regard, visière levée. Celui qui surveille son écran a l'air énervé. Normal, il a perdu son signal quand Baroult a éteint son portable.
Dubois et Léa ont l'air terrorisés, Baroult les rassure :
-Ne vous en faites pas, je vais les renvoyer. Il faut qu'on apprenne à se faire confiance. Je ne peux pas continuer à travailler sereinement si je crains en permanence que vous ne divulguiez ma véritable identité.
Parce que c'est ça votre arme, n'est-ce pas, votre moyen de pression sur moi ?
Et vous, vous ne pouvez pas reprendre vos vies normales chez vous, si vous n'avez pas confiance en moi, n'est-ce pas ?
Alors c'est le moment des gages de confiance.
Vous laissez ces gars s'approcher, et moi je les renvoie en leur disant que tout va bien. Ok ?
On se regarde tous.
Il sourit en soulevant les sourcils :
-Moment de vérité, hein ? Allez, faites-leur signe, dit-il en montrant les deux colosses sur leurs scooters.
Moi, je réfléchis rapidement qu'on n'a pas trop le choix, alors je baisse ma vitre, et leur fais un signe du bras. Léa réprime un cri de crainte. Trop tard, ils m'ont vu et s'approchent.
Les deux beaux bébés mettent leurs engins sur béquille, sans effort.
-Le professeur est là, j'allais leur dire, mais je me reprends à temps. Je ne me souviens même pas du nom qu'il utilise ici…

-Il est là.

 Ça suffira.

Ils se penchent par la vitre que Léa baisse à contrecœur, en se plaquant en arrière sur son siège.

Le professeur leur sourit très naturellement.

-Tout va bien, les amis. Tout va très bien. Nous allions rentrer, vous pouvez nous accompagner, mes amis allaient me ramener chez moi.

Les deux gars redémarrent et nous suivent quand je mets la voiture en mouvement.

Le professeur me donne l'adresse. Il nous a un peu forcé la main, quand même. C'est toujours lui qui mène le jeu, quoi qu'il arrive…On arrive devant une très belle propriété, un portail monumental laisse entrevoir une végétation luxuriante, tellement épaisse qu'on ne distingue pas la demeure derrière les fleurs, les lianes, les feuilles, aux formes toutes plus exotiques les unes que les autres.

Le professeur sort son portable et le rallume, il s'en sert de télécommande pour ouvrir le portail. Les deux énormes gamins prennent place de chaque côté, visiblement ils en ont l'habitude.

Il se tourne vers Philippe :

-Bon, Monsieur Juliani, sans rancune pour votre inutile accès de violence, j'espère que c'est la dernière fois.

Il lui tend la main. Puis il s'adresse à Léa :

-Enchanté d'avoir fait ce petit voyage à vos côtés, Madame Blanchard.

C'est mon tour, puis celui de Dubois :

-Monsieur Dubois, je n'avais pas eu l'occasion de vous dire toute ma peine de n'avoir rien pu faire pour votre petit fils. J'en suis profondément navré.

Puis il s'adresse à nous tous, avant que Philippe ne descende de voiture pour lui permettre de descendre lui aussi :

-Alors on a un deal, n'est-ce pas ? Vous me laissez travailler, je vous envoie un résumé deux fois par an de l'avancée des travaux, et quand on a passé toutes les phases officielles et légales d'essais sur l'animal, je vous informe et vous me donnez votre avis avant de passer aux essais thérapeutiques sur l'homme. Vous pouvez venir visiter mes installations quand vous voulez…

D'ailleurs, quand pensez-vous quitter notre île, vous pourriez passer voir ce qu'on a déjà fait avant de rentrer ?

Prenez ma carte, vous m'appelez quand vous voulez.

Il disparaît derrière le portail électrique qui se referme silencieusement. Les deux gardes restent à leur place, sur le trottoir.

Je fais faire demi-tour au véhicule.

J'ai la sensation de m'être fait berner.

-On retourne à l'hôtel, je demande dans la voiture silencieuse ?

Personne ne répond. Philippe hausse les épaules. Je ne suis pas le seul à ressentir qu'on s'est fait rouler dans la farine.

Après un moment, Dubois soupire :

-Tout ça pour ça…

Encore un silence, puis il ajoute :

-Enfin, après tout, il a raison, c'est la seule solution. Qu'est-ce qu'on peut faire d'autre ?

Philippe répond :

-La seule différence, c'est que maintenant il a notre bénédiction…

-Quand même, il est fort ce mec, je laisse tomber.

-Très fort, confirme Dubois à contrecœur.

Léa, assise derrière moi, me tapote l'épaule :

-Qu'est-ce que j'ai eu peur quand tu as descendu ta fenêtre et que ces deux bébés sumos se sont approchés.

-Même là, il nous a eus, il nous a obligés à le laisser démontrer qu'on pouvait lui faire confiance.

Nouveau silence.

-Il est fort, répète encore l'un de nous.

-Tu sais, Léa, tu n'avais pas trop à t'en faire, Dubois nous aurait protégés de toute façon.

Dubois se tourne vers moi, surpris :

-Pourquoi moi ?

Je lui réponds en lui souriant :

-J'ai vu ce que vous portez dans votre ceinture, sous votre veste.

-Ça ? il me dit en se soulevant à demi et en portant la main derrière lui sous sa veste.

Il en sort un petit appareil, je vois alors qu'un mince fil en sort et court sous sa veste, ressortant dans sa nuque, jusque derrière son oreille.

-C'est un traducteur instantané. Je ne suis pas très fort en anglais. Je ne vois pas comment ça nous aurait sorti d'un mauvais pas face à ces gamins monstrueux.

Il ajoute en rigolant :

-Tu pensais que c'était une arme, gamin ? Tu pensais que je portais un flingue sous ma veste ?

Il est hilare. Je me sens un peu con.

-Depuis que vous avez pointé un pistolet sur moi, chez Youngagain, je suis… je m'attends à tout avec vous.

Il éclate de rire.

Léa me dit avec un peu de reproche dans la voix :

-Alors c'est pour ça que tu t'es senti courageux et que tu as fait signe à ces colosses et que tu as ouvert la vitre. Moi qui admirais ton courage...
Elle a l'air déçue.
Puis seul le GPS se fait entendre jusqu'à ce que l'on soit devant l'hôtel.

Chacun dans sa chambre, sans trop savoir quoi dire, tout ce voyage, ces résolutions, pour rien...
Le téléphone sonne, je décroche, curieux de savoir qui peut bien m'appeler dans ma chambre d'hôtel du bout du monde. Peut-être Dubois pour nous donner rendez-vous au restaurant de l'hôtel ? Ou Nicolas pour prendre de nos nouvelles.
Je reconnais tout de suite la voix de Baroult.
-Alors, vous êtes bien rentrés ? Écoutez, ce serait sympa de se revoir avant votre départ. J'aimerais vraiment vous faire visiter le laboratoire, comme ça vous pourriez vous faire une idée de la progression des travaux, quand je vous communiquerai les avancées.
-Euh oui, d'accord, j'en parle aux autres et on vous rappelle, vous nous avez donné votre carte.
-Bien, bien Monsieur Blanchard. Je suis content que nos relations aient atteint un nouveau stade. Très content. C'est plus... mûr. Oui c'est ça, c'est plus adulte. Je me réjouis déjà de vous faire partager les prochaines avancées. Au plaisir de vous entendre bientôt.
Il raccroche.
J'explique à Léa que Baroult a appelé. La perspective de le revoir ne l'emballe pas. En tout cas cela ne lui semble pas indispensable.
Une demi-heure plus tard, au cours du repas, Dubois et Philippe ne semblent pas d'un autre avis.
On décide de visiter la ville le lendemain, puis de prendre notre avion de retour le jour suivant.
Il n'y a plus aucun enthousiasme chez aucun de nous. Ni pour la visite, ni pour le retour.
Le lendemain, nous voilà tous ensemble dans les rues d'une ville exotique, dès qu'on sort un peu on est dans une végétation à couper le souffle, et pourtant nous sommes éteints. Il y a quelque chose de cassé entre nous. Même entre Léa et moi, il y a comme une gêne.
On est tous les quatre déçus. Déçus de nous-mêmes.
Au milieu d'une place envahie d'artistes, peintres naïfs, jongleurs, mimes, je m'arrête soudain et interpelle mes compagnons :

-On s'est fait avoir, il nous a manipulés, ou bien simplement on s'était monté le bourrichon avant de venir ? C'était le seul résultat possible, hein, c'est ça, en fait on est venus pour rien ?

Dubois choisit ses mots :

-Je pense qu'en effet, on s'était construit des attentes trop élevées. Mais je ne dirais pas qu'on est venus pour rien. Au moins, on sait à quoi s'en tenir exactement, maintenant. Et on aura une sorte de contrôle sur ses essais, dans le futur.

Philippe fait une moue exprimant bien le peu de foi qu'il accorde au contrôle qu'on aura…

Au moins, d'en avoir parlé, ça nous décoince un peu et on décide de passer notre dernière nuit dans un bar un peu chaud, avec musique tropicale et cocktails.

Dubois nous surprend tous à danser avec beaucoup d'ardeur. Il n'a pas besoin d'alcool pour épouser tous les rythmes et nous faire rire en parodiant tous les gamins qu'on connaît, en se trémoussant. Même Philippe se déride et promet de revenir avec Paula pour leurs prochaines vacances, il veut lui faire découvrir l'ambiance tropicale.

La nuit est bien avancée quand on regagne l'hôtel, il reste peu d'heures de sommeil avant de devoir rejoindre l'aéroport.

J'ouvre la porte de notre chambre et laisse passer Léa, qui tombe de fatigue et a mal aux pieds après s'être fait inviter à danser par la moitié du bar.

J'allume la lumière.

Baroult est assis dans notre chambre, sur le fauteuil devant la fenêtre.

Un œil au beurre noir, la lèvre fendue, la veste déchirée.

-Qu'est-ce que… qu'est-ce que vous faites là, et puis d'abord comment êtes-vous entré ? parviens-je à bégayer.

-Je vais bien, merci de vous en préoccuper, répond Baroult d'une voix presque méconnaissable, tant sa lèvre est enflée.

Léa est déjà à genoux devant lui avec la mini trousse à pharmacie qui ne la quitte jamais en voyage. Elle examine son œil puis tamponne doucement la lèvre du professeur qui gémit mais se laisse faire.

-Alors, que s'est-il passé ?

-On m'a découvert. Des gens s'en sont pris à moi en m'accusant d'être le professeur responsable de la pandémie de juvénisme, comme certains l'ont appelée. Ils veulent me faire la peau. Je ne sais même pas comment j'ai réussi à leur échapper.

-Mais comment avez-vous pu entrer dans notre chambre ?

-Oh, vous savez, un petit billet…

-Vous saviez qu'on était dans cet hôtel ?

-Dans la voiture, le GPS était allumé, et l'historique était projeté en hologramme dans le coin inférieur gauche de votre pare-brise.

Quand j'ai réussi à m'enfuir, je suis accouru directement ici, et je ne sais pas pourquoi, c'est votre nom que j'ai donné à la réception plutôt que celui de Monsieur Dubois ou Juliani.

J'ai dit que je devais vous attendre dans votre chambre, et cela ne leur a pas semblé étrange. Un petit billet, et la porte s'est ouverte…

-Vous êtes sûr que vous n'avez pas été suivi ? Je veux dire, ceux qui vous ont agressé ne savent pas que vous êtes ici ?

-Je ne crois pas, non, j'ai réussi à les semer.

-Comment ils vous ont découvert ?

-Aucune idée. Vous n'en avez parlé à personne depuis que vous êtes ici ?

-Non, bien sûr que non. Vous ne croyez pas que…

-Je ne crois rien, mais c'est une énorme coïncidence que juste quand vous arrivez de France, ici ma couverture s'effondre.

-Je vous jure que…

-Je ne vous accuse de rien, mais je ne crois pas aux coïncidences. Au pire, l'un de vous a dû commettre une imprudence, ou aura laissé échapper quelque chose.

-Sincèrement, je ne vois pas. Aucun de nous n'a parlé à personne.

Ces gens qui s'en sont pris à vous, vous les connaissez ?

-Pas personnellement, mais…

Baroult suspend sa phrase.

-Mais ? je le relance.

-Mais… je crois qu'ils font partie de la famille de mes « protecteurs ».

-Vos protecteurs ? Vous voulez dire vos gardes du corps ?

- Oui, vous aurez remarqué qu'ils sont tous très grands et très costauds.

-Oui, c'est le moins que l'on puisse dire.

-C'est une famille, ils faisaient tous deux mètres et cent dix kilos adultes, il leur en est resté quelque chose après leur régression. Parmi mes agresseurs, il y en avait de cet acabit.

-Donc ce sont des gens que vous connaissez, rien à voir avec nous. Écoutez, je crois qu'on devrait informer Dubois et Philippe de ce qui se passe.

Le professeur me regarde, je vois qu'il hésite. Aurait-il moins confiance en eux deux qu'en Léa et moi ? Je ne pense pas que l'un d'eux ait pu le balancer.

Il est très tard, ils doivent dormir déjà, on peut attendre demain… ou pas. Peut-être devrais-je les réveiller. Ce qui s'est passé est quand même grave. Léa se rend compte de mon hésitation. Elle a dû lire dans mes pensées ou suivre le même cheminement, parce qu'elle me dit :

-Il faut leur dire sans attendre.

Elle se tourne vers le professeur et tente de le convaincre aussi :

-Il faut les mettre au courant tout de suite.

Il ne répond rien, je le vois hésiter encore. Je prends mon portable, il ne s'y oppose pas.

Je décide d'envoyer un SMS, comme ça je n'ai pas à décider de parler d'abord à l'un ou à l'autre.

-Le professeur est dans ma chambre, apparemment sa couverture est tombée.

Quelques instants à peine après l'envoi du message, on frappe impérieusement à la porte.

J'ouvre, Dubois est dans le couloir, en pyjama. Je le fais entrer, il cherche immédiatement le prof des yeux, je les vois échanger des regards, disons bizarres. Ils ne se parlent pas, je les sens se jauger, s'évaluer. Je suppose que le professeur essaye toujours d'apprécier si Dubois peut être la personne qui l'a dénoncé. Et Dubois, eh bien sans doute pense-t-il que le professeur est toujours capable d'un coup tordu. Il évalue s'il est n'est pas encore en train de nous manipuler. L'état pitoyable du professeur qui semble sortir d'un combat de rue doit le convaincre de sa sincérité.

Ils ne disent rien un long moment, sans se quitter des yeux.

On frappe à nouveau, Philippe est debout devant la porte.

-Qu'est-ce qui se passe ? Oh, oh, rigole-t-il en voyant la tête de Baroult.

Ce dernier n'apprécie pas vraiment.

Sa lèvre ne cesse d'enfler et il parle avec beaucoup de difficulté maintenant.

Léa explique aux autres ce qu'il nous a dit.

Philippe est scandalisé par la facilité avec laquelle il a eu accès à ma chambre.

C'est vrai ça, je n'avais pas trop percuté, mais c'est scandaleux.

Léa me prie d'aller chercher des glaçons pour la bouche du professeur, je descends immédiatement pendant que Dubois commence à demander des éclaircissements à Baroult.

Arrivé dans le hall, je vais pour me diriger vers le bureau, quand je vois que le réceptionniste de garde est aux prises avec un groupe de gamins assez virulents. Ils crient, agitent les mains, mais surtout, ils sont grands et larges. Ils ont tous un air de famille avec les gardes du corps de Baroult.

Ils arrivent à voir par-dessus le comptoir, alors que le réceptionniste est monté sur une estrade.

Je retourne discrètement d'où je viens.

-Ils sont en bas, je crache précipitamment dès que Léa m'ouvre la porte.

-Hein, qui ça ?

-Les petits géants. Il y en a un paquet, en train de malmener le réceptionniste.

En une seconde, Baroult est debout :

-Faut qu'on s'en aille !

-Ok, on va dans ma chambre, dit Philippe.

-Faut qu'on quitte cette île, précise Baroult. Je suis grillé ici. Ils veulent me faire la peau.

-Mais comment, quand, où ? je panique.

-D'abord, quitter discrètement l'hôtel. Prenez vos vêtements, vos passeports et votre argent.

On se regarde tous.

Visiblement, c'est sérieux. Le problème avec Baroult, c'est qu'on craint toujours d'être en train de se faire manipuler. Mais aussi bien les traces de violences qu'il porte sur lui que la peur qui se lit sur son visage sont bien réelles. Il ne serait quand même pas si bon comédien. Et puis qu'a-t-il à gagner ?

Chacun de nous fait rapidement son sac, heureusement nous avons nos passeports sur nous, personne ne les a laissés à la réception.

Nos sacs sont légers, seule Léa refuse de laisser la moitié de ses vêtements et insiste pour prendre toute sa valise. Baroult a du mal à la convaincre. Un sac à dos, c'est l'idéal selon lui.

En cinq minutes, tout est prêt. Un coup d'œil dans le couloir. La voie est libre. Dubois nous emmène à l'extrémité du bâtiment, une porte donne sur un escalier de secours. Nous l'empruntons en silence. Nous arrivons à l'arrière de l'hôtel, entre poubelles et locaux techniques.

Nous brûlons tous d'envie d'interroger Baroult, mais pour le moment il faut garder le silence.

Il reste caché, courbé en deux derrière les poubelles, nous faisant signe d'en faire de même. Il inspecte les alentours et quand la voie lui semble libre, il sort prudemment, nous invitant à le suivre. Nous nous dirigeons tous vers la plage, essayant de nous éloigner de l'hôtel discrètement. Heureusement, la plage n'est pas éclairée, et nous marchons dans le noir. La lune est étroite, les étoiles cachées par de légers nuages. J'enlève mes chaussures, le sable est frais et humide, mais on y marche plus aisément pieds nus.

À ce moment-là on entend du grabuge venant de l'hôtel. Des cris, des bruits de dispute. Des portes qui claquent, des bruits indéfinissables. On se fait tout petits.

Le bruissement des vagues venant lécher la plage le dispute au tumulte venant de l'hôtel. Impossible de deviner ce qui se passe. Des lumières s'allument aux fenêtres, il me semble que ce sont les fenêtres de nos chambres. On se fait encore plus petits. Même une faible lune doit se refléter sur la surface de l'eau comme sur un miroir, et j'ai peur qu'ils ne regardent par la fenêtre. On doit être visibles dans cette clarté réfléchie.

Puis presque toutes les fenêtres s'allument, et enfin des sirènes de voitures de police se font entendre.

-On décampe, crie Baroult en chuchotant.

On se presse sur le sable, en direction du port.

Je me retourne de temps en temps dans notre fuite, il y a plein de lumières dans l'hôtel, autour de l'hôtel, vers l'hôtel. Je vois les lumières clignotantes de ce qui doit être le véhicule de police. D'autres voitures arrivent et s'arrêtent. J'imagine peut-être des véhicules de presse. Si l'information est donnée qu'on a localisé l'homme le plus recherché au monde, celui qui a transformé l'humanité en école primaire, la presse du monde entier va débarquer ici. Ça va pas être facile de se planquer et de s'échapper. J'essaye de me rassurer en me disant que nous ne sommes pas recherchés, seul le professeur l'est, mais je me sens quand même tendu et inquiet.

Je n'arrive pas à me désintéresser du sort de Baroult. Je n'aimerais pas le voir abattu sous mes yeux. Je ne sais pas si je place encore mes espoirs en lui pour redevenir adulte ou si c'est parce qu'à force de le côtoyer, je finis par éprouver une forme de sympathie envers lui.

À cette heure avancée, la ville, la route longeant la plage que l'on suit, sont désertes et silencieuses. Seul nous parvient l'agitation de plus en plus lointaine qui semble provenir de la zone de l'hôtel.

Un léger tintement, ce sont les cordages, fanions, bouées et bouts qui cognent les coques et les mâts des bateaux à quai, balancés par la houle légère.

Un gamin, dont les gestes et les attitudes font penser à un vieil homme, est assis, adossé à une bitte, occupé à réparer un filet, dans une lumière presque inexistante. Je m'apprête à passer discrètement afin d'éviter qu'il puisse indiquer plus tard dans quelle direction nous sommes partis, il semble tellement absorbé qu'il ne nous remarquera peut-être pas. Mais Baroult s'arrête et lui demande s'il a un bateau.

Le type lève à peine la tête, fait Oui en montrant le rafiot derrière lui, un des rare bateau en bois de cette zone du port. Il doit faire à peu près huit mètres de long et ne semble pas de première jeunesse.

Baroult sort une liasse de billets et demande au vieux s'il pourrait nous emmener faire un tour en mer.

Avant qu'il ait fini sa phrase, le petit vieux est debout, avec la souplesse et la vivacité qu'il a sans doute retrouvées grâce à son interlocuteur, mais cela il ne le sait pas.

Il nous fait monter à bord sur une planche jetée entre le bateau et le quai.

-Mais, où va-t-on, demande Léa ?

-Le plus loin possible, répond Baroult sur un ton n'invitant pas trop à la discussion.

-Attendez, répondent Dubois et Philippe. Nous, on n'est pas poursuivis. Pourquoi devrait-on s'enfuir ?

-Réfléchissez un peu. Ils nous ont vus ensemble. Ils m'ont cherché à votre hôtel, et nous avons disparus ensemble. Vous avez déjà vu une foule en colère, ivre de vengeance ? Ils ne feront pas de détails, ne chercheront pas à comprendre. Ils nous tailleront tous en pièces et les gens se disputeront les morceaux s'ils nous mettent la main dessus.

Il se tourne vers moi :

-Vous avez pris le risque d'emmener votre charmante épouse dans cette aventure, maintenant c'est à vous de la tirer d'affaire. Vous ne voulez pas qu'il lui arrive malheur, n'est-ce pas ?

Encore une fois, bien que j'aie nettement l'impression d'être manipulé, je ne peux m'empêcher de lui donner raison et d'accepter ses arguments.

Je baisse la tête et donne la main à Léa pour l'aider à franchir la passerelle qui ploie sous notre poids.

-Je vous préviens, j'ai le mal de mer, je lui lance quand même, pitoyable menace brandie comme pour ne pas lui laisser avoir le dernier mot.

En quelques instants, le pêcheur largue les amarres, nous assigne des places et descend lancer le moteur. Après quelques hoquets, le bateau jette des paquets de fumée plus noire que la nuit qui nous entoure et s'éloigne gentiment de son quai, au son d'un moteur cognant régulièrement dans la cale.

Le petit vieux est au gouvernail, dans l'étroite cabine à l'arrière. Nous sommes tous assis contre la rambarde, à l'avant.

-Où allons-nous, relance Philippe ?

-Au large, répond Baroult.

Comme nous allons tous nous fâcher, il prend sur lui et se force à rompre ses habitudes de décider sans rien expliquer :

-En fait je n'ai aucun plan, il faut juste s'éloigner et quand il fera jour, on avisera, on regardera sur une carte, il doit bien y en avoir à bord.

Ensuite il répond à nos questions, et raconte comment il a été pris à partie par une vingtaine d'excités comme il sortait de chez lui. Tous l'accusaient d'être le voleur de virilité, le sommaient de leur rendre leur dignité d'adulte et tout ce qui va avec. Les meneurs étaient ceux qui ressemblaient à ses gardes du corps.

-Et comment avez-vous réussi à vous échapper, demande Philippe ?

-Avec ceci, répond Baroult en sortant un pistolet de la poche de sa veste. Je ne m'en sépare jamais depuis que je suis ici. J'ai tiré un coup en l'air, ça m'a donné le temps de leur fausser compagnie.

On se regarde entre nous. Les choses deviennent vraiment sérieuses. Ou du moins commence-t-on seulement à s'en rendre compte...

-Et comment croyez-vous qu'ils ont découvert votre véritable identité, demande Dubois ?

-Aucune idée. Cela a probablement à voir avec votre arrivée. Je ne crois pas aux coïncidences. Vous avez dû commettre une imprudence. Peut-être parlé un peu fort à table ou en vous promenant, en pensant que personne ne comprendrait, mais vous savez, il y a partout dans le monde des gens qui parlent français...

On se regarde sans répondre. Après tout, ce n'est pas impossible.

-Peut-être dans l'avion, précise encore Baroult.

Je suis partagé entre l'envie de dormir et celle de vomir. Je choisis de dormir, la tête appuyée sur l'épaule de Léa. On n'est pas trop mal, à demi allongés sur des filets de pêche, si l'on ne tient pas compte de l'odeur.

Quand je me réveille, les premières lueurs de l'aube commencent à pointer vers l'Est. Je me lève, même un corps de gamin peut être courbaturé après une brève nuit sur des cordages, malmené par le tangage et le roulis. Je chancelle, me retiens au bastingage pour ne pas perdre l'équilibre, et commence quelques exercices d'assouplissement.

Les autres se sont endormis aussi, le marin me fait signe derrière sa fenêtre. Je hoche la tête pour lui rendre son salut.

Il me montre une tasse, je le rejoins dans sa cabine en titubant, je n'ai pas le pied marin. Il a un Thermos plein de café et m'invite à me servir. Je lui demande où on est, il me montre une vaste zone en pleine mer. Mon anglais est loin d'être parfait, mais je crois le parler mieux que lui. Il est beaucoup plus à l'aise en créole. À ce que je comprends, on est en train de s'approcher de la Floride.

Mes compagnons qui se réveillent à leur tour viennent nous rejoindre. Dubois doit rester dehors, la cabine est trop petite. La porte reste ouverte.

Baroult demande à voir une carte, le marin en sort une, très abîmée, il nous montre d'où on vient, où on est, et où il va pêcher d'habitude.

-Pas très précise, cette carte, fait Baroult avec une moue.

Philippe sort son portable et prétend lui montrer quelque chose de plus précis. Baroult lui arrache le téléphone des mains, sort de la cabine en bousculant Dubois et jette le portable par-dessus bord.

-Je vous avais demandé d'éteindre complètement vos portables, fulmine Baroult.

Philippe est sans voix, il regarde la mer là où a disparu son portable puis nous dévisage, l'air de dire « J'y crois pas, il a fait ça ? ».

-Désolé, mais vous êtes certainement déjà tous identifiés comme compagnons du fuyard, et vos portables servent à nous localiser.

-Euh, vous auriez peut-être pu vous contenter de l'éteindre, dit Philippe.

-De toute façon, vous ne pourrez plus les utiliser. Nous serions immédiatement localisés.

-Et... on va fuir longtemps comme ça ? On va se cacher longtemps ? On va se cacher où, demande Léa ?

Il se tourne vers elle :

-Je ne sais pas encore. Mais maintenant, grâce à vous, attendez-vous à voir arriver une vedette rapide ou un avion dans quelques dizaines de minutes.

Après avoir réfléchi un instant, il ajoute :

-Je vais lui demander d'accoster sur l'île la plus proche.

À ma grande surprise, il s'adresse au pêcheur en créole. Celui-ci aussi a l'air surpris. Ils échangent quelques propos, puis Baroult se tourne vers nous :

-Il y a une île presque inhabitée à quelques miles. Il va nous y conduire. Depuis qu'il m'a vu jeter le portable, il se doute qu'on est recherchés. Il n'est pas mécontent de nous abandonner, malgré la liasse que je lui ai promise s'il nous emmène.

Puis, voyant notre surprise :

-Ça fait quand même des mois que je suis là, je me suis mis un peu à leur créole.

Le pêcheur change de cap, le gouvernail tourne entre ses mains, je ne sens rien mais bientôt je vois que notre sillage dessine une belle courbe. Le moteur continue son toussotement imperturbable.

On se poste tous à l'avant du navire, espérant apercevoir bientôt la côte de notre nouvelle destination.

Baroult est de loin le plus nerveux d'entre nous, c'est quand même lui qui risque le plus, quoi qu'il en dise. Que la populace se jette sur nous tous, sans

faire de quartiers, c'est possible, mais là ce sont les autorités qui risquent de nous arraisonner, et elles n'ont rien de sérieux à nous reprocher, je pense.
Nous sommes donc assez sereins. Hormis le mal de mer, qui m'assaille à nouveau. Je dois être vert, parce que Léa s'en rend compte :
-Tu devrais descendre, le plus près possible de la quille, le plus au centre possible du bateau. J'ai lu que c'est là que les mouvements de tangage et de roulis, responsables du mal des transports, sont les plus faibles. Tiens, prends ce calmant et descends.
Je me sens tellement mal, que bien que j'aie envie de voir se dessiner la côte, je suis immédiatement son conseil.
Le pêcheur me regarde ouvrir la porte qui donne sur l'escalier d'un sale œil, mais il ne dit rien. Je descends, c'est bruyant et ça pue le mazout et le poisson là-dedans, mais j'espère tellement me débarrasser de ce terrible mal de mer, que j'affronte. Devant, c'est plein de filets et d'immenses glacières. Derrière, bon je sais, on dit la proue et la poupe, derrière, le moteur cogne régulièrement. Presque au centre de la coque, un beau tas de filets me tend les bras. J'ai l'habitude maintenant. De toutes façons, je n'ai qu'une envie, c'est m'allonger et régurgiter mon estomac. Je m'allonge donc et tente de respirer lentement pour calmer ces nausées. Sans le vouloir, je m'assoupis rapidement. Sans doute, mon corps sait-il que c'est ce qu'il y a de mieux à faire en attendant que ça passe. Le comprimé que Léa m'a donné a un effet terrible sur moi, aussi. Au bout d'un certain temps, je reprends progressivement conscience. Il me faut quelques secondes pour savoir où je suis. Encore quelques minutes pour réaliser que c'est le son des pâles d'un hélicoptère tout proche qui m'a réveillé. Encore quelques instants pour prendre conscience d'une voix que je ne connais pas, qui s'élève, autoritaire et péremptoire. Il y a quelqu'un que je ne connais pas à bord. J'essaye de me lever, mais au moindre mouvement, une nausée violente me cloue au sol.
La voix se rapproche, l'homme qui est monté à bord entre dans la cabine. Je l'entends en chasser le pêcheur et ordonner au professeur de l'y rejoindre.
La porte de l'escalier est restée entr'ouverte et j'entends nettement ce qui se dit, en anglais, malgré les pistons qui cognent avec persévérance.
Bien sûr, c'est une voix de gamin, mais son autorité dénote qu'elle appartient à quelqu'un qui a été un homme habitué à commander.
Baroult essaye de ne pas se laisser impressionner.
-Qui êtes-vous ? Que voulez-vous ?
L'autre attend un instant avant de répondre. Je l'entends presque sourire.
-Je suis le colonel Barnes. Je dirige l'antenne santé de la CIA. Nous sommes à votre recherche depuis longtemps, professeur. Depuis que vous avez disparu après avoir déclenché l'apocalypse.

-Alors, content de m'avoir retrouvé ?

-Oh, ça fait assez longtemps déjà qu'on vous surveille. Presque tous les gardes du corps que vous aviez engagés travaillent pour nous.

-Je ne vous crois pas. Si c'est vrai, pourquoi ne m'avez-vous pas cueilli avant ?

-Nous voulions voir ce que vous prépariez, et nous n'étions pas prêts.

-Pas prêts ? Pas prêts à quoi ?

-Cher professeur, je suis ici pour vous faire une proposition. Nous sommes en train de finir de construire le plus beau centre de recherche en biologie dont vous puissiez rêver.

Nous attendions qu'il soit fin prêt pour vous accueillir vous et l'équipe que nous mettrons à votre disposition, pour vous cueillir, comme vous dites. Mais l'arrivée de vos compatriotes, ces pieds nickelés, a précipité nos plans. Je n'ai toujours pas compris leurs intentions. Je ne sais pas s'ils voulaient vous éliminer, vous convaincre de travailler pour eux, ou de ne plus jamais travailler pour personne, bref, il était devenu urgent d'intervenir.

Nos agents ont donc simulé une agression pour pouvoir vous extraire au prétexte de vous sauver, mais vous nous avez fait faux bond avec cette arme.

-Mais… qu'est-ce que vous attendez de moi ?

-C'est évident, non ? Vous mettez au point un antidote, et l'Amérique devient le seul pays peuplé d'adultes, dans un monde peuplé d'enfants. C'est ironique, non ? Depuis des décennies, tous nos ennemis cherchent à fabriquer une armée de super soldats, et finalement c'est nous qui aurons une armée de soldats ordinaires, et eux des gamins déguisés en soldats.

-Et si je refuse ?

-Alors vous partagerez le sort de vos amis, ces détectives amateurs.

-C'est-à-dire, qu'est-ce que vous allez leur faire ?

-Ce bateau va malheureusement s'écraser sur des hauts-fonds, nombreux dans ces eaux. On va retrouver quelques corps, dont le vôtre si vous refusez mon offre. Si vous me suivez, on pensera que vous avez disparu avec eux.

-Vous êtes fou ! Jamais je ne les laisserai tomber.

-Alors vous disparaîtrez avec eux. Il est hors de question de prendre le risque que vous tombiez entre les mains d'une nation ennemie. Vous travaillez pour nous, ou vous disparaissez ici.

-Je ne vous crois pas. Allez-y, abattez-moi.

Il y a un long silence, j'imagine que le nouveau venu menace le professeur avec une arme, mais que celui-ci ne bouge pas.

-Ok, je ne vous laisserai pas ici. En fait, vous travaillerez pour nous de toute façon. Volontairement, dans une magnifique demeure au milieu d'un parc englobant le centre de recherche, ou contre votre gré, enchaîné dans ce centre, et dans une geôle la nuit. À vous de choisir. Et cette fois, ce n'est pas du bluff. Mais vos amis ne vous suivent pas.

Je me demande s'il apprécie que nous soyons traités d'amis. J'ai plutôt l'impression que depuis longtemps nous sommes son pire cauchemar, ceux qu'il voit toujours arriver avec leur lot d'emmerdes pour lui.

Pourtant il prend notre défense :

-Ok, je viens avec vous, je coopère, je collabore, si vous les laissez tranquilles.

-Impossible. Ce n'est pas négociable. Ils représentent trop de danger. On ne peut pas cacher longtemps quatre personnes dans un centre plein de chercheurs. Et on ne peut pas non plus les relâcher sans prendre le risque qu'ils parlent. Et nous voulons que vos recherches se fassent dans la plus grande confidentialité.

Désolé, dans ce genre d'affaires il y a parfois des dégâts collatéraux, vous le savez bien.

-Écoutez, emmenons-les, nous trouverons une solution pour eux.

-Ils ne viennent pas.

-Je vous promets d'être très docile, si vous les laissez tranquilles.

-Désolé, ce n'est pas possible.

Après un instant, le professeur répond, j'en ai froid dans le dos :

-Bon ok, j'aurais fait mon possible, après tout ils l'ont bien cherché et vous m'enlevez une épine du pied, ils n'arrêtent pas de me causer des problèmes. Juste un truc, je vous demande d'attendre que je sois dans l'hélico avant de vous occuper d'eux. Je ne veux pas être mêlé à ça.

Ils sortent de la cabine. J'entends des bruits de bousculade, des pas qui courent sur le pont, des cris, de la bagarre. Mon cœur s'arrête une seconde quand j'entends Léa crier Non. J'essaye de me lever, mais la tête me tourne et je retombe sur mes genoux. La porte de la cabine s'ouvre à nouveau, et mes trois compagnons apparaissent en haut de l'escalier, suivis du marin, tous violemment poussés dans le dos. Plusieurs gamins l'air malcommodes et puissamment armés leur ordonnent d'ouvrir la porte qui donne sur la cale, et de descendre l'escalier. Je recule pour qu'on ne me voit pas.

Ils commencent à descendre, le pêcheur en tête, suivi de Léa. Ils n'ont pas fait trois pas que les agents de la CIA poussent Philippe qui ferme la marche, d'un violent coup de crosse de mitraillette dans le dos. Il tombe en avant en poussant un cri, entraînant dans sa chute ceux qui sont devant lui dans l'escalier. Ils tombent tous bruyamment les uns sur les autres, j'entends les chocs répétés des crânes, des coudes, des hanches sur les marches. Les agents rient comme des gamins et je les entends fermer la porte à clef.

Je vois avec horreur Léa écrasée au pied de l'escalier, en fond de cale, deux corps pesants sur elle. Des gémissements s'élèvent du tas informe de corps amoncelés.

J'aide Philippe à se relever, il se plaint de la cheville, Dubois parvient à se lever seul en se frottant le coude, Léa ne bouge pas. Mon malaise est passé, mais j'ai du mal à respirer en me penchant sur elle. Elle a les yeux fermés, je ne vois même pas si elle respire dans l'obscurité de cette cale. J'essaye doucement de la tirer sur le côté pour dégager le pêcheur qui gémit et bouge sous elle. Je tire lentement pour ne pas risquer d'aggraver une éventuelle fracture, j'arrive à la dégager et je l'étends sur le sol dur.

-Léa, Léa, tu m'entends ?

Pas de réaction. Je suis mort de trouille. Dubois et Philippe, mals en point, s'occupent du pêcheur qui est conscient mais ne se relève toujours pas.

Je la secoue gentiment, elle semble vraiment inconsciente. J'ai tellement peur pour elle que je cherche à voir si elle respire. Une main sur sa poitrine, mon stress m'empêche de percevoir quoi que ce soit et mon angoisse monte encore d'un cran. Je m'oblige à respirer lentement, je me ressaisis et ressens enfin son cœur qui bat dans sa poitrine, laquelle se soulève et s'abaisse lentement. J'en pleurerais de joie.

Je continue de la secouer doucement, de l'exhorter à ouvrir les yeux, sans succès.

Pendant ce temps, Dubois et Philippe aident le marin à se lever, il crie quand ils veulent le tirer par les mains.

-Putain, j'ai les deux poignets cassés. Allumez la lumière, il y un interrupteur à gauche des premières marches. Pourquoi est-ce que le moteur est arrêté ?

Je prends conscience alors seulement que le martèlement régulier ne se fait plus entendre.

-Dépêchez-vous, reprend le marin, je sens qu'on est en train de dériver. Il y a des écueils un peu partout par ici.

Ça, je le sais, c'est même là-dessus que compte ce mec, comment il s'appelle déjà, Barnes ?

La lumière s'allume, je découvre Philippe au pied de l'escalier, il se tient à la rambarde, en appui sur un seul pied. Dubois est debout près de moi, il tient sa main droite avec sa main gauche pour soutenir son avant-bras replié contre son torse.

Le marin nous presse encore :

-Il faut qu'on se dépêche de sortir d'ici et qu'on rallume les machines, ou au moins qu'on jette l'ancre pour arrêter de dériver. Moi, je ne peux rien faire, ça fait un mal de chien et je ne suis plus bon à rien pour un moment.

Il tient ses deux avant-bras contre sa poitrine, son visage est tordu par une grimace de douleur.

C'est vrai que ses poignets font de drôles d'angles. J'en ai mal rien qu'à le regarder. Philippe et Dubois sont hors circuit aussi, j'en ai bien peur. Je n'ai qu'une envie, c'est rester près de Léa pour essayer pour la ranimer, mais je crois que je vais devoir nous sortir de ce mauvais pas.

-Monsieur Dubois, vous pouvez vous occuper d'elle, il faut la réveiller, je lui dis sur un ton suppliant. Je dois essayer d'ouvrir cette foutue porte.

-Bien sûr, t'en fais pas, elle doit juste être sonnée, t'en fais pas, gamin.

Il se penche sur elle, tout en gardant son coude contre lui.

Comme je commence à monter l'escalier en m'éloignant d'elle à regret, il ajoute :

-Je m'occupe d'elle, t'en fais pas. Et tu peux m'appeler Ange.

C'est la première fois qu'il me le propose. Je lui souris et je monte.

La poignée descend, mais la porte ne bouge pas. Je pousse avec mon épaule de mioche, bien sûr rien ne se passe. Ça a l'air solide.

Je secoue la poignée, recule et me jette sur la porte. Tout ce que je vais gagner c'est qu'il y ait un esquinté de plus dans notre groupe minable.

-C'est du solide, je dis en direction du marin.

-Ouais, t'arriveras pas comme ça.

-Vous avez pas une clef cachée là en-bas, par hasard, je lui demande ?

-Vous pensez !

-Comment on peut faire pour la démolir ?

-Impossible. Surtout dans ces corps de bébés. Écoutez, vous voyez sous l'escalier, il y a la cloison de la chambre froide pour le poisson. Il y a une trappe minuscule. Si vous arrivez à y entrer, vous serez à la proue, et en haut il y a une autre trappe qui donne sur le pont.

Je vais sous l'escalier, effectivement je vois la trappe, elle est minuscule. Mais je suis moi aussi minuscule...

Elle est fermée par un loquet, je m'escrime longtemps contre lui, pendant que le pêcheur me presse.

-Dépêche-toi, gamin, on dérive.

Il doit croire que gamin est mon nom, à force d'entendre Dubois m'appeler ainsi.

-Je fais de mon mieux. Je m'appelle Paul.

-Dépêche-toi, on va faire naufrage. Moi c'est Joe.

J'arrive enfin à débloquer le loquet. J'ouvre la trappe, je me penche à l'intérieur. Putain, ça pue le poisson pourri là-dedans. J'y vois rien, c'est plus noir que le cloaque d'un poisson.

Je ressors :

-Y a pas de lumière là-dedans, je demande à mon nouveau copain Joe ?
-Ben non, les poissons ont pas besoin de lumière.
-Zavez pas une torche, comment je vais voir quelque chose là-dedans ?
Il hausse les épaules puis fait la grimace. Le mouvement a déclenché une nouvelle vague de douleur dans ses poignets.
La trappe est minuscule, j'entre tête la première, puis les bras, ça coince sur les côtés. Ça pue vraiment. Je m'écorche les épaules puis d'un coup ça passe, mon corps bascule de l'autre côté. Je me relève, je n'y vois rien. Ça glisse par terre.
Je dois marcher sur des restes de poissons de plusieurs décennies. Je lève la tête pour repérer une trappe, mais il fait trop sombre pour distinguer quoi que ce soit.
-Elle est où, la trappe, je crie pour Joe ?
-Tout devant, près de l'étrave, on larboard, qu'il me dit. Mais ce dernier mot, je ne le comprends pas.
-C'est droite ou gauche, je lui demande ?
-Gauche, qu'il me répond exaspéré.
J'avance jusqu'au bout, je heurte l'étrave du bateau, les deux flancs se rejoignent. Je reviens un peu en arrière, sur ma gauche. Je dois être sous la trappe, mais je ne la vois pas, de toute façon je suis trop petit. Je reviens vers eux. Je passe la tête :
-Il va me falloir des trucs pour grimper dessus. Qu'est-ce qu'on a par là ?
-À part des filets, je ne vois pas grand-chose, dit Dubois. De toute façon, on ne peut pas t'aider. Faudra que tu viennes les chercher.
-Dépêche-toi, m'encourage Joe.
Je lui explique que je cherche quelque chose pour grimper dessus.
Il m'explique qu'il doit y avoir des casiers dans ce réduit.
Je retourne dans mon paradis olfactif. Un doute soudain m'envahit :
-Dis-moi que la trappe n'est pas fermée par un loquet depuis le pont ?
-Pas vraiment, me répond Joe.
Il est vraiment très encourageant.
-Pas vraiment, qu'est-ce que ça veut dire ?
-Y a pas de loquet, mais on pose souvent des trucs lourds dessus.
-Et là, maintenant, y a quelque chose dessus ?
-J'suis pas sûr. Peut-être des cordages…
Bon, de toute façon faut que j'essaye.
J'explore à l'aveugle le local, du bout du pied. Un premier obstacle me fait croire que j'ai trouvé, mais ce n'est que la poutre maîtresse longeant tout le fond de la cale. Puis je manque trébucher, c'est un casier. Je le traine avec moi, jusqu'à l'étrave, je le pose bien en équilibre sous l'endroit où je pense que la trappe doit se trouver, un mètre derrière l'étrave, sur la gauche.

Je monte doucement dessus, en essayant de ne pas perdre l'équilibre.

Sur la pointe des pieds, en m'étirant au maximum, je frôle le plafond du bout des doigts. Il me semble sentir une fente que je peux suivre de l'arrière vers l'avant, je cherche si je n'en sens pas une autre perpendiculaire. Si, en arrière de la première. Ça doit être la trappe. Je redescends, recule le casier d'une trentaine de centimètres. Je dois poser un deuxième casier sur le premier.

J'en trouve un, le ramène, j'essaye de les empiler de manière stable. C'est que je vais devoir monter là-dessus, moi. Pendant ce temps, Joe a dû s'approcher de la première trappe, il me crie de me dépêcher. Pendant que j'essaye de faire tenir mon échafaudage, je l'entends aussi demander à Philippe et Dubois des explications sur ce qui s'est passé, qui nous sommes, qui sont ces types qui nous ont agressés, qui est le type qui était avec nous et qui est reparti avec eux. Quand ils lui expliquent que c'est Baroult, je l'entends jurer.

Moi, j'ai plutôt envie de demander comment va Léa.

Toujours endormie, me répond Dubois. Mais elle respire paisiblement, me dit-il, se voulant rassurant.

Je monte avec mille précautions sur mon installation. J'ai les jambes qui tremblent, c'est branlant sous mes pieds. J'arrive à glisser mes doigts tout le long du pourtour de la trappe, je suis bien juste en dessous. Il me semble même distinguer une très vague lueur qui filtre par ces fentes. Je pousse au milieu, rien ne vient. Je pousse sous le bord avant, rien. Sous le bord gauche, je sens que ça pourrait venir. La charnière doit être sur la droite, et la trappe se rabattre vers le centre du bateau. Je pousse fort, j'arrive à soulever la trappe d'un centimètre, mais les casiers tremblent soudain sous moi et je suis à deux doigts de tomber. Je rétablis mon équilibre et tente de pousser fort, mais sans à-coups. Joe m'encourage en criant que si dans deux minutes je n'ai pas jeté l'ancre, son bateau va se briser sur les rochers.

Heureusement qu'il m'encourage, sans lui je n'y arriverais sans doute pas. Je pousse de manière continue, je sens que ça résiste, mais le couvercle monte peu à peu. J'ai l'impression que ce qui bloque est en train de glisser à mesure que la trappe s'ouvre et se verticalise. D'un coup j'entends un glissement et la trappe s'ouvre en grand, le soleil inonde l'ouverture au-dessus de moi. Je suis encore un peu bas pour sortir d'un coup. J'arrive à mettre les mains sur le pont, mais mes muscles de petit garçon ne me permettent pas de me hisser. Mes jambes se tétanisent sur leur support qui vacille. Mes mains se crispent, mes biceps tirent mais mon corps ne monte pas d'un centimètre. Je pense à Léa que je dois aller tirer de cette cale obscure. Je ne vois qu'une solution, je dois prendre appui sur mes jambes et sauter le plus haut possible, et tirer alors de toutes mes forces sur mes bras. Je n'ai droit qu'à un essai parce que l'appui sur mes jambes va faire basculer les casiers et je vais me retrouver suspendu les jambes dans le vide. De plus, cette trappe est encore plus petite que celle d'en bas, il faut vraiment bien viser et je vais me racler les épaules sur les bords. Je rassemble mes forces et mon courage, prends une grande inspiration, et pousse d'un coup de toute la puissance de mes petites jambes, en soufflant. Au moment où cette impulsion me fait monter de vingt centimètres, je tire de toutes mes forces sur les bras. À l'instant où je me retrouve la tête dehors, les avant-bras posés sur le pont, les casiers s'écroulent avec fracas. Je reprends mon souffle un instant, puis recrute mes dernières forces pour opérer un rétablissement. Je m'écroule sur le pont, de la tête au bassin, les jambes encore dans la gueule béante de la cale puante. Il me faut une bonne minute pour récupérer assez de forces pour me mettre debout, malgré les cris de Joe, que j'entends de loin maintenant sans les comprendre, mais je crois savoir ce qu'il veut dire.

Je cours en chancelant de fatigue, sans parler du mal de mer et du roulis, vers la cabine. La porte est fermée, mais ses vitres ne résistent pas à l'impact d'un seau que je ramasse et avec lequel je frappe de toutes les forces qui me restent, en fermant les yeux. Je dois alors passer par-dessus la moitié inférieure de la porte, par la fenêtre que je viens de briser. Ce n'est pas évident pour un gamin exténué. J'ai très peur de me couper. Je tombe à l'intérieur de la cabine. La clef de la porte de la cale n'est pas sur la porte. Je secoue la porte, la poignée, comme j'ai fait de l'autre côté il y a quinze minutes, avec le même résultat.

La voix de Joe s'élève, toute proche, il est en haut de l'escalier, juste de l'autre côté de la porte :

-Tu n'arrives pas à ouvrir ? Ils n'ont pas laissé la clef dessus ?

Je suis tellement essoufflé que j'ai du mal à dire Non.

-Il faut que tu démarres le moteur. Vite.

Je me retourne. Le tableau de bord devant le gouvernail est détruit, des câbles arrachés en jaillissent comme de la viande hachée hors d'un hachoir. Même la clef de contact manque. Ils ne voulaient vraiment pas qu'on s'en sorte.

-Impossible, ils ont détruit le tableau, et jeté la clef.

Joe jure. Après un moment, il crie :

-Va jeter l'ancre, vite. À l'avant, on starboard.

C'est un vrai parcours d'obstacles. Il faut que je repasse par-dessus la moitié inférieure de la porte. Je tombe lourdement de l'autre côté, mon pantalon est déchiré sur l'avant des cuisses, plein de sang. J'espère que les estafilades que je viens de me faire en passant sur les bouts de verre coincés sur la moitié de porte ne sont pas trop profondes.

La tête me tourne, j'ai presque envie de rester étendu et de m'endormir, mais je pense à Léa là en-bas. Je me relève et cours lentement en suivant des courbes erratiques vers l'avant et le côté tribord. Je suppose que c'est ce que veut dire le mot que je n'ai pas compris.

Il y a là un treuil, une chaîne qui s'y enroule et passe dans un orifice du bastingage. Je me penche, sur la pointe des pieds, pour voir l'extérieur du bastingage. L'ancre est bien là. Il faut juste laisser la chaîne s'échapper du treuil. Comment relâcher le treuil ? Je tire, je pousse, sur plein de leviers, manettes, et machins. Rien ne bouge. Tous les muscles me font mal, le moindre effort me coûte. Je vois bien l'espèce de cran qui empêche la chaîne de se dérouler, mais comment lever ce cran ? Ce genre de dispositif n'est pas fait pour être manœuvré par un gamin. Il y a bien une manivelle qui semble le commander, mais je n'arrive à la manœuvrer ni dans un sens ni dans l'autre. Je force, je jure, je sue, rien à faire. Je suis complètement épuisé. Un coup de pied sur la manivelle n'a pas plus d'effet. Peut-être si en même temps j'appuie sur ce levier…

Avec un bruit métallique, le cran cède, et la chaîne file à toute vitesse, j'entends le Plouf de l'ancre tombant dans l'eau et la chaîne continue de se dérouler. Bon, j'espère que cela règle le problème de la dérive du bateau vers les écueils.

Je me penche à nouveau par-dessus bord, sur la pointe de mes pieds tremblotants. Je me dis que c'est pénible d'être petit et d'avoir à se mettre tout le temps sur la pointe des pieds pour regarder. Mais à la réflexion, c'est parce que je suis petit que j'ai pu passer par les deux trappes…

Adulte, je n'aurais jamais pu passer où je suis passé. C'est ma taille de gamin qui nous a sauvés aujourd'hui…

J'arrive à voir le fond. Il n'y a pas beaucoup d'eau sous la quille, apparemment. Et ce sont des rochers, pas du sable. Ils sont recouverts de coraux qui me semblent bien tranchants. Le bateau n'allait pas juste gentiment s'enliser, la coque allait s'ouvrir sur les brisants.

En tout cas, j'ai l'impression qu'on ne bouge plus. La chaîne que je viens de mettre à l'eau a l'air tendue. Je retourne vers mes compagnons captifs.

Depuis que j'ai affaire à Baroult, je passe mon temps à m'évader en empruntant des passages étroits, et à libérer des gamins. Cette fois, c'est Léa que je dois libérer. J'espère qu'elle va mieux.

Je retourne vers la cabine, je me sens trop épuisé pour y entrer encore au prix d'une séance d'escalade. Je crie par-dessus la porte :

-C'est bon, j'ai jeté l'ancre.

-Ouais, j'ai remarqué, me répond Joe après un moment, sur un ton banal.

J'attendais pas vraiment des éloges et des remerciements, mais peut-être au moins l'expression d'un certain soulagement.

-Comment va ma femme, je lui demande ?

-Ta femme, répond-il l'air surpris ?

-Léa. La fille qui est en bas avec vous. Elle est réveillée ?

-Ah ! Euh oui, je crois qu'elle est en train de reprendre ses esprits.

Je crois que malgré la fatigue, et la douleur qui accable l'ensemble de mon corps, j'entamerais bien un petit pas de danse, si Joe ne me relançait pas :

-Eh, tu peux te dépêcher de nous libérer ?

-Oui, ok, ça t'embête pas si je défonce quelques portes ?

Après un délai de réflexion, je l'entends laisser tomber du bout des lèvres, comme à contrecœur :

-Ok, si tu vois pas d'autre solution...

Je peux l'imaginer traîner des pieds, avant d'ajouter :

-Il y a une hache pour les urgences, dans le coffre à l'arrière de la cabine. J'espère qu'ils ne l'ont pas jetée.

Je fais le tour, trouve le coffre attenant à la paroi postérieure de la cabine, heureusement, il n'est fermé que par un système de lame d'acier qui fait ressort. Suffit de tirer fort. J'y mets mes dernières forces. La hache est bien là. Qu'est-ce qu'elle est lourde et encombrante pour mes petites mains. Il y a un an, je l'aurais manipulée facilement d'une main. Maintenant, je dois la soulever avec difficulté des deux mains.

Arrivé devant la porte dont j'ai déjà brisé la vitre, j'hésite une seconde. Je pourrais repasser par-dessus, ça ferait toujours ça d'économisé pour Joe. Comme ça il n'aurait que la vitre à changer et pas toute la porte. Mais mon état d'épuisement me permettra-t-il d'y arriver ?

Joe m'aide à prendre ma décision :

-Alors mec tu te grouilles ?

Je lève la hache et frappe la porte dans la zone de la serrure. Elle rebondit et je manque de tomber en arrière. La porte ne montre qu'une ridicule entaille. Il faut que je frappe plus fort. Je frappe et je frappe et je frappe, c'est de plus en plus fatiguant de lever la hache au-dessus de ma tête.

Depuis que tout le monde est devenu petit, pourquoi n'ont-ils pas remplacés tous les outils par des instruments adaptés à leur nouvelle taille ?

Je connais la réponse : parce qu'ils espèrent tous secrètement retrouver rapidement leur apparence antérieure.

Finalement, la serrure finit par se désolidariser du reste de la porte, laquelle s'ouvre. Je suis en nage et au bord de l'évanouissement par épuisement. Maintenant, il faut recommencer avec la porte de la cale, qui a l'air bien plus solide...

Je me repose un instant, appuyé sur la hache.

-Alors, ça vient, me presse mon nouvel ami ?

Trop fatigué pour répondre, je lui fais signe de la main d'attendre juste un instant, même si je sais qu'il ne me voit pas.

Je m'approche et c'est plus fort que moi, j'essaye encore une fois d'ouvrir la porte en actionnant la poignée. Bien sûr, elle est toujours verrouillée. Je prends une grande inspiration en soulevant la hache le plus haut possible, puis l'abats de toutes mes forces sur la porte. Je sens bien que ce bois est plus dur que celui de la première porte. Cela ne va pas être facile, je suis au-delà de la fatigue. J'arme et frappe sans réfléchir maintenant, j'arme et frappe, j'arme et frappe. Au bout de cinq minutes je dois arrêter pour reprendre mon souffle. En plus de la tête qui me tourne et des muscles endoloris, maintenant j'ai des ampoules. Je n'arrive presque plus à fermer mes mains sur le manche trop épais de la hache. J'aurais dû prendre la paire de gants que j'ai vue au fond du coffre. Mais je ne vais pas recommencer à grimper par-dessus la première porte. Je brandis à nouveau la hache au-dessus de moi, et l'abats de toutes mes forces sur la porte qui me semble à peine entaillée. La douleur dans la paume de mes mains est trop intense et je laisse tomber la hache. Si seulement j'avais des gants. Alors seulement je réalise que la première porte est ouverte, je n'ai pas à l'escalader. Je pose la hache et vais chercher les gants. En marchant, je pense que je ne dois plus être très lucide, si j'ai mis du temps à réaliser que j'avais déjà brisé la porte de la cabine.

Je reviens avec les gants de cuir, ils sont à peu près à ma taille. Pourquoi Joe a-t-il changé ses gants pour une paire à sa taille, mais a-t-il gardé une hache beaucoup trop lourde ?

J'arrive dans la cabine, me saisis de la hache, quand je vais pour la soulever, Joe m'interpelle :

-Qu'est-ce qui se passe, pourquoi tu ne tapes plus, qu'est-ce que tu fais ?

Ma première réaction est de colère, j'ai envie de lui crier de fermer sa grande gueule, mais je préfère lui répondre avec ironie ; je lui crie à travers la porte :

-Je suis allé boire un coup au café d'à côté. Comment va ma femme ?

-Bien, elle va bien. Dépêche-toi.

-Merci de m'encourager. Ça me manquait.

Au moment où je vais à nouveau lever ma hache, j'entends la voix de Léa à travers la porte :

-C'est moi, Paul. J'étais sonnée, mais ça va. Et toi, ça va ? Tu dois être fatigué. Fais voler cette porte en éclats, mais ne te blesse pas. Je t'attends.

D'un coup, je ne suis plus fatigué, je n'ai plus mal, j'ai juste besoin de la prendre dans mes bras.

Les copeaux de bois volent, la porte se fend, je commence à voir à travers.

Encore un coup ou deux. Mais la hache se coince et je n'arrive plus à la dégager de la porte. Je tire en jouant de haut en bas, elle ne veut rien savoir. J'essaye de jouer sur les côtés, elle se dégage subitement et je pars en arrière, je me cogne le dos au gouvernail, en plus je me prends le manche de la hache en pleine face. J'en ai le souffle coupé et je me dis que j'aurais aussi bien pu me prendre le tranchant dans le visage.

-Paul ça va, tu vas bien, me demande Léa d'une voix préoccupée ?

-Ça va. Écartez-vous, je vais finir de détruire cette putain de porte.

Encore deux coups, et dans un grand craquement la porte s'ouvre en deux par son milieu. Je laisse tomber la hache. Léa sort et s'engouffre dans mes bras.

Joe sort à son tour, il a toujours les deux avant-bras appuyés sur sa poitrine.

-Merde, ils ont bousillé la radio aussi. On n'a pas de moteur et pas de radio.

Il n'a pas eu un regard pour moi, je vois juste ses yeux courir sur les portes brisées, le tableau devant le gouvernail, explosé. Il fait le tour du bateau, évaluant les dégâts.

Dubois nous rejoint, son avant-bras soutenu par une écharpe de fortune confectionnée dans un bout de filet de pêche.

-C'est Léa qui m'a fait ça, il me dit en souriant.

Je la regarde, admiratif, c'est elle qui avait le plus besoin de soins, à mon avis.

Elle a un énorme bleu sur le front, surmontant une bosse de la taille d'un œuf.

-Tu es sûre que ça va, ma Léa ? Tu dois avoir mal à la tête ? Si tu te sens mal, si tu as envie de vomir, tu dois me le dire immédiatement.

-Non, ça va, je t'assure, juste les idées un peu floues. Toi par contre, tu as l'air exténué. Mais il faudrait que tu ailles aider Philippe à monter. Tu es le seul à pouvoir. Les deux autres sont handicapés, ajoute-t-elle en souriant, montrant Dubois et Joe d'un coup de menton.

Je descends. Philippe attend au bas de l'escalier.

-Ah, je croyais que tout le monde m'avait oublié.

Il passe son bras par-dessus mon épaule, et on monte comme ça, lui se tenant à la rampe et moi me demandant comment un gamin peut-être aussi lourd.

On sort sur le pont, et je m'écroule au soleil, épuisé. Léa fait le compte de mes coupures, ecchymoses, entailles et écorchures. Elle les désinfecte avec l'alcool de sa petite trousse. Ça fait un bien fou de rester allongé sur le pont, à me reposer pendant qu'elle s'occupe de moi. Ça pique, mais c'est délicieux.

Joe dit qu'on va être obligés d'attendre qu'un bateau passe par là pour nous aider, mais que ça peut prendre du temps.

Moi, du temps, j'en ai maintenant.

Philippe et Dubois, penchés sur l'écoutille, me demandent comment j'ai fait pour passer par cette trappe, en montrant l'ouverture minuscule et profonde.

-C'est grâce au professeur Baroult, je leur réponds en souriant. Si j'ai pu passer et nous sauver du naufrage, c'est parce que je suis tout petit.

Je me dore au soleil, me laissant dorloter par Léa. Laissant aussi mes compagnons cogiter sur l'idée que je viens d'exprimer, que nous avons été sauvés par ma petite taille.

Je suis tellement épuisé que je me sens partir rapidement, je m'endors la tête reposant sur les cuisses de Léa, bercé par le clapotis des vaguelettes sur la coque du bateau à l'amarre.

L'épuisement est tel qu'il ne laisse pas prise au mal de mer. Dans mon sommeil, j'entends les moustiques tourner autour de moi, les éraflures que j'ai un peu partout et que les soins de Léa ravivent, s'assimilent à leurs piqûres. Mais leur bourdonnement devient de plus en plus fort. Beaucoup trop fort. J'ouvre un œil dans mon demi-sommeil. Les autres sont trop occupés par leurs blessures pour y prêter attention. Le bourdonnement devient encore plus intense. Je m'assieds à demi, tourne la tête vers l'origine du bruit.

-L'hélicoptère ! Ils reviennent !

En un instant ils sont tous sur leurs pieds.

-Ils reviennent finir le boulot, lance Philippe.

Moi aussi, je pense que s'ils reviennent, c'est parce qu'ils veulent s'assurer que les écueils ont bien fait le boulot, et sinon s'en charger eux-mêmes.

De toutes façons, qu'est-ce qu'on peut bien faire ? On n'a pas de moteur, l'ancre est jetée, et de toutes manières, comment faire la course avec un hélico ? Se jeter à l'eau, pour aller où ? La plupart d'entre nous n'est même pas en état de nager. Nous cacher, où ? Au fond de la cale, d'où nous venons à peine de nous échapper ?

Alors on reste sur le pont, à attendre, les éclopés soutenant leurs membres blessés. Je parie que vu du ciel, on paraît être en attente d'être achevés pour soulager nos douleurs.

L'hélicoptère pose ses gros boudins sur l'eau, dès que le rotor est arrêté, deux hommes lancent des grappins sur notre bateau à l'aide de pistolets. Puis ils tirent et les deux engins, bateau et hélico, se rapprochent. Quand ils se touchent, ils les solidarisent et ce n'est plus qu'un jeu d'enfant de sauter sur le pont du navire.

D'abord deux types en costards nous rejoignent, et braquent leurs armes trop grandes pour eux sur nous, sans un mot, presque nonchalamment.

Puis Barnes et Baroult prennent à leur tour pied sur notre bateau.

Barnes sourit, mais d'un coup, quand il me voit, son sourire s'assombrit. Il se tourne vers Baroult, et, me désignant, demande de l'air surpris de celui qui déteste les surprises :

-C'est qui celui-là ?

-Ben c'est Paul Blanchard, répond Baroult sur le ton de l'évidence.

-Alors qui c'est celui-là, demande-t-il de plus en plus énervé en désignant Joe ?

-Ben c'est le pêcheur, le propriétaire du bateau.

Visiblement Baroult ne voit pas ce que Barnes ne comprend pas. Celui-ci poursuit :

-En ne voyant que trois hommes et une femme, j'ai supposé que vous aviez loué le bateau sans marin.

Puis il marche vers moi, menaçant :

-Et vous, vous étiez où, tout à l'heure, quand je suis venu chercher le professeur ?

J'essaye de répondre sans montrer ma peur, mais sans bravoure ni provocation :

-J'étais couché dans la cale, je souffre beaucoup du mal de mer.

-Couché dans la cale ?

Il parle d'un ton détaché mais comme s'il ne me croyait pas.

Il se dirige vers la cabine, admire mon travail sur la première porte, se retourne pour regarder mes cuisses sanguinolentes. Il avance vers la deuxième porte, fait une moue d'appréciation, puis descend. Je ne sais pas ce qu'il pense trouver, mais deux minutes interminables après, il remonte.

Pendant ce temps, Baroult essaye de se justifier, de regagner notre confiance :

-Pendant le vol, j'ai réussi à le convaincre de faire demi-tour et de vous rechercher. J'ai argumenté que vous étiez indispensables à mes recherches.

Barnes doit avoir des oreilles bioniques, parce qu'il remonte du fond de la cale et confirme :

-Le professeur m'a en effet convaincu qu'il avait besoin de cobayes pour ses expériences, des patients traités dès la première heure, dont un chez qui l'antidote s'était avéré sans effet.

Il regarde Philippe en disant cela.

-En revanche, poursuit-il en se tournant vers Joe, assis sur le bastingage comme si tout ceci ne le concernait pas, il ne m'a absolument pas parlé de la nécessité de nous encombrer d'un marin.

Dans la foulée, il sort un pistolet de sa veste, le braque sur Joe, et lui tire une balle en plein front. Joe bascule par-dessus bord et tombe à l'eau dans une grande éclaboussure. Léa pousse un cri, nous restons tous pétrifiés. Il n'y a pas une goutte de sang sur le bateau. Même le professeur a l'air horrifié. Pendant que Barnes se dirige tranquillement vers l'hélicoptère, il le suit, s'adressant à lui, atterré :

-Était-ce vraiment nécessaire, colonel ?

Sans s'arrêter, sans lui accorder un regard, le militaire répond :

-Franchement, oui.

Puis, passant à autre chose, comme d'un détail sans importance à un autre, il fait signe à ses hommes de nous faire monter à bord de l'hélicoptère. Ils s'en chargent, sans aménité ni violence, puis l'un d'eux remonte l'ancre du bateau, avant de nous rejoindre. L'hélico prend ses distances du bateau qui commence à dériver. Les pâles commencent à tourner. Le bruit est assourdissant à l'intérieur, je ne peux réconforter Léa encore choquée qu'en la serrant contre moi. Les sièges sont étroits et rudimentaires, mais encore une fois ils sont prévus pour des soldats adultes et costauds, et maintenant il n'y a plus que des demi-portions.

Barnes et Baroult sont en pleine conversation, je crois que le professeur continue de persuader le colonel du bien-fondé de leur retour sur le bateau pour nous sauver et nous ramener. Je me rends compte que même sur le colonel pourtant sec et abrupt, militaire jusqu'au bout des ongles, peu enclin à être manipulé, le charisme de Baroult continue de jouer. Sans ce charme naturel, jamais il n'aurait pu faire changer d'avis ce professionnel décidé et sans scrupules. Il n'en est pas plus sympathique à mes yeux, même s'il vient de nous sauver la vie. Ce côté manipulateur m'irrite de plus en plus. Je ne supporte pas les gens qui connaissent le pouvoir de leur charme et qui en abusent.

Aucun de nous n'est très rassuré. Nous ne savons absolument pas ce qui nous attend, où on nous emmène. Quoi qu'il arrive, nous laisser en liberté ne fait sûrement pas partie du programme. Léa et moi voulons revoir Nicolas et Chloé. Philippe brûle d'envie d'essayer sa nouvelle stratégie avec Paula. Dubois dont je ne sais pas grand-chose a sûrement des attaches lui aussi.

Baroult nous sourit en croyant nous rassurer, mais il n'y réussit qu'à moitié. J'arrive à comprendre, malgré le vacarme des pâles, que nous allons être logés confortablement sur une base militaire de Floride où a été installé un centre de recherche ultra-moderne.

 Tu parles. Encore une prison. J'ai l'impression d'être devenu expert en évasions cette dernière année, mais cette fois le niveau de sécurité risque d'être trop élevé.

Ici contrôle aérien de NPA. Avons perdu contact avec hélicoptère AC2020. Ne répond plus à la radio et a disparu des écrans radars. Demandons envoi immédiat d'avions de recherche et de vedettes de secours. L'aéronef disparu était en mission secrète et prioritaire. Les recherches doivent garder ce caractère secret et prioritaire. Ne communiquer qu'avec le contrôle aérien de NPA.

Loi n°49-956 du 16 juillet 1949 sur les publications
destinées à la jeunesse,
modifiée par la loi n°2011-525 du 17 mai 2011.